FÚRIA

SALMAN RUSHDIE

Fúria

Romance

Tradução
José Rubens Siqueira

Copyright © 2001 by Salman Rushdie

Todos os direitos reservados.

Título original
Fury — A Novel

Capa
Victor Burton

Preparação
Maria Cecília Caropreso

Revisão
Maysa Monção
Beatriz de Freitas Moreira

Os personagens e as situações desta obra são reais apenas no universo da ficção; não se referem a pessoas e fatos concretos, e sobre eles não emitem opinião

Dados Internacionais de Catalogação na Publicação (CIP)
(Câmara Brasileira do Livro, SP, Brasil)

Rushdie, Salman
    Fúria : romance / Salman Rushdie ; tradução José Rubens Siqueira. —
São Paulo : Companhia das Letras, 2003.

    Título original: Fury
    ISBN 85-359-0359-30

    1. Romance indiano (Inglês) I. Título.

03-1897   CDD-823

Índice para catálogo sistemático:
1. Romance indiano em inglês   823

[2003]
Todos os direitos desta edição reservados à
EDITORA SCHWARCZ LTDA.
Rua Bandeira Paulista 702 cj. 32
04532-002 — São Paulo — SP
Telefone (11) 3707-3500
Fax (11) 3707-3501
www.companhiadasletras.com.br

Para Padma

PARTE UM

1.

O professor Malik Solanka, historiador de idéias aposentado, irascível criador de bonecos, e, desde o seu recente aniversário de cinqüenta e cinco anos, celibatário e sozinho por (mui criticada) vontade própria, em seus anos prateados se viu vivendo uma idade dourada. Lá fora, um verão longo, úmido, a primeira estação quente do terceiro milênio, torrava e transpirava. A cidade fervia de dinheiro. O valor dos aluguéis e das propriedades nunca havia sido tão alto, e na indústria de roupas o que se dizia era que a moda nunca estivera tão na moda. Novos restaurantes abriam de hora em hora. Lojas, representantes exclusivos, galerias batalhavam para satisfazer a estonteante demanda por produtos cada vez mais recherchés: azeites de oliva de produção limitada, saca-rolhas de trezentos dólares, veículos Humvees personalizados, o último software antivírus, serviços de acompanhantes que ofereciam contorcionistas e gêmeas, instalações de vídeo, arte marginal, xales leves como pluma feitos com a pelugem do queixo de cabritos montanheses extintos. Tanta gente estava reformando seus apartamentos que os preços dos estoques de acessórios e complementos de alta classe dispararam. Havia listas de espera para banheiras, maçanetas, madeiras de lei importadas, lareiras em estilo antigo, bidês, mármores. Apesar da recente queda no valor do índice Nasdaq e das ações da Amazon, a nova tecnologia dominava a cidade: ainda se falava de *start-ups*, de IPO, de interatividade, do futuro inimaginável que acabara de começar. O futuro era um cassino, todo mundo estava apostando, e todo mundo esperava ganhar.

Na rua do professor Solanka, jovens brancos ricos passeavam suas roupas baggy por baixo das rosáceas dos pórticos, estilosamente simulando indigência enquanto esperavam os bilhões que sem dúvida lhes viriam em algum momento próximo. Havia uma jovem alta, de olhos verdes, de malares centro-europeus pronunciados que chamou particularmente a atenção de seu olho sexualmente abstinente, mas ainda ativo. Seu cabelo loiro-ruivo saía espetado como o de um palhaço de debaixo do boné preto de beisebol D'Angelo *Voodoo*, os lábios eram cheios e sardônicos, ela riu grosseiramente por trás de uma mão displicente quando o europeu, quase dândi, pequeno Solly Solanka passou girando a bengala, de chapéu-panamá e terno de linho cor de creme em seu passeio da tarde. Solly: o apelido de faculdade que ele nunca apreciara, mas que não havia conseguido perder inteiramente.

"O senhor aí. O senhor, com licença." A loira chamava por ele, num tom imperioso que exigia resposta. Seus acompanhantes puseram-se em alerta, como uma guarda pretoriana. Ela estava quebrando uma regra da vida na cidade grande, audaciosamente, segura de sua força, confiante de seu território e de seu bando, sem nada temer. Aquilo era só bravata de menina bonita, uma bobagem. O professor Solanka parou e virou o rosto para a deusa ociosa do portal, que continuou, irritantemente, a entrevistá-lo. "O senhor anda muito. Quer dizer, cinco, seis vezes por dia eu vejo o senhor indo para algum lugar. Sentada aqui, vejo que o senhor vai, vem, sem cachorro, e nunca volta com alguma amiga, com alguma compra. O horário também é estranho, trabalhar é que o senhor não está indo. Então, pensei assim: por que ele está sempre andando sozinho? Tem um cara na cidade batendo com um bloco de concreto na cabeça das mulheres, o senhor quem sabe já ouviu falar, mas se eu achasse que o senhor era um maluco desses, não vinha conversar. E o senhor tem sotaque inglês, o que é interessante também, certo? A gente até seguiu o senhor umas vezes, mas o senhor não estava indo para lugar nenhum, só andando por aí, passeando. Me deu a impressão de que estava procurando alguma coisa, e aí pensei em perguntar o quê. Só para fazer amizade, boa vizinhança. O senhor é meio misterioso. Para mim, pelo menos."

Uma súbita ira brotou dentro dele. "O que eu estou procurando", rugiu, "é que me deixem em paz." Sua voz tremeu com uma raiva muito maior que a intromissão merecia, uma raiva que o deixava chocado cada vez que percorria seu sistema nervoso, como uma enchente. Ao ouvir sua veemência, a jovem recuou, recolhendo-se ao silêncio.

"Cara", disse o maior e mais protetor dos guardas pretorianos, seu amante, sem dúvida, seu loiro centurião oxigenado, "para um apóstolo da paz o senhor está cheio é de guerra."

Ela o fazia lembrar de alguém que não conseguia identificar, e a pequena falha de memória, o "momento de maturidade", incomodou-o furiosamente. Felizmente ela não estava mais ali, ninguém estava, quando voltou do carnaval caribenho com o chapéu molhado e ensopado até os ossos, depois de ser apanhado desprevenido por uma rajada de chuva firme e quente. Passando pela Congregação Shearith Israel, no Central Park West (uma baleia branca de edifício com frontão triangular sustentado por quatro, eu disse, quatro, maciças colunas coríntias), o professor Solanka, correndo debaixo da chuvarada, lembrou da menina de treze anos recém-barmitzvada que avistara por uma porta lateral, esperando, de faca na mão, a cerimônia de bênção do pão. Nenhuma religião tem uma cerimônia de Contar as Bênçãos, pensou o professor Solanka: era de esperar que os anglicanos, pelo menos, tivessem inventado uma. O rosto da menina brilhava na penumbra que baixava, os traços juvenis redondos confiando atingir as mais altas expectativas. É, o momento abençoado, se alguém se desse ao trabalho de usar palavras como "abençoado", coisa que Solanka, o cético, não fazia.

Na avenida Amsterdã, ali perto, havia uma festa de verão no bairro, um mercado de rua, fazendo bons negócios apesar dos aguaceiros. O professor Solanka avaliou que na maior parte do planeta os bens empilhados naquelas barracas encheriam as estantes e vitrinas das mais exclusivas butiquezinhas e lojas de departamentos de alta classe. Em toda a Índia, China, África e grande parte do continente sul-americano, os que tinham lazer e carteira para a moda (ou simplesmente, nas latitudes mais pobres, dinheiro para meramente comprar coisas) seriam capazes de matar pelas mercadorias de rua de Manhattan, pelas roupas refugadas e os acessórios encontrados nos opulentos bazares de caridade, pela porcelana rejeitada e pelas pechinchas de grife encontradas nos depósitos de ponta de estoque do centro da cidade. A América insultava o resto do planeta, pensou o antiquado Malik Solanka, tratando aquela opulência com o descaso do encolher de ombros da riqueza nada igualitária. Mas Nova York nessa época de plenitude tornara-se objetivo e alvo da concupiscência e lascívia do mundo, e o "insulto" só deixava o resto do planeta com mais desejo que nunca. Em Central Park West, as carruagens puxadas a cavalos subiam e desciam. Os sininhos dos arreios soavam como moeda viva na mão.

O grande sucesso do cinema na temporada retratava a decadência da Roma imperial do César Joaquin Phoenix, em que honra e dignidade, para não mencionar as ações e distrações de vida e morte, só apareciam na ilusão gerada por computador da grande arena de gladiadores, o Anfiteatro Flaviano, ou Coliseu. Em Nova York também havia circo, além de pão: um musical sobre adoráveis leões, uma corrida de bicicleta na Quinta, Springsteen no Garden com uma canção sobre os quarenta e um tiros com que a polícia matou o inocente Amadou Diallo, a ameaça de boicote do sindicato da polícia ao concerto de Boss, Hillary versus Rudy, o funeral de um cardeal, um filme sobre adoráveis dinossauros, as carreatas de dois candidatos presidenciais altamente intercambiáveis e certamente nada adoráveis (Gush, Bore), Hillary versus Rick, as tempestades de raios que atingiram o concerto de Springsteen e o Shea Stadium, a sagração de um cardeal, um desenho animado sobre adoráveis galinhas inglesas, e até um festival literário. Mais uma série de "exuberantes" paradas comemorando as muitas subculturas étnicas, nacionais e sexuais da cidade, que terminavam em esfaqueamentos (às vezes) e ataques a mulheres (sempre). O professor Solanka, que se considerava igualitário por natureza e um cosmopolita nascido e criado na convicção de que o campo é para as vacas, em dias de parada passeava docemente apertado entre seus concidadãos. Num domingo, seguia ombro a ombro com os exibidos quadris estreitos do orgulho gay, no fim de semana seguinte se enchia de ritmo ao lado de uma bunduda porto-riquenha que usava como sutiã a sua bandeira nacional. Havia um anonimato gostoso nas multidões, uma ausência de intromissão. Ninguém estava interessado em seus mistérios. Todos estavam ali para se perder. Era essa a magia inarticulada das massas, e aqueles dias em que se perdia eram praticamente o único propósito da vida do professor Solanka. Naquele fim de semana chuvoso específico havia uma batida de calipso no ar, não os meros adeuses jamaicanos e as canções bobocas de Harry Belafonte da memória um tanto culpada e carinhosa de Solanka

(*"Now I tell you in a positive way/ don' tie me donkey down dere/ 'cause me donkey will jump and bray/ don' tie me donkey down dere!"*) [Agora te digo de verdade / não amarre meu burro lá, não/ porque meu burro vai pular e zurrar/ não amarre meu burro lá, não], mas a verdadeira música satírica dos polemistas-trovadores jamaicanos, Banana Bird, Cool Runnings, Yellowbelly, ao vivo em Bryant Park e em alto-falantes levados nos ombros para cima e para baixo da Broadway.

Quando voltou da parada, porém, o professor Solanka foi tomado de melancolia, a sua tristeza secreta de sempre, que ele sublimava na esfera pública. Havia alguma coisa fora de lugar no mundo. O otimismo da filosofia de paz e amor de sua juventude o abandonara, ele não sabia mais como se encaixar numa realidade ("virtual", abominava nesse contexto a palavra em si excelente) dia a dia mais falsificada. Questões de poder lhe assolavam a cabeça. Enquanto a cidadania superaquecida comia aquelas muitas variedades de lótus, quem podia saber o que os governantes da cidade estavam aprontando, não os Giuliani e Safir, que reagiam com tanto desprezo às reclamações de mulheres estupradas, até vídeos amadores dos incidentes aparecerem no noticiário da noite, não aqueles fantoches grosseiros, mas os grandes que estavam sempre lá, sempre alimentando seus insaciáveis desejos, procurando novidade, devorando beleza, e sempre, sempre, querendo mais? Os nunca encontrados, mas sempre presentes, reis do mundo (o ateu Malik Solanka evitava atribuir a esses fantasmas humanos o dom da onipresença), os petulantes, letais Césares, como seu amigo Rhinehart diria, os Bolingbroke frios de alma, os tribunos com suas mãos metidas nos Coriol-ânus do prefeito e do comissário de polícia... O professor Solanka estremeceu ligeiramente diante desta última imagem. Conhecia a si mesmo o suficiente para ter consciência do grande traço escarlate de vulgaridade de seu caráter, mas a grosseria do trocadilho o chocou.

Havia titeriteiros nos fazendo todos pular e zurrar, afligiu-se Malik Solanka. Quem está puxando as cordinhas para as marionetes dançarem?

O telefone estava tocando quando entrou, com chuva ainda pingando da aba do chapéu. Atendeu irritado, arrancando da base o aparelho sem fio do hall de entrada do apartamento. "Sim, o que é, por favor?" A voz de sua mulher lhe chegou aos ouvidos via algum cabo no leito do Atlântico, ou talvez, hoje em dia, tudo mudado, fosse um satélite acima do oceano, não tinha certeza. Nestes dias em que a era do pulso estava dando lugar à era do tom. Em que a época do analógico (o que significava também da riqueza da linguagem, a *analogia*) estava dando lugar à era digital, a vitória final do numerado sobre o letrado. Sempre gostou da voz dela. Quinze anos atrás, em Londres, havia telefonado a Morgen Franz, um amigo editor que por acaso não estava em sua mesa, e Eleanor Masters, que estava passando, atendeu o clamoroso instrumento. Os dois não se conheciam, mas acabaram conversando durante uma hora. Uma semana depois, jantaram no apartamento dela, sem nenhum dos dois mencionar o quanto era inadequada uma ocasião tão íntima no primeiro encontro. Seguiu-se uma década e meia de vida em comum. Portanto, ele se apaixonou pela voz dela antes do resto. Essa foi sempre a história de que mais gostavam a respeito de si mesmos. Agora, evidentemente, no fecho brutal do amor, quando a memória é reinventada como dor, quando as vozes pelo telefone eram tudo o que restava, passou a ser uma das mais tristes. O professor Solanka ouviu o som da voz de Eleanor e um tanto incomodado imaginou-a sendo quebrada em pequenos pacotes de informação digitalizada, sua voz grave e adorável primeiro consumida, depois regurgitada por um computador mainframe localizado em algum lugar como Hyderabad-Deccan. Qual o equivalente digital de adorável?, pensou. Quais os dígitos que codificam a beleza, os números-dedos que circundam, transmitem, decodificam e, de alguma forma, no processo, não conseguem captar ou afogar a alma dela? Não por causa da tecnologia, mas apesar dela, a beleza, esse fantasma, esse tesouro, passa inalterada pelas novas máquinas.

"Malik. *Solly*." (Isso para chateá-lo.) "Você não está ouvindo. Na sua cabeça, você se enfiou dentro de um dos seus riffs e nem registrou o simples fato de que seu filho está doente. Não registra o simples fato de que eu tenho de levantar toda manhã e ouvir o menino perguntando, perguntando, insuportavelmente, por que o pai não está em casa. Sem falar no mais simples dos fatos, ou seja, que sem um pingo de razão, nem um caco de explicação aceitável, você largou a gente, atravessou o oceano e traiu todo mundo que mais amava e precisava de você, que ainda te ama, desgraçado, apesar de tudo." Era só uma tosse, o menino não tinha nenhuma doença mortal, mas ela estava certa: o professor Solanka havia se recolhido em si mesmo. Tanto nessa pequena questão telefônica como nos grandes assuntos de sua vida antes conjunta e agora separada, o casamento um dia considerado indissolúvel, a melhor parceria que qualquer de seus amigos já havia visto, e a paternidade conjunta de Asmaan Solanka, agora um menino de três anos, improvavelmente bonito e encantador, miraculoso produto loiro de pais de cabelos escuros, que haviam batizado tão celestialmente (*Asmaan*, s. m., *lit.* o céu, mas também *fig.* paraíso) porque era o único céu em que os dois podiam, de coração e sem nenhuma reserva, acreditar.

O professor Solanka se desculpou com a mulher por sua distração, o que a fez chorar, um som alto de buzina que lhe apertou o coração, porque não era de forma alguma um homem sem coração. Esperou pacientemente que ela parasse. Quando o fez, falou em seu tom mais comedido, negando a si mesmo, negando a *ela*, o mais leve indício de emoção. "Concordo que o que eu fiz deve parecer inexplicável para você. Mas estou me lembrando que você mesma me explicou a importância do inexplicável", neste momento ela desligou na sua cara, mas ele continuou a frase mesmo assim, "em, hã, Shakespeare." Conclusão não ouvida que evocou a visão de sua mulher nua, de Eleanor Masters quinze anos antes, de cabelo comprido, na glória de seus vinte e cinco anos, deitada, nua, com a cabeça em seu colo e um volume de *Obras completas*, encadernado em couro azul, emborcado sobre o sexo. Essa fora a conclusão docemente rápida daquele primeiro jantar. Ele havia trazido o vinho, três garrafas caras de Tignanello Antinori (três! prova do excesso de um sedutor), enquanto ela havia assado uma perna de carneiro e servido também, para acompanhar a carne aromatizada com cominho, uma salada de flores frescas. Estava usando um vestido preto curto e andava leve, descalça, por um apartamento muito influenciado pelo estilo e arte do Grupo de Bloomsbury, onde um papagaio engaiolado imitava sua risada: uma risada grande para mulher tão delicada. Seu primeiro e último *blind date*, ela acabou fazendo jus à própria voz, não só bonita, mas inteligente, de alguma forma ao mesmo tempo segura e vulnerável, além de grande cozinheira. Depois de comer muitos nastúrcios e beber copiosamente o tinto toscano, ela começou a explicar sua tese de doutoramento (estavam sentados no chão da sala agora, reclinados num tapete tecido à mão por Cressida Bell), mas era interrompida por beijos, porque o professor Solanka havia ternamente se apaixonado, como um carneiro. Durante seus longos anos bons, os dois disputavam quem havia feito o primeiro gesto, ela sempre negando acaloradamente (mas de olhos brilhantes) que jamais tivesse sido tão ousada, ele insistindo, mesmo sabendo não ser verdade, que ela havia "se atirado em cima dele".

"Quer ouvir isto aqui ou não?" Quero, ele fez com a cabeça, a mão acariciando um seio pequeno e bem-feito. Ela pôs a mão em cima da mão dele e partiu para a argumentação. O que propunha era que no coração de cada uma das grandes tragédias havia questões irrespondíveis sobre o amor e que, para entender as peças, cada um tem de tentar explicar de seu próprio jeito esses inexplicáveis. Por que Hamlet, no amor por seu pai morto, atrasa interminavelmente sua vingança e, amado por Ofélia, a ela destrói? Por que Lear, amado por Cordélia mais do que pelas outras filhas, deixa de perceber o amor dela na sua sinceridade da primeira cena e acaba vítima da ausência de amor das irmãs? Por que Macbeth, um homem que amava seu rei e seu país, é levado com tanta facilidade, pela erótica mas não amorosa Lady M., a um trono manchado de sangue? Em Nova York, o professor Solanka, ainda segurando abstraidamente o telefone sem fio na mão, relembrou com assombro o bico de seio ereto de Eleanor entre seus dedos carinhosos; e também a extraordinária resposta que dava ao problema de Otelo, que para ela não era a "malignidade sem motivo" de Iago, e sim a falta de inteligência emocional do mouro, "a incrível burrice amorosa de Otelo, a escala debilóide do ciúme que o leva a matar a esposa que dizia amar baseado na mais tênue das provas". A solução de Eleanor era a seguinte: *"Otelo não ama Desdêmona. A idéia apareceu de repente na minha cabeça um dia. Foi um momento de luz para mim. Ele diz que sim, mas não pode ser verdade. Porque se ele amar, o assassinato não faz sentido. Para mim, Desdêmona é a esposa-troféu de Otelo, seu bem mais valioso, mais provedor de status, a prova física de que ascendeu em um mundo de gente branca. Entende? Ele ama esse fato *a respeito* dela, não *a* ela. O próprio Otelo, evidentemente, não é um negro, mas um 'mouro': um árabe, um muçulmano, seu nome uma provável latinização do árabe Attallah ou Ataullah. Portanto, ele não é cria do mundo cristão de pecado e redenção, mas sim do universo moral islâmico, cujas polaridades são honra e vergonha. A morte de Desdêmona é um 'assassinato de honra'. Ela não tinha de ser culpada. Bastava a acusação. O ataque à sua virtude era incompatível com a honra de Otelo. Por isso ele não ouviu a ela, nem lhe deu o benefício da dúvida, nem a perdoou, nem fez nada que um homem que ama uma mulher faria. Otelo ama só a si mesmo, a si mesmo como amante e como líder, coisa que Racine, um escritor mais enfático, teria chamado de sua *flamme*, sua *gloire*. Ela não é nem uma pessoa para ele. Ele a coisifica. Ela é a sua estatueta Oscar-Barbie. Sua boneca. Pelo menos, foi isso que eu argumentei e me deram o doutorado, talvez como prêmio pela minha falta de vergonha, pela minha audácia". Ela tomou um grande gole de Tignanello, depois arqueou as costas, passou os dois braços pelo pescoço dele e puxou-o sobre si. A tragédia desapareceu de suas cabeças.

Agora, tantos anos depois, o professor Solanka ficou debaixo do chuveiro quente, se aquecendo depois do encharcado passeio atrás dos cantores de calipso e sentindo-se um babaca posudo. Citar a tese de Eleanor como argumento contra ela era uma crueldade que podia ter facilmente evitado. No que estava pensando ao dar a si mesmo e à sua atitude desprezível esses altos ares shakespearianos? Será que realmente ousava colocar-se ao lado do Mouro de Veneza e do rei Lear para igualar aos deles seus humildes mistérios? Essa vaidade era, sem dúvida, uma razão mais que adequada para o divórcio. Ia ligar de novo para ela e dizer isso, à guisa de desculpa. Mas isso também soaria errado. Eleanor não queria o divórcio. Continuava querendo que ele voltasse. "Você sabe muito bem", dissera-lhe mais de uma vez, "que se resolver desistir disso, dessa bobagem sua, vai estar tudo bem. Muito bem. Não agüento você não fazer isso."

E essa era a esposa que ele havia deixado! Se tinha alguma falha, era não chupar-lhe o pau. (A excentricidade dele era detestar que lhe tocassem o alto da cabeça durante o ato amoroso.) Se tinha alguma falha, era ter um olfato tão agudo que o fazia sentir como se empesteasse o ambiente. (O resultado disso, porém, foi que ele começou a tomar mais banhos.) Se tinha alguma falha, era comprar as coisas sem nunca perguntar quanto custavam, traço excepcional para uma mulher que, como dizem os britânicos, não vinha do dinheiro. Se tinha alguma falha, era que havia se acostumado a ser mantida, e ser capaz de gastar mais dinheiro no Natal do que metade da população ganhava em um ano. Se tinha alguma falha, era deixar seu amor materno cegá-la para o resto dos desejos da humanidade, inclusive, falando francamente, os desejos do professor Solanka. Se tinha alguma falha, era querer mais filhos. Era não querer mais nada. Nem todo o ouro da Arábia.

Não, ela não tinha defeitos: a mais terna, mais atenciosa das amantes, a mais extraordinária das mães, carismática e imaginativa, a mais fácil e gratificante das companheiras, não muito falante, mas bem-falante (veja-se aquele primeiro telefonema), e uma conhecedora não só de comida e bebida, mas também do caráter humano. Receber um sorriso de Eleanor Masters Solanka era sentir-se sutil e agradavelmente elogiado. Sua amizade era um tapinha nas costas. E se ela gastava muito, qual o problema? Os Solanka estavam inesperadamente bem de dinheiro, graças à popularidade mundial quase chocante de uma boneca de sorriso insolente e arrogante indiferença que começava a se chamar de *atitude*, de que Asmaan Solanka, nascido oito anos depois, parecia ser uma estranha encarnação de cabelos loiros, olhos escuros e melhor índole. Embora fosse muito nitidamente menino, preocupado com escavadeiras gigantes, rolos compressores, foguetes e locomotivas, e cativado pela determinação do tipo Casey Jones, do acho-que-eu-posso-acho-que-eu-posso-achei-que-podia-achei-que-podia, aquele indômito motorzinho que puxa o circo em *Dumbo*, Asmaan era constantemente, irritantemente, tomado por menina, talvez por sua beleza de cílios longos, mas possivelmente também porque relembrava aos outros a primeira criação de seu pai. O nome da boneca era Little Brain.

2.

No final dos anos 80, o professor Solanka desistiu da vida acadêmica, de sua estreiteza, rivalidades e extremo provincianismo. "O túmulo nos espera a todos de boca aberta, mas para os senhores acadêmicos a boca se abre é num bocejo", ele proclamou a Eleanor, acrescentando, desnecessariamente, como se viu depois, "prepare-se para a pobreza." Então, para consternação dos colegas, mas com o apoio incondicional da esposa, demitiu-se de sua cadeira no King's, em Cambridge, onde vinha pesquisando o desenvolvimento da idéia da responsabilidade do Estado para com seus cidadãos e a idéia paralela, e às vezes contraditória, do eu soberano, e mudou-se para Londres (Highbury Hill, à distância de um grito do Arsenal Stadium). Logo depois, mergulhou, sim, na televisão; o que provocou um muito previsível desprezo invejoso, principalmente quando a BBC o contratou para desenvolver uma série de programas populares de fim de noite sobre a história da filosofia, cujos protagonistas seriam os enormes bonecos intelectuais da famosa coleção do professor Solanka, fabricados por ele mesmo.

Isso era simplesmente demais. O que havia sido uma excentricidade tolerável num colega respeitável passou a ser uma loucura intolerável em um fujão covarde, e *As Aventuras de Little Brain* foi unanimemente ridicularizado, antes mesmo de ser exibido, por "intelectos" grandes e pequenos. Então o programa foi ao ar e em uma temporada, para surpresa geral e desespero dos detratores, cresceu do prazer secreto de um círculo social sofisticado para um clássico cult com uma base de fãs agradavelmente jovem e em rápida expansão, até receber a comenda de ser transferido para o cobiçado horário de depois do noticiário da noite. Aí, floresceu num verdadeiro hit do horário nobre.

No King's era bem sabido que em Amsterdã, aos vinte e poucos anos, Malik Solanka, que estava na cidade para falar de religião e política em um instituto de esquerda fundado com dinheiro dos Fabergé, visitou o Rijksmuseum e entrou em transe diante da exposição do tesouro de casas de bonecas antigas meticulosamente mobiliadas, aquelas descrições únicas da vida familiar na Holanda ao longo do tempo. As casas tinham a frente aberta, como se as fachadas tivessem sido arrancadas por bombas; ou como pequenos teatros, que ele completava colocando-se ali. Ele a quarta parede. Passou a ver tudo em Amsterdã como se fosse miniaturizado: seu próprio hotel em Herengracht, a casa de Anne Frank, a beleza impossível das mulheres do Suriname. Ver a vida humana miniaturizada, reduzida ao tamanho de bonecos, era um truque da mente. O jovem Solanka aprovou o resultado. Um pouco de modéstia na escala do empenho humano era algo desejável. Uma vez ligada essa chave na cabeça, difícil era voltar a ver as coisas como antes. O pequeno é bonito, conforme Schumacher começara a dizer então.

Dia após dia, Malik visitou as casas de bonecas do Rijksmuseum. Nunca antes na vida havia pensado em fazer qualquer coisa com as mãos. Agora, sua cabeça estava cheia de cinzéis e cola, trapos e agulhas, tesouras e massa. Visualizava papel de parede e móveis macios, sonhava com lençóis, projetava peças do banheiro. Depois de algumas visitas, porém, ficou claro para ele que meras casas não lhe bastariam. Seu ambiente imaginário tinha de ser povoado. Sem gente não havia razão de ser. As casas de boneca holandesas, mesmo com toda sua complexidade e beleza, e apesar da capacidade de mobiliarem e devorarem sua imaginação, acabaram por fazê-lo pensar no fim do mundo, em algum estranho cataclismo em que as propriedades permaneciam intactas enquanto toda criatura viva era destruída. (Isso foi alguns anos antes da invenção daquela vingança radical do inanimado sobre a vida, a bomba de nêutrons.) Depois que teve essa idéia, o lugar começou a lhe dar repugnância. Passou a imaginar quartos nos fundos do museu cheio de gigantescos montes de mortos em miniatura: pássaros, animais, crianças, criados, atores, damas, lordes. Um dia, saiu do grande museu e nunca mais voltou a Amsterdã.

Ao retornar a Cambridge, começou imediatamente a construir seus próprios microcosmos. Desde o começo, suas casas de bonecas eram produto de uma visão pessoal idiossincrática. De início, eram extravagantes, até fabulosas, mergulhos de ficção científica na mente do futuro em lugar do passado, que havia sido já, e improvavelmente, captado pelos mestres miniaturistas dos Países Baixos. Essa fase *sci-fi* não durou muito. Solanka logo percebeu o valor de trabalhar, como os grandes toureiros, mais perto do touro, isto é, usando material de sua própria vida e ambiente imediatos e, pela alquimia da arte, colocando nisso um estranhamento. Sua percepção, que Eleanor haveria de chamar de seu "momento de luz", acabou levando a uma série de bonecos das "Grandes Mentes", geralmente organizados em pequenos *tableaux*: Bertrand

Russell sendo espancado por policiais em uma passeata de pacifistas durante a guerra, Kierkegaard indo ao teatro de ópera no intervalo, para seus amigos não pensarem que estava trabalhando demais, Maquiavel submetido a uma tortura terrível conhecida como *strappado*, Sócrates bebendo a inevitável cicuta e, o favorito de Solanka, um Galileu de duas caras e quatro braços: um rosto sussurrando a verdade, com um par de braços escondido nas dobras da roupa segurando um pequeno modelo da Terra girando em torno do Sol, e o outro rosto, baixo e penitente sob o olhar severo dos homens de roupa vermelha, abjurando publicamente seu conhecimento, um exemplar da Bíblia apertado devotamente no segundo par de braços. Anos depois, quando Solanka se demitiu da vida acadêmica, aqueles bonecos iam trabalhar por ele. Eles e a inquisitiva buscadora de conhecimento que criara para ser sua entrevistadora televisiva e representante da platéia, a boneca viajante no tempo Little Brain, que depois viria a se tornar uma estrela e vender em grandes números por todo o mundo. Little Brain, seu Candide hip, atenta à moda, mas sempre idealista, seu Cavaleiro da Verdade nos meandros da guerrilha urbana, sua Bashomenina de cabelo espetado viajando, com a tigela mendicante na mão, pelos confins do Norte do Japão.

    Little Brain era esperta, destemida, genuinamente interessada em informação profunda, em obter sabedoria de boa qualidade, não tanto um discípulo, mas sim um agente provocador com uma máquina do tempo, ela cutucava as grandes mentes de todos os tempos com surpreendentes revelações. Por exemplo, o romancista favorito do herege do século XVII, Baruch Spinoza, acabou sendo P. G. Wodehouse, numa coincidência surpreendente porque, evidentemente, o filósofo preferido do trepidante mordomo Reginald Jeeves era Spinoza. (Spinoza, que cortou nossas cordinhas, permitiu que Deus se aposentasse do posto de titeriteiro divino e acreditou que a revelação era um evento não acima da história humana, mas interno a ela. Spinoza, que nunca usou camisas e gravatas descombinadas.) As Grandes Mentes de *As Aventuras de Little Brain* podiam saltar no tempo também. O pensador ibero-árabe Averróis, assim como sua contrapartida judia Maimônides, eram grandes fãs dos Yankees.

Little Brain só foi longe demais uma vez. Na entrevista com Galileu Galilei, ela, naquele estilo cervejeiro desbocado de modernete, brindou o grande homem com sua avaliação dos problemas dele em seu tom ninguém-fode-comigo. "Cara, eu não aceitava esse negócio quietinha, não", disse ardorosamente se inclinando na direção dele. "Se algum papa tentasse me derrubar, eu começava uma porra de uma revolução. Botava fogo na casa dele. Queimava a porra da cidade dele." Bem, os palavrões foram abrandados, viraram "droga", num primeiro estágio da produção, mas o problema não era esse. Incendiar o Vaticano era demais para os donos das ondas aéreas e Little Brain sofreu, pela primeira vez, as amortecedoras indignidades da censura. E não podia fazer nada a respeito a não ser, talvez, sussurrar a verdade junto com Galileu: se move, sim. Isso também incendiaria tudo...

Rebobina para Cambridge. Até mesmo os primeiros esforços de "Solly" Solanka, suas estações espaciais e estruturas domésticas em barras para montar na Lua, apresentavam qualidades de originalidade e imaginação que, no ruidoso papo de mesa de jantar de um especialista em literatura francesa, que estava estudando Voltaire, estavam "adoravelmente ausentes" de sua obra acadêmica. A piada provocou uma grande risada em todo mundo que se achava no raio de audição.

"Adoravelmente ausente." É o jeito de falar de Oxbridge, esse insulto fácil, provocador, simultaneamente nada sério e mortalmente sincero. O professor Solanka nunca se acostumou com as farpas, sempre ficava terrivelmente ofendido com elas, sempre fingia ver o lado engraçado, mas nunca viu. Estranhamente, isso era algo que tinha em comum com seu crítico voltairiano, dono do alarmante nome de Krysztof Waterford-Wajda, conhecido como Dubdub, com quem havia na verdade forjado a mais improvável das amizades. Waterford-Wajda, assim como Solanka, aprendeu o estilo de conversação que deles se esperava sob a pressão de seu grupo de pares ferozes, mas também sentia-se incomodado. Solanka sabia disso, então não era "adoravelmente ausente" com ele. A risada dos ouvintes, porém, ele nunca esqueceu.

Dubdub era jovial, da velha guarda de Eton, metade delícia das debutantes do Hurlingham Club, metade mal-humorado polonês, filho de um self-made man, um atarracado vidraceiro imigrante que, além de parecer, falava e bebia como um brigão de beco, fez uma fortuna com vidraças duplas e se casou incrivelmente bem, para horror da sociedade das casas de campo ("Sophie Waterford casou com um polonês!"). Dubdub tinha a boa aparência lambida de Rupert Brooke, desfigurada por um queixo protuberante, um guarda-roupas cheio de berrantes paletós de tweed, uma bateria, um carro veloz, nenhuma namorada. Num baile de calouros de seu primeiro semestre, jovens emancipadas dos anos 60 recusaram seus convites para dançar, levando-o a gritar, chorosamente, "Por que as meninas de Cambridge são todas tão rudes?". Ao que alguma desalmada Andrée ou Sharon replicou: "Porque a maioria dos homens é como você". Na fila do jantar, brincalhão, ele ofereceu a outra jovem beldade a sua salsicha. Ao que ela, essa Sabrina sem sal, essa Nicki acostumada a arrasar admiradores indesejados, sem despentear um fio de cabelo, respondeu docemente: "Ah, mas certos animais eu não como nunca".

É preciso admitir que o próprio Solanka era culpado de alfinetar Dubdub mais de uma vez. Na formatura de ambos no liberado verão de 1966, vestidos em suas togas, orgulhosos e cercados por pais no gramado da faculdade, eles se permitiam sonhar com o futuro, e o inocente Dubdub inacreditavelmente anunciou sua intenção de ser romancista. "Como Kafka, talvez", divagou, dando um daqueles grandes sorrisos de classe alta, o sorriso de capitão de hóquei da mamãe que nenhuma sombra de dor, pobreza ou dúvida jamais abatera e que se localizava tão incongruentemente debaixo da herança paterna, das sobrancelhas pretas, cerradas, reminiscentes de intraduzíveis privações suportadas por seus ancestrais na nada glamorosa cidade de Lodz. "*Na toca do rato. Construção de uma máquina sem finalidade. Fúria.* Essas coisas."

Solanka conteve o riso, caridosamente dizendo a si mesmo que no conflito entre aquele sorriso e aquelas sobrancelhas, aquela Inglaterra de colher de prata e a Polônia de caneca de alumínio, entre essa cintilante Cruela Cruel de um metro e oitenta de altura, prato cheio da moda, que era a sua mãe, e aquele tanque de guerra de cara chata que era o pai, podia realmente haver espaço para germinar e florescer um escritor. Quem poderia dizer? Essas até podiam ser as condições de criação corretas para um híbrido tão improvável quanto um Kafka inglês.

"Ou, também", ponderou Dubdub, "pode-se partir para coisa mais comercial. *O vale das bonequinhas.* Ou também a alegre mídia que fica a meio caminho entre o grã-fino e a escória. A maior parte das pessoas é mediana, Solly, não insista. Querem um pouco de estímulo, mas não muito. E também não muito longo. Nada dos seus grandes pesos de segurar porta, seu Tolstoi, seu Proust. Livros curtos que não dão dor de cabeça. Os grandes clássicos recontados, resumidos, como romances baratos. *Otelo* modernizado para *Crimes mouros*. O que você acha?"

Foi o que bastou. Lubrificado pelo bom champanhe dos Waterford-Wajda (seus pais não tinham achado necessário vir de Bombaim para sua formatura, e Dubdub insistira generosamente em lhe servir um cálice que tornava a encher com freqüência), Solanka irrompeu em um apaixonado protesto contra as absurdas propostas de Krysztof, implorando sinceramente que o mundo fosse poupado da efusão literária de Waterford-Wajda, autor. "Por favor, nada de sagas campestres obscuras e ameaçadoras: *Brideshead* no estilo de *O castelo*. *Metamorfose em Blandings*. Ah, tenha dó. Além disso, no campo dos arroubos sexuais, controle-se. Você está mais para Alex Portnoy que para Jackie Susan, que disse, não esqueça, que admira o talento de Roth, mas não gostaria de apertar a mão dele. Acima de tudo, desista dos seus grandes sucessos clássicos. *O enigma de Cordélia? A incerteza de Elsinore?* Ah, ah, ah."

Depois de muitos minutos dessa provocação amigável-não-amigável, Dubdub abrandou, bem-humorado: "Bom, talvez eu vá ser diretor de cinema, então. Estamos de partida para o Sul da França. Quem sabe estão precisando de um diretor de cinema por lá."

Malik Solanka sempre teve um fraco pelo pateta Dubdub, em parte por sua habilidade de dizer coisas como essas, mas também pelo coração fundamentalmente bom e aberto que havia escondido debaixo daquele zurro elegante. Além disso, devia-lhe gratidão. No dormitório de Market Hill no King's College, numa noite fria de outono de 1963, Solanka, aos dezoito anos, precisou de socorro. Havia passado todo o seu primeiro dia na faculdade em um estado de agitado, supervaidoso pavor, incapaz de sair da cama, enxergando demônios. O futuro era como uma boca aberta, esperando para devorá-lo como Cronos havia devorado seus filhos, e o passado (os vínculos de Solanka com sua família estavam terrivelmente desgastados), o passado era um pote quebrado. Só restava esse intolerável presente, no qual sentia-se incapaz de funcionar. Muito mais fácil ficar na cama e puxar as cobertas. Em seu quarto moderno e impessoal de pinho claro e janelas de caixilhos metálicos, entrincheirou-se contra o que quer que estivesse à sua espera. Ouviu vozes na porta e não atendeu. Passos iam e vinham. Às sete da noite, porém, uma voz diferente de todas as outras, mais alta, mais afetada e absolutamente segura de uma resposta, gritou: "Alguém aí perdeu uma droga de baú grande com um nome maluco escrito em cima?". E Solanka, para sua própria surpresa, respondeu. Assim, o dia de terror, de hibernação, terminou, e seus anos de universidade começaram. A voz horrenda de Dubdub, como o beijo do príncipe, quebrou o encantamento.

Os bens materiais de Solanka haviam sido enviados por engano para o dormitório da faculdade em Peas Hill. Krys, ele ainda não era Dubdub, achou uma carreta, ajudou Solanka a colocar nela o baú e empurrá-la para seu devido lugar, depois arrastou o infeliz dono do baú para uma cerveja e jantar no salão da faculdade. Depois, ficaram sentados lado a lado no salão ouvindo o brilho de elegância do reitor do King's dizer que estavam em Cambridge para "três coisas: intelecto! Intelecto! Intelecto!". E que nos anos seguintes, mais do que em qualquer ala de supervisão ou palestras, iam aprender principalmente no tempo que passassem "uns nos quartos dos outros, se fertilizando". Impossível de ignorar, o zurro de Waterford-Wajda, "HA, ha, ha, HA", sacudiu o silêncio de pasmo que se seguiu a essa frase. Solanka adorou-o por aquela gargalhada irreverente.

Dubdub não virou romancista nem diretor de cinema. Fez sua pesquisa, obteve seu doutorado, acabou recebendo a oferta de uma bolsa e agarrou-a com aquele ar de gratidão de alguém que acabou de solucionar para todo o sempre a questão do resto de sua vida. Nessa expressão, Solanka viu um lampejo do Dubdub que havia por trás da máscara de menino-de-ouro, o jovem desesperado para escapar do mundo privilegiado em que havia nascido. Solanka tentou inventar para ele, à guisa de explicação, uma socialite fútil como mãe e um bruto grosso como pai, mas sua imaginação o traiu: os pais que veio a conhecer eram perfeitamente agradáveis e pareciam amar muito o filho. Waterford-Wajda, porém, ficara bem desesperado, e até falava, quando bêbado, da bolsa do King's como "essa vida maldita, é só o que me resta". Isso quando, pelo padrão normal de qualquer um, ele tanto possuía. Carro veloz, bateria, as terras da família em Roehampton, fundos fiduciários, ligações na alta sociedade. Solanka, com uma falta de compaixão que depois muito lamentou, disse a Dubdub para não rolar demais na lama da autopiedade. Dubdub ficou rígido, fez que sim com a cabeça, deu uma risada dura, "HA-ha-ha-HA", e não voltou a falar de assuntos pessoais durante muitos anos.

A questão da capacidade intelectual de Dubdub continuava sem resposta para muitos de seus colegas: o mistério Dubdub. Tantas vezes ele parecia tão bobo (um apelido que nunca pegou, porque era grosseiro demais mesmo para rapazes de Cambridge, foi Pooh, como o imortal Urso de Cérebro Pequeno), e, no entanto, seu desempenho acadêmico lhe rendia muitos louros. A tese sobre Voltaire, que lhe valeu o doutorado e serviu de plataforma de lançamento para a fama posterior, podia ser lida como uma defesa de Pangloss, tanto do superotimismo leibniziano inicial dessa sumidade imaginária quanto de sua posterior adesão a um quietismo enclausurado. Isso contrariava a tal ponto a corrente negativista, coletivista, politicamente engajada da época em que ele a escreveu a ponto de ser, para Solanka e outros, seriamente chocante. Dubdub dava uma série anual de palestras chamada "*Cultiver Son Jardin*". Poucas palestras em Cambridge, as de Pevsner, as de Leavis, mais ninguém, atraíam multidões semelhantes. Os jovens (ou, para ser exato, os mais jovens, porque Dubdub, apesar de toda a sua nebulosa elegância, não havia de forma alguma encerrado sua juventude) vinham para incomodar e vaiar, mas saíam mais quietos e pensativos, seduzidos pela profunda doçura de sua natureza, por aquela mesma inocência de olhos azuis e concomitante certeza de ser ouvido que havia despertado Malik Solanka de sua depressão do primeiro dia.

Os tempos mudam. Uma manhã, em meados dos anos 70, Solanka infiltrou-se pelos fundos na sala de palestra do amigo. O que o impressionou então foi a dureza do que Dubdub estava dizendo e o jeito como desarmava isso com seu nervosismo contrastante, quase pitônico. Olhando para ele, o que se via era um janota de paletó de tweed, irremediavelmente fora de contato com o que ainda era chamado de *Zeitgeist*. Mas se você prestasse atenção, ouvia algo muito diferente: uma envolvente desolação beckettiana. "Não esperem nada, sabem", Dubdub dizia tanto aos radicais de esquerda quanto aos cabeludos com contas nas tranças, sacudindo um exemplar amarfanhado do *Candide*. "É isso que diz o bom livro. A vida não vai melhorar. Más notícias, sabem, mas é o que é. É o melhor que se tem. A perfectibilidade do homem não passa do que vocês podem chamar de uma piada sem graça de Deus."

Dez anos antes, quando várias utopias, marxista, hippie, pareciam estar logo ali na esquina, quando a prosperidade econômica e o pleno emprego permitiam que o jovem inteligente se entregasse a suas fantasias brilhantes e idiotas de *Seruhnens* marginais ou revolucionários, ele teria sido linchado ou pelo menos reduzido ao silêncio. Mas aquilo era a Inglaterra de depois da greve dos mineiros e da semana de três dias, uma Inglaterra trincada na imagem do grande solilóquio de Lucky em *Godot*, no qual, em resumo, o homem encolhe e míngua a olhos vistos, e esse dourado momento de otimismo, em que o melhor dos mundos possíveis parece estar logo ali adiante, se apaga depressa. A estóica panglossice de Dubdub (alegrem-se com o mundo, com seus defeitos e tudo, porque é isso que se tem, e alegria e desespero são, portanto, termos intercambiáveis) estava rapidamente se concretizando.

O próprio Solanka foi afetado por isso. Enquanto se esforçava por formular suas idéias sobre o problema perene da autoridade e do indivíduo, ele às vezes ouvia a voz de Dubdub a estimulá-lo. Era uma época estatal, e em parte foi Waterford-Wajda quem permitiu que não saísse correndo com a multidão. O Estado não podia fazê-lo feliz, Dubdub cochichava em seu ouvido, não podia torná-lo bom ou consertar um coração partido. O Estado administrava escolas, mas seria capaz de ensinar as crianças a gostar da leitura, ou seria essa sua função? Havia um Serviço Nacional de Saúde, mas o que podia ser feito com a alta porcentagem de pessoas que ia ao médico sem precisar? Havia a moradia estatal, claro, mas a civilidade não era uma questão de governo. O primeiro livro de Solanka, um pequeno volume intitulado *O que precisamos*, um relato das atitudes cambiantes da história européia sobre o problema do Estado versus indivíduo, foi atacado por ambos os extremos do espectro político e depois descrito como um dos "pré-textos" do que veio a ser chamado de thatcherismo. O professor Solanka, que abominava Margaret Thatcher, cheio de culpa admitia em parte aquela verdade que soava como uma acusação. O conservantismo thatcheriano era uma contracultura que tinha dado errado: partilhava a desconfiança de sua geração pelas instituições de poder e usava a sua linguagem de oposição para destruir velhas coligações de poder, para dar poder não ao povo, o que quer que isso significasse, mas a uma rede de magnatas velhotes. Era uma economia pró-milionários e a culpa era dos anos 60. Essas reflexões contribuíram grandemente para a decisão do professor Solanka de abandonar o mundo do pensamento.

Em fins dos anos 70, Krysztof Waterford-Wajda era uma estrela e tanto. Os acadêmicos haviam se tornado carismáticos. A vitória da ciência, em que a física se transformaria na nova metafísica, e a microbiologia, não a filosofia, se via a braços com a grande questão do que significa ser humano, estava bem próxima; a crítica literária era o máximo do glamour e seus titãs saltavam de continente a continente com botas-de-sete-léguas para se exibir num palco internacional cada vez mais amplo. Dubdub viajou o mundo com suas melenas desgrenhadas, prematuramente grisalhas, agitadas por efeitos de vento exclusivos, mesmo dentro de casa, como Peter Sellers em *Um Beatle no Paraíso*. Às vezes, delegados dedicados o confundiam com o poderoso francês Jacques Derrida, mas ele afastava com um gesto de mão essa honra, com um sorriso inglês autodepreciativo, enquanto as sobrancelhas polonesas se franziam insultadas.

Era a época em que as duas grandes indústrias do futuro estavam nascendo. A indústria da cultura, nas décadas seguintes, tomaria o lugar da ideologia, passando a ser "primária" no sentido em que a economia costumava ser, gerando toda uma nova *nomenklatura* de comissários culturais, uma nova raça de burocratas em grandes ministérios de definição, exclusão, revisão e perseguição, e uma dialética baseada no novo dualismo de defesa e ofensa. E se a cultura era o novo secularismo do mundo, a nova religião era a fama, e a indústria, ou melhor, a seita, da celebridade atribuiria função significativa a uma nova *ecclesia*, uma missão proselitista projetada para conquistar essa nova fronteira, construindo seus resplandecentes veículos de celulóide e seus foguetes de raios catódicos, desenvolvendo novos combustíveis a partir de fofoca, fazendo voarem os Escolhidos até as estrelas. E para preencher os requisitos mais sombrios da nova fé, havia sacrifícios humanos ocasionais e vertiginosas quedas de asas queimadas.

Dubdub foi um precoce chamejar de Ícaro. Solanka esteve pouco com ele em seus anos dourados. A vida nos separa, com sua circunstancialidade aparentemente acidental, e quando um dia sacudimos a cabeça como quem acorda de uma divagação, nossos amigos se transformaram em estranhos e não podem ser recuperados: "Ninguém aqui conhece o pobre Rip van Winkle?", perguntamos, chorosos, e ninguém mais conhece. Assim foi com os dois velhos colegas de faculdade. Dubdub passou a ficar principalmente nos Estados Unidos, em alguma cadeira inventada para ele em Princeton, e de início houve telefonemas para cá e para lá, depois cartões de Natal e aniversário, depois silêncio. Até que numa noite perfumada de verão em Cambridge, em 1984, quando aquele velho lugar estava mais do que nunca com a sua cara perfeita de livro de histórias, uma mulher americana bateu no carvalho da porta das salas do professor Solanka, antes ocupadas por E. M. Forster, na escadaria A, em cima do bar dos estudantes. O nome dela era Perry Pincus. Tinha ossos miúdos, era morena, de seios grandes, sexy, jovem, mas felizmente não jovem o bastante para ser estudante. Todas essas coisas logo causaram uma boa impressão na consciência melancólica de Solanka. Estava se recuperando do fim de um primeiro casamento sem filhos, e Eleanor Masters ainda estava lá no futuro. "Krysztof e eu chegamos a Cambridge ontem", disse Perry Pincus. "Estamos na Garden House. Ou melhor, *eu* estou na Garden House. Ele está na Addenbrooke. Cortou os pulsos ontem à noite. Está muito deprimido. Perguntou por você. Posso tomar um drinque?"

Ela entrou e avaliou o ambiente. As casas, pequenas e maiorezinhas, e as figuras humanóides sentadas por toda parte, pequenas figuras nas casas, claro, mas também outras fora, em cima da mobília do professor Solanka, pelos cantos das salas, figuras duras e moles, masculinas e femininas, grandinhas e pequenas. Perry Pincus usava cuidadosa, embora pesada, maquiagem, as pálpebras pesando com os prolongamentos dos cílios pretos, vestia traje de guerra de gatinha sexual completo, vestido curto e justo, saltos agulha. Não era a roupa que se podia esperar de uma mulher cujo amante acabara de tentar o suicídio, mas ela não pedia desculpas por isso. Perry Pincus era uma jovem graduada em Literatura Inglesa que gostava de trepar com os astros de seu mundo cada vez menos fechado em si mesmo. Como devota do encontro circunstancial, conseqüências (esposas, suicídios) não eram com ela. Mas era brilhante, viva e, como todos nós, considerava-se uma pessoa aceitável, até, talvez, uma boa pessoa. Depois da primeira dose de vodca (o professor Solanka tinha sempre uma garrafa no freezer), ela disse, direta: "É depressão clínica. Não sei o que fazer. Ele é um encanto, mas eu não sou boa para ficar do lado de homem com problema. Não sou do tipo enfermeira. Gosto de homem que se encarrega de tudo". Depois de duas doses, disse: "Acho que ele era virgem quando me conheceu. Será possível? Ele não admitiu, claro. Disse que na terra dele era um partido e tanto. O que acabou sendo verdade, financeiramente falando, mas não sou do tipo que corre atrás de dinheiro". Depois de três doses, disse: "Só o que ele queria era uma chupeta, ou senão me comer o cu. O que é o.k., claro, dane-se. Muitos querem isso. É um dos meus atrativos: um garoto com peito. Isso pega os caras sexualmente confusos. Pode acreditar. Eu sei". Depois de quatro doses, disse: "Por falar em sexualmente confuso, professor, belas bonecas".

Ele resolveu que estava com fome, mas não dessa fome, e gentilmente a atraiu para baixo, até o King's Parade e a colocou num táxi. Ela ficou olhando pela janelinha, de olhos borrados e um ar perplexo, depois encostou, fechou os olhos, encolheu os ombros de leve. *Dane-se.* Ele depois descobriu que à sua própria maneira Perry "Pinch-ass" [Belisca-bunda] era famosa no circuito literário global. Podia-se ser famoso por qualquer coisa hoje em dia, e ela era.

Na manhã seguinte, foi visitar Dubdub, não no hospital central, mas num bonito e antigo edifício de tijolos no meio de um farto gramado, um pouco abaixo da rua Trumpington: como uma casa de campo para os sem-esperança. Dubdub estava de pé à janela fumando um cigarro, usando pijama de listas largas estalando de novo debaixo do que parecia seu velho robe do tempo da escola, uma coisa gasta, manchada, que talvez estivesse fazendo as vezes de uma fraldinha de estimação. Estava com os pulsos enfaixados. Parecia mais pesado, mais velho, mas aquele maldito sorriso social ainda estava lá, à mostra. O professor Solanka pensou que, se seus próprios genes o tivessem condenado a usar essa máscara todos os dias da vida, estaria ali com os pulsos enfaixados há muito tempo.

"Doença do olmo holandês", disse Dubdub apontando os tocos de árvores. "Coisa horrível. Os olmos da velha Inglaterra perdidos para sempre." *Perdidos para sempre.* O professor Solanka não disse nada. Não tinha vindo para falar de árvores. Dubdub virou para ele, entendeu a questão. "Não espere nada e não vai se decepcionar, certo?", murmurou, com uma cara envergonhada de menino. "Devia ter dado ouvidos a minhas próprias palestras." Solanka continuou não respondendo. Então, pela primeira vez em muitos anos, Dubdub deixou de lado o jogo da Velha Eton. "Tem a ver com sofrimento", disse, direto. "Porque nós todos sofremos tanto. Tanto. Não dá para parar. Você pode construir um dique, que ele vaza sempre e um dia o dique simplesmente cede. E não sou só eu. Quer dizer, sou eu, mas é todo mundo. Você também. Por que isso continua sempre, sempre? Está nos matando. Quer dizer, eu. Está me matando."

"Isso soa um pouco abstrato", tentou o professor Solanka, devagarinho.

"É, então." Era um estalo, sem dúvida. Os escudos deflectores estavam armados de novo. "Desculpe eu não estar à altura. É o problema de ser um Urso de Cérebro Pequeno."

"Por favor", pediu o professor Solanka. "Me conte."

"Essa é a pior parte", disse Dubdub. "Não tem nada para contar. Nenhuma causa direta nem imediata. Você simplesmente acorda um dia e não faz mais parte da própria vida. Você sabe disso. Sua vida não lhe pertence mais. Seu corpo não é mais, nem sei como transmitir para você a força da sensação, não é mais *seu*. Só tem a vida, vivendo por si mesma. Você não tem ela. Você não tem nada a ver com ela. Só isso. Parece que não é muito, mas pode acreditar. É igual hipnotizar alguém e convencer o sujeito que lá fora da janela tem uma grande pilha de colchões. Ele não vê mais nenhuma razão para não pular."

"Eu me lembro disso, ou de uma versão mais branda disso", concordou o professor Solanka, pensando naquela noite em Market Hill muito tempo atrás. "E foi você quem me arrancou da coisa. Agora tenho de fazer o mesmo por você." O outro sacudiu a cabeça. "Não dá para simplesmente se arrancar de uma coisa destas, eu acho." A atenção que recebia, o status de celebridade haviam agravado muito a crise existencial de Dubdub. Quanto mais se tornava uma Personalidade, menos se sentia uma pessoa. Finalmente, resolveu retirar-se aos claustros de uma academia tradicional. Deu um basta à vida de globe-trotter derridadeiro de *Um Beatle no Paraíso*! Um basta às performances. Energizado pela nova resolução, voou de volta para Cambridge com a tiete literária Perry Pincus, uma desavergonhada borboleta sexual, acreditando de fato que poderia montar casa com ela e construir uma vida estável em torno desse relacionamento. Chegara a esse ponto.

Krysztof Waterford-Wajda iria sobreviver a mais três tentativas de suicídio. Depois, apenas um mês antes de o professor Solanka metaforicamente lançar mão da própria vida, dizendo adeus a tudo e a todos que amava, e partir para a América com uma boneca de cabelo espetado nos braços, uma edição limitada, especial, do primeiro período de Little Brain, em más condições, as roupas rasgadas, o corpo danificado, Dubdub caiu morto. Três artérias estavam severamente entupidas. Uma simples operação de ponte de safena o teria salvado, mas ele a recusou e, igual a um olmo inglês, tombou. Coisa que talvez, se alguém ficar procurando esse tipo de explicação, tenha detonado a metamorfose do professor Solanka. Relembrando o amigo morto em Nova York, o professor Solanka deu-se conta de que havia acompanhado Dubdub em tantas coisas: muito em pensamento, sim, mas também a *le monde médiatique*, à América, à crise.

Perry Pincus havia sido uma das primeiras a intuir a ligação entre eles. Ela voltou à sua nativa San Diego e agora ensinava numa faculdade local a obra de alguns críticos e escritores que havia conhecido carnalmente. Pincus 101, ela chamou o curso, atrevida como sempre, em uma das mensagens de boas-festas que nunca deixava de mandar para o professor Solanka. "É a minha coleção particular de maiores sucessos, meus *Top Twenty*", escreveu, acrescentando, um tanto cortante, "Você não está na lista, professor. Não consigo circular na obra de um homem sem saber que entrada ele prefere." Seus votos de boas-festas vinham invariavelmente acompanhados, incompreensivelmente, por um brinquedinho de pano: um ornitorrinco, uma morsa, um urso-polar. Eleanor sempre se divertiu muito com os pacotes anuais que vinham da Califórnia. "Como você não trepou com ela", o professor Solanka foi informado pela esposa, "ela não consegue pensar em você como amante. Então fica tentando ser sua mãe. Como você se sente de ser o queridinho de Perry Pinch-ass?"

3.

Em seu confortável apartamento sublocado do Upper West Side, um dúplex bonito, de teto alto com majestosos lambris de carvalho e uma biblioteca que muito recomendava seus donos, o professor Malik Solanka ninava um copo de Geyserville Zinfandel tinto e lamentava. A decisão de partir havia sido inteiramente sua, mesmo assim afligia-se por sua antiga vida. Independentemente do que Eleanor dissera ao telefone, o rompimento era, quase com certeza, irreparável. Solanka jamais se considerara um trânsfuga ou um frouxo, mas havia trocado de pele mais que uma cobra. Deixara para trás país, família e não uma esposa, mas duas. Agora, um filho também. Talvez o erro fosse ver sua última partida como algo fora do comum. A dura realidade era, talvez, que estava agindo não contra a natureza, mas de acordo com seus ditames. Quando parou, nu, diante do espelho sem jaça da verdade, era assim que era.

No entanto, assim como Perry Pincus, considerava-se uma boa pessoa. As mulheres acreditavam nisso também. Sentindo nele uma ferocidade de compromisso rara de encontrar nos homens modernos, as mulheres sempre se permitiam apaixonar-se por ele, surpreendendo a si mesmas (essas mulheres cautelosas, experientes!) com a velocidade com que se lançavam a águas emocionais realmente profundas. E ele não as decepcionava. Era gentil, compreensivo, generoso, inteligente, engraçado, maduro, e o sexo era bom, era sempre bom. Isto aqui é para sempre, elas pensavam, porque percebiam que ele também estava pensando isso; sentiam-se amadas, prezadas, seguras. Ele lhes dizia (a uma de cada vez) que o que sentia era amizade em lugar de laços familiares, e, mais que amizade, amor. Isso soava certo. Então elas baixavam a guarda e relaxavam no bem-bom, e nunca percebiam a viradinha escondida dentro dele, o horrível beliscão de sua dúvida, até o dia em que ele rompia e o alienígena explodia de dentro de sua barriga, exibindo múltiplas fileiras de dentes. Elas nunca percebiam o fim chegando até ser atingidas. Sua primeira esposa, Sara, aquela que tinha o dom do grafismo verbal, colocou assim: "A sensação foi de um assassinato a machado".

"O seu problema", disse Sara, incandescente, perto do fim da última briga, "é que você só se apaixona mesmo é por essas porras dessas bonecas. O mundo em miniaturas inanimadas, é só com isso que você consegue lidar. O mundo que você pode fazer, desfazer e manipular, cheio de mulheres que não reagem, mulheres que você não tem de comer. Ou será que está fazendo as bonecas com boceta agora, bocetas de madeira, bocetas de borracha, bocetas infláveis que guincham como bexigas quando você enfia e tira? Você tem um harém de bonecas fodedoras em tamanho natural num barracão em algum lugar aí, é isso que vão descobrir um dia quando você for preso por estuprar e picar em pedacinhos uma menina de cachos dourados de oito anos de idade, a porra de uma pobrezinha de uma boneca viva com que você brincou e depois jogou fora? Vão encontrar o sapato dela num arbusto e vão descrever uma minivan na televisão e eu vou estar assistindo, você não vai estar em casa e eu vou pensar Meus Deus, conheço essa van, é a que ele usa para levar a porra dos brinquedos dele por aí quando vai àquelas reuniões pervertidas brincar de me-mostre-a-sua-boneca-que-eu-te-mostro-a-minha. Eu vou ser a esposa que não sabia de nada. A esposa de cara bovina que aparece na TV, forçada a defender você só para defender a mim mesma, à minha inimaginável burrice, porque, afinal de contas, escolhi você."

A vida é fúria, ele havia pensado. Fúria, sexual, edipiana, política, mágica, brutal, nos leva aos nossos melhores picos e às mais grosseiras profundezas. Da fúria nasce a criação, a inspiração, a originalidade, a paixão, mas também a violência, a dor, a destruição pura e destemida, o dar e receber golpes dos quais nunca nos recuperamos. As Fúrias nos perseguem; Shiva dança a sua dança furiosa para criar e também para destruir. Mas deixe os deuses para lá! Sara lhe fazendo um sermão representava o espírito humano em sua forma mais pura, menos socializada. É isso que somos, é para disfarçar isso que nos civilizamos, o aterrorizador animal humano em nós, o exaltado, transcendente, autodestrutivo, livre senhor da criação. Nós nos levamos aos picos da alegria. Nós nos esquartejamos membro a porra de membro.

O nome dela era Lear, Sara Jane Lear, parente distante do escritor e aquarelista, mas não havia nela nem um laivo do imortal nonsense do excêntrico Edward. *Que delícia conhecer Sara Lear, uma pessoa informada de tantas e tantas coisas! Tem gente que acha que ela é muito estranha, mas acho que é muito interessante.* O verso revisado não produziu nem a sombra de um sorriso. "Imagine quantas vezes as pessoas recitaram essas exatas palavras para mim, e vai me desculpar de não me impressionar com elas." Era um ano ou quase mais velha que ele e estava escrevendo uma tese sobre Joyce e o nouveau roman francês. Em seu apartamento no segundo andar na rua Chesterton, o "amor" (que olhando em retrospecto mais parecia medo, um mútuo agarrar-se ao cinto de segurança do outro enquanto se afogavam na solidão dos vinte e tantos anos) fez com que ele labutasse duas vezes sobre o *Finnegans Wake*. E também sobre as duras páginas de Sarraute, Robbe-Grillet e Butor. Quando levantava os olhos das grandes pilhas de suas lentas e obscuras frases, descobria que ela o estava vigiando da outra poltrona, voltando em sua direção aquela angulosa máscara diabólica, linda mas dissimulada. Dissimulada dama das Fenlands. Ele não conseguia ler sua expressão. Podia ser desprezo.

Casaram-se depressa demais para pensar e sentiram-se presos no erro quase imediatamente. Porém ficaram juntos diversos anos miseráveis. Depois, quando contou a história de sua vida a Eleanor Masters, Solanka moldou sua primeira mulher como aquela que tem as estratégias de fuga, o jogador mais provável de desistir do jogo. "Ela sempre desistia logo de tudo o que mais queria. Antes de descobrir que não estava à altura." Sara havia sido a atriz universitária excepcional de sua geração, mas deixara as coisas nesse ponto, abandonando para sempre o pote de maquiagem e a platéia, sem uma palavra de arrependimento. Depois, iria abandonar também sua tese e arrumar um emprego em publicidade, emergindo da crisálida de seu guarda-roupa de literata, abrindo deslumbrantes asas de borboleta.

Isso foi logo depois que terminaram o casamento. Quando Solanka descobriu, ficou furioso durante um breve momento. Todo aquele esforço de leitura para nada! E não só a leitura. "Graças a ela", fuzilou para Eleanor, "assisti a *O ano passado em Marienbad* três vezes no mesmo dia. Passamos um fim de semana inteiro tentando entender o maldito jogo de palitos de fósforo que eles jogam. 'Você não vai ganhar, sabia.' 'Não é um jogo, se não se pode perder.' 'Ah, eu posso perder, mas não perco nunca.' Aquele jogo. Graças a ela, aquilo ainda está grudado na minha cabeça, mas ela se bandeou para o universo do Se Você Tem Você Pode. Eu estou aqui atolado nesta desgraça dos *couloirs* do romance francês e ela está num escritório no quadragésimo nono andar num prédio de esquina da Sexta Avenida, de terninho yuppie de Jil Sander, ganhando, não tenho a menor dúvida, uma grana preta."

"É, só não esqueça que foi *você* que largou *dela*", disse Eleanor. "Você achou a próxima e trocou por Sara: largou dela sem mais nem menos. Claro que não devia nunca ter se casado com ela, e essa é sua única desculpa. Essa é a grande pergunta irrespondível sobre o amor colocada por sua Rainha Lear: no que é que você estava pensando? Além disso, você levou o que merecia quando a seguinte, aquela valquíria wagneriana que tinha uma Harley, chutou você por qual compositor mesmo?" Ela sabia a resposta perfeitamente bem, mas era uma história de que ambos gostavam. "A porra do Rummenigge." Solanka sorriu, se acalmando. "Ela trabalhou de assistente no projeto de três orquestras e um tanque de guerra com ele e depois recebeu um telegrama. *Por favor, evite todo e qualquer contato sexual até que possamos examinar a profunda ligação que evidentemente existe entre nós.* E no dia seguinte uma passagem só de ida para Munique, e ela desapareceu na Floresta Negra durante anos. Mas não foi feliz", acrescentou. "Ela não sabia quando era feliz, entende?" Quando Solanka deixou Eleanor, ela acrescentou um amargo PS a essas reflexões. "Na verdade, eu gostaria de ouvir o lado dela nessas histórias", disse, em um telefonema difícil. "Você pode ter sido um filho-da-puta sem coração desde o começo."

Malik Solanka, passeando sozinho a caminho de um programa duplo de Kieslowski no Lincoln Plaza, tentava imaginar a própria vida como um filme do *Decálogo*. Um Curta sobre a Deserção. Que mandamentos a sua história haveria de ilustrar, ou questionar, como preferiria o Kieslowski acadêmico que apresentara os episódios da semana anterior? Havia vários mandamentos contra os pecados de comissão imprópria. Avareza, adultério, luxúria, essas coisas eram anatematizadas. Mas haveria leis contra pecados de omissão imprópria? Não Serás Um Pai Ausente. Pensando Bem, Não Abandonarás a Tua Vida sem a Porra de Uma Boa Razão, Besta, e O Que Você Aprontou até Agora Não Chega Nem Perto. O Que Achas? Que Podes Fazer O Que Bem Entendes? Quem Porra Imaginas Que És: Hugh Hefner? O Dalai-Lama? Donald Trump? Em Que Sam Hill Estás Tocando? Hein, hein? *Hein*???

É provável que Sara Lear esteja aqui na cidade, pensou de repente. Devia ter quase sessenta anos agora, uma mulher importante com um grande portfólio, com telefones secretos para fazer reservas no Pastis e no Nobu, e um cantinho para fins de semana no Sul, digamos, em Amagansett. Graças a Deus não era preciso localizá-la, procurar por ela, dar-lhe parabéns por suas escolhas de vida. Como ela haveria de ficar exultante! Pois haviam vivido juntos o suficiente para assistir à absoluta vitória da publicidade. Nos anos 70, quando Sara desistiu da vida séria em prol da frívola, trabalhar no universo da propaganda era ligeiramente vergonhoso. Você confessava isso aos amigos em voz baixa e de olhos velados. A publicidade era um golpe na confiança, um engodo, um notório inimigo do futuro. Era, idéia horrível naquela época, descaradamente capitalista. Vender coisas era *baixo*. Agora todo mundo, escritores eminentes, grandes pintores, arquitetos, políticos, queria fazer parte do jogo. Alcoólatras recuperados anunciavam bebidas. Todo mundo, e tudo, estava à venda. Os anúncios transformaram-se em colossos, escalando como King Kong as paredes dos edifícios. E o pior é que eram amados. Quando assistia televisão, Solanka ainda abaixava o volume nos intervalos comerciais, mas todo mundo, tinha certeza, aumentava o volume. As meninas dos anúncios, Esther, Bridget, Elizabeth, Halle, Gisele, Tyra, Isis, Aphrodite, Kate, eram mais desejáveis que as atrizes dos programas entre eles. Droga, os *rapazes* dos anúncios, Mark Vanderloo, Marcus Schenkenberg, Marcus Aurelius, Marc Antony, Marky Mark, eram mais desejáveis que as atrizes dos programas. Além de apresentar o sonho de uma América idealmente bela em que todas as mulheres eram *babes* e todos os homens eram *Marks*, além do serviço básico de vender pizza e grandes veículos utilitário-esportivos e Não Acredito Que Não é Manteiga, além da administração do dinheiro e do bipbipbip das pontocom, os comerciais aplacavam a dor da América, a dor de cabeça, a dor dos gases, a dor de coração, a solidão, a dor do bebê e do velho, a de ser pai e a de ser filho, a dor da virilidade e a dor das mulheres, a dor do sucesso e a do fracasso, a boa dor do atleta e a má dor do culpado, a angústia da solidão e da ignorância, o agudo tormento das cidades e a dor surda e louca das planícies vazias, a dor de querer sem saber o que se quer, a agonia de uivante vazio dentro de cada eu espectador, semiconsciente. Não era de admirar que a publicidade fosse popular. Ela melhorava as coisas. Ela apontava o caminho. Ela não era parte do problema. Ela resolvia coisas.

Na verdade, havia um publicitário morando no prédio do professor Solanka. Usava suspensórios vermelhos e camisas Hathaway, e até fumava cachimbo. Apresentou-se naquela mesma tarde junto às caixas de correio do hall de entrada, com uns rolos de layouts na mão. (O que havia com a solidão de Solanka, o professor perguntou silenciosamente a si mesmo, que aparentemente levava todos os seus vizinhos a se sentir obrigados a perturbá-la?) "Mark Skywalker, do planeta Tatooine."

Dane-se, como diria Perry Pincus. Solanka não se interessou pelo jovem de gravata-borboleta, óculos, intensamente distante de um cavaleiro Jedi, e, como ex-fã de ficção científica, desdenhava a popularesca ópera espacial do ciclo *Guerra nas estrelas*. Mas já havia aprendido a não discutir com a auto-invenção em Nova York. Aprendera também que devia omitir o "professor" ao declinar seu nome. Conhecimento aborrecia as pessoas, e o formalismo era uma forma de se valorizar. Estavam no país do diminutivo. Até as lojas e os restaurantes ficavam logo íntimos. Virando a esquina havia o Andy's, o Bernie's, o Josie's, a Gabriela's, o Vinnie's, o Freddie & Pepper's. O país da reserva, da discrição e do não-dito, ele deixara para trás, e isso era bom, no geral. Na Hana's (drogaria) você podia entrar direto e comprar um SUTIÃ PARA MASTECTOMIA. O indizível estava bem ali na vitrina em letras vermelhas de trinta centímetros de altura. Então, por via das dúvidas, "Solly Solanka", ele respondeu, neutro, surpreendendo-se a si mesmo com o uso do apelido detestado e provocando uma testa franzida em Skywalker. "Você é brimo?" Solanka não conhecia o termo e disse isso, desculpando-se. "Ah, então não é." Skywalker balançou a cabeça; "Pensei, por causa do Solly, talvez. E, desculpe, também por causa do nariz." O sentido da palavra desconhecida ficou logo claro pelo contexto e suscitou uma questão interessante, que Solanka evitou formular: então havia judeus em Tatooine?

"Você é britânico, certo", continuou Skywalker. (Solanka não entrou nas gentilezas pós-coloniais, migratórias.) "Mila me disse. Me faça um favor. Dê uma olhada nisto aqui." Mila era provavelmente a jovem imperatriz da rua. Solanka observou, sem prazer, a eufonia de seus nomes: Mila, Malik. Quando a jovem descobrisse isso, sem dúvida não resistiria a comentar com ele. Seria forçado a apontar o óbvio, ou seja, que sons não são significados e que se tratava de um mero eco interlingual do qual nada, decerto nenhuma conexão humana, se podia depreender. O jovem publicitário havia desenrolado e estendido os layouts na mesa do hall. "Quero a sua opinião sincera", explicou Skywalker. "É uma campanha de imagem corporativa." Os layouts mostravam imagens de página dupla de famosos skylines ao anoitecer. Solanka fez um gesto vago, sem saber o que responder. "O texto", incitou Skywalker. "Está bom?" Todas as imagens tinham o mesmo texto. O SOL NUNCA SE PÕE PARA A AMERICAN EXPRESS INTERNATIONAL BANKING COMPANY. "Bom. Está bom", disse Solanka, sem saber se estava mesmo bom, médio ou terrível. Era de supor que havia sempre um escritório da American Express aberto em algum lugar do mundo, portanto a informação provavelmente era verdadeira, embora não desse para saber que utilidade teria para um indivíduo em Londres, digamos, saber que os bancos ainda estavam abertos em Los Angeles. Tudo isso ele guardou para si mesmo e fez um ar que, pelo menos esperava, fosse judicioso e aprovador. Mas Skywalker evidentemente queria mais. "Como britânico", sondou, "acha que os britânicos não vão se ofender?"

Era uma genuína charada. "Por causa do império britânico, quero dizer. Em que o sol nunca se põe. Sem intenção de ofender. É disso que eu quero ter certeza. Que o texto não soa como um insulto ao glorioso passado de seu país." O professor Solanka sentiu uma imensa irritação subir do peito. Experimentou um forte desejo de berrar com esse sujeito de ridículo pseudônimo, dizer-lhe uns palavrões e talvez realmente esbofeteá-lo na cara com a mão aberta. Precisou de algum esforço para se conter, e numa voz controlada garantir ao empenhado jovem Mark, com sua roupa de clone de David Ogilvy, que até o coronel de cara mais vermelha da Inglaterra dificilmente se incomodaria com essa formulação banal. Correu então para seu apartamento, fechou a porta com o coração disparado, encostou-se na parede, fechou os olhos, respirou e sacudiu-se. É, esse era o outro lado da moeda do seu novo ambiente olá-como-vai, visibilidade imediata, SUTIÃ DE MASTECTOMIA: sua nova hipersensibilidade cultural, seu quase patológico medo de ofender. O.k., sabia que ninguém sabia, não era essa a questão. A questão era saber de onde vinha toda aquela raiva. Por que estava se deixando pegar de guarda aberta, insistentemente, por ondas de raiva que quase dominavam sua vontade?

    Tomou uma ducha fria. Depois, ficou deitado durante duas horas no quarto escuro com o ar-condicionado e o ventilador de teto funcionando direto para combater o calor e a umidade. Controlar a respiração ajudava, e ele usou também técnicas de visualização para relaxar. Imaginou a raiva como um objeto físico, uma bolota macia, escura, pulsante, e mentalmente desenhou um triângulo vermelho em volta dela. Depois, lentamente foi diminuindo o triângulo até a bolota desaparecer. Funcionou. O coração voltou ao normal. Ligou a televisão do quarto, um velho monstro chiante e tilintante que datava de uma geração anterior de tecnologia, e assistiu El Duque no *mound*, sua jogada incrível, hiperbólica. O lançador se encolheu todo até o joelho quase tocar o nariz, depois se desenrolou como um chicote. Mesmo nessa temporada caótica, quase em pânico, do Bronx, Hernández inspirava calma.

    O professor Solanka cometeu o erro de mudar brevemente para a CNN, onde tudo era Elián, o tempo inteiro. O professor Solanka sentia náuseas com a eterna necessidade de totens que as pessoas tinham. Um menininho havia sido resgatado de uma bóia de borracha no mar, a mãe afogou-se, e imediatamente começou a histeria religiosa. A mãe morta se transformou em uma figura quase mariana e havia pôsteres onde se lia ELIÁN, NOS SALVE. O culto, nascido da demonologia necessária de Miami, segundo a qual Castro, o diabo, Hannibal, o canibal Castro, iria comer vivo o menino, despedaçar sua alma imortal e mastigá-la com feijão e um copo de vinho tinto, o culto desenvolveu imediatamente também um sacerdócio. O tio horrendo fixado pela mídia foi ungido papa do elianismo, e sua filha, a pobre Marisleysis, com seu "esgotamento nervoso", era exatamente o tipo que começaria, qualquer dia desses, a testemunhar milagres do menino de sete anos. Havia até um pescador envolvido. E evidentemente apóstolos, espalhados por todo o mundo: o fotógrafo que vivia no quarto de Elián, o pessoal de cinema e TV acenando com contratos, editoras fazendo a mesma coisa, a própria CNN e todas as outras equipes de notícias com suas parabólicas de transmissão ao vivo e microfones felpudos. Enquanto isso, em Cuba, o menino estava sendo transformado em outro totem muito diferente. Uma revolução moribunda, uma revolução do velho e isolado barbudo, levantava a criança como prova de sua renovada juventude. Nessa versão, Elián emergindo das águas passou a ser uma imagem da imortalidade da revolução: uma mentira. Fidel, aquele velho infiel, fez intermináveis discursos usando uma máscara de Elián.

E durante um longo tempo o pai, Juan Miguel González, ficou em sua cidade natal, Cárdenas, e pouco falou. Disse que queria seu filho de volta, o que talvez fosse digno, mas talvez não bastasse. Pensando no que ele próprio faria se seus tios e primos se pusessem entre ele e Asmaan, o professor Solanka quebrou um lápis ao meio. Depois mudou de canal, de volta ao jogo, mas era tarde demais. El Duque, ele próprio um refugiado cubano, não haveria de ter a mesma opinião de Solanka a esse respeito. Opinião essa na qual Asmaan Solanka e Elián González se borravam e fundiam-se, que estava se esquentando de novo, indicando que em seu caso nenhum parente tivera de se colocar entre Solanka e o filho. Havia conseguido a ruptura sem auxílio externo. Quando a raiva inevitável começou a crescer de novo, usou outra vez a sua muito praticada técnica de sublimação e dirigiu a raiva para fora, para a multidão ideologicamente perturbada de Miami, transformada pela experiência naquilo que mais detestava. Ao fugirem da intolerância, haviam eles próprios se tornado intolerantes. Gritavam com os jornalistas, desrespeitavam os políticos que discordavam deles, sacudiam os punhos fechados para os carros que passavam. Falavam dos males da lavagem cerebral, mas seus próprios cérebros estavam evidentemente sujos. "Lavagem não, tingimento, isso sim", Solanka se viu gritando alto para o atirador cubano na TV. "Vocês sofreram tingimento cerebral a vida inteira. E esse menininho no balanço com cem câmeras fuçando a sua confusão: o que vocês estão dizendo a ele sobre pai dele?"

Teve de repassar tudo de novo: o tremor, a palpitação, a falta de ar, a ducha, o escuro, a respiração, a visualização. Sem drogas. Havia banido as drogas e evitava também os doutores de cabeça. O gângster Tony Soprano podia estar consultando uma psicanalista, mas ele que se foda, ele é ficção. O professor Solanka havia resolvido encarar seu demônio sozinho. A psicanálise e a química davam-lhe a sensação de estar roubando. Se a batalha era mesmo para ser vencida, se era para jogar na lona o demônio que o possuía e mandá-lo para o inferno, tinha de ser só os dois, nus, sem regras, numa luta de punhos nus até a morte.

Estava escuro quando Malik Solanka considerou-se pronto para sair do apartamento. Abalado, mas fazendo pose de seguro, saiu para o programa duplo de Kieslowski. Se fosse um veterano do Vietnã ou mesmo um repórter desses que já viram de tudo, seu comportamento poderia ser mais prontamente compreensível. Jack Rhinehart, um poeta e correspondente de guerra americano que conhecera vinte anos antes, se era acordado por um toque de telefone, até hoje, geralmente espatifava o aparelho. Não conseguia evitar, e só estava meio acordado quando acontecia. Jack destruiu uma porção de telefones, mas aceitou seu destino. Era perturbado e se considerava feliz de não estar pior. Mas a única guerra de que o professor Solanka participara era só contra a própria vida, e a vida tinha sido boa com ele. Tinha dinheiro e aquilo que a maior parte das pessoas considerava uma família ideal. Sua mulher e seu filho eram extraordinários. Mesmo assim, já havia ficado sentado na cozinha no meio da noite, pensando em assassinato. Assassinato de verdade, não metafórico. Tinha até levado uma faca de trinchar para o andar de cima e ficado durante um minuto terrível mudo, acima do corpo de sua mulher adormecida. Depois virou-se, dormiu no quarto de hóspedes e, de manhã, fez as malas e pegou o primeiro avião para Nova York, sem dar nenhuma razão. O que acontecera ia além da razão. Precisava colocar um oceano, pelo menos um oceano, entre ele e aquilo que quase havia feito. Então miss Mila, a imperatriz da Rua 70 Oeste, chegara mais perto da verdade do que imaginava. Do que jamais imaginaria.

Estava esperando na fila do cinema, perdido dentro de si mesmo. Então a voz de um jovem começou a soar atrás de sua orelha direita, desgraçadamente alta, sem se importar com quem ouvisse, contando sua história para um companheiro, mas também para a fila inteira, para a cidade, como se a cidade estivesse interessada. Viver na Metrópole era saber que o excepcional era tão comum como refrigerante diet, que a anormalidade era a pipoca da norma: "Então eu acabei ligando para ela, e eu: oi, mãe, e aí ela: quer saber quem é que está sentado aqui para jantar em Lugarnenhum, quem está bem aqui comendo o bolo de carne da sua mãe, é o Papai Noel, é ele. Papai Noel sentado bem aqui na cabeceira da mesa onde aquele gambá comedor de cobra do seu pai costumava sentar aquela bunda fodida dele. Juro por Deus. Quer dizer, já eram três da manhã e ela estava pirando. Foi isso que ela disse, palavra por palavra, porra. Papai Noel. E eu peguei e disse Claro, mãe, e Jesus cadê? E ela pega e diz É *Mister* Jesus Cristo pra você, rapaz, e fique sabendo que Mister Jesus H. Cristo está cuidando do peixe agora. Eu só agüentei até aí, cara, e peguei disse assim Tchau, mãe, cumprimente aí os caras por mim, feliz Natal e tal". E junto com a voz do homem havia uma risada feminina dura, horrorizada, HA-ha-ha-HA.

Num filme de Woody Allen (parte de *Maridos e esposas* havia sido filmada no apartamento alugado de Solanka), os espectadores da fila teriam se juntado à conversa, tomando partido, contando anedotas pessoais que rivalizavam ou superavam a que tinham acabado de ouvir, encontrando referências para o monólogo da mãe furiosa, louca, no Bergman da última fase, em Ozu, em Sirk. Num filme de Woody Allen, Noam Chomsky ou Marshall McLuhan, ou hoje quem sabe fosse Gurumayi ou Deepak Chopra, sairiam de trás de um vaso de palmeira e brindariam com algumas palavras de um comentário polido e untuoso. A queixa da mãe seria logo objeto de uma agonizante meditação de Woody, se ela desvairava o dia inteiro ou só na hora das refeições. Que remédio ela tomava e os efeitos colaterais estavam adequadamente descritos no rótulo? O que significava ela estar planejando brincar não com um, mas com dois grandes ícones? O que diria Freud sobre esse triângulo sexual fora do comum? O que a dupla necessidade da posse de presentes embrulhados e da salvação de sua alma imortal nos revela a respeito dela? O que nos revela sobre a América?

Além disso, se eram homens de verdade no quarto com ela, quem eram eles? Talvez assassinos fugitivos, entocados na cozinha dessa pobre mulher encharcada de burbom? Será que estaria de fato em perigo? Por outro lado, pensando com a cabeça aberta, não deveríamos admitir a possibilidade, pelo menos teórica, de um genuíno milagre, duplo, estar ocorrendo? Nesse caso, que tipo de presente de Natal Jesus pediria a Papai Noel? E, tudo bem, o Filho de Deus estava se encarregando do atum, mas será que havia bolo de carne suficiente para todos?

A tudo isso Mariel Hemingway prestaria cuidadosa e inexpressiva atenção. Depois, com igual rapidez, tudo seria esquecido para sempre. Em um filme de Woody Allen a cena teria sido filmada em preto-e-branco, esse processo mais que irreal que passou a significar realismo, integridade e arte. Mas o mundo é colorido e menos bem roteirizado que o cinema. Malik Solanka virou de repente, abriu a boca para responder e se viu olhando para Mila e seu namorado centurião atlético. Pensando neles, havia conjurado os dois. E atrás deles estava, reclinado, encostado, abaixado, colocado, o resto da indolente tropa do portal.

Solanka teve de admitir que eram lindos. Aquele uniforme Hilfiger havia sido descartado para revelar um estilo muito diferente, mais universitário baseado no clássico figurino de verão de Calvin branco-e-pardo, e todos usavam óculos escuros, apesar da hora. Nos cinemas multiplex passava um comercial em que um grupo de vampiros modernos (graças a Buffy de *Caça-Vampiros*, vampiros estavam na moda) se sentava na praia com seus ray-bans para esperar o amanhecer. Um deles havia esquecido os óculos escuros e fritava quando era tocado pelos raios de sol, e os companheiros riam quando explodia, revelando as presas. HA-ha-ha-HA. Talvez, pensou o professor Solanka, Mila e Cia. fossem vampiros e ele o idiota sem proteção. Só que, claro, isso significaria que ele também era um vampiro, um refugiado da morte, capaz de desafiar as leis do tempo... Mila tirou os óculos de sol, deu-lhe um olhar direto e provocante, e ele imediatamente lembrou com quem ela parecia.

"Olha só, é Mr. Garbo, que quer ficar sozinho", disse o centurião oxigenado, maldoso, indicando que estava pronto para todo e qualquer problema que o velho e enferrujado professor Solanka resolvesse provocar. Mas Malik estava hipnotizado pelo olhar de Mila. "Nossa", disse, "nossa, desculpe, mas é Little Brain. Desculpe, mas é a minha boneca." O centurião gigante achou que isso era uma observação estúpida e portanto questionável, e de fato, no jeito de Solanka, havia algo mais que surpresa, algo bilioso, quase hostil, algo que podia ser aversão. "Calma aí, Greta", disse o grandão, colocando a palma de uma mão enorme no peito de Solanka e aplicando uma impressionante pressão. Solanka cambaleou para trás e encostou na parede.

Mas a jovem chamou o seu cão de guarda. "Tudo bem, Ed. Eddie, sério, tudo bem." Felizmente, bem nesse momento, a fila começou a avançar depressa. Malik Solanka correu para a platéia e sentou a certa distância do grupo de vampiros. Quando as luzes se apagaram, viu aqueles olhos verdes penetrantes olhando intensamente para ele através da platéia da sala de cinema.

4.

Passou fora toda a noite, mas não havia como encontrar paz, mesmo andando na calada da noite, e muito menos na hora já agitada antes do amanhecer. Não havia calada da noite. Não se lembrava de sua rota exata, tinha a impressão de ter atravessado a cidade e voltado pela Broadway ou contornado a avenida, mas não lembrava o volume exato de ruído branco e negro. Lembrava do ruído dançando em formas abstratas diante de seus olhos congestionados. O casaco de seu terno de linho pesava, úmido, de seus ombros, mas em nome da retidão, do modo certo de fazer as coisas, não o tirou. Nem o chapéu-panamá. O barulho da cidade aumentava quase diariamente, ou talvez a sensibilidade dele ao barulho é que estivesse chegando ao ponto mais gritante. Caminhões de lixo deslizavam pela cidade como baratas gigantes, rugindo. Não estava nunca fora do alcance de uma sirene, de um alarme, do guincho de algum grande veículo em marcha a ré, do ritmo de alguma música intolerável.

As horas passaram. Os personagens de Kieslowski ficaram dentro dele. Quais as raízes de nossas ações? Dois irmãos, se desentendendo entre si e com o pai morto, quase enlouquecidos por causa de uma inestimável coleção de selos. Um homem ficava sabendo que era impotente e descobria que não podia tolerar a idéia de sua mulher amorosa possuir um futuro sexual sem ele. Mistérios nos movem a todos. Só vemos de relance seus rostos velados, mas seu poder nos impulsiona à frente, na direção das trevas. Ou da luz.

Ao virar em sua rua, até os prédios pareciam lhe falar no tom sonoro dos extremamente confiantes, dos donos do mundo. A Escola do Sagrado Sacramento fazia seu proselitismo em latim gravado na pedra. PARENTES CATHOLICOS HORTAMUR UT DILECTAE PROLI SUAE EDUCATIONEM CHRISTIANAM ET CATHOLICAM PROCURANT. [...] O sentimento não tocava nenhuma corda sensível dentro de Solanka. Na porta ao lado, um sentimento mais de biscoitinho da sorte inscrito em letras de ouro retinia numa entrada portentosa em estilo assírio-DeMille. SE O AMOR FRATERNO UNISSE OS HOMENS TODOS, COMO SERIA BELO O MUNDO. Três quartos de século antes, esse edifício, berrantemente bonito à maneira mais descarada da cidade, havia sido consagrado, em sua pedra fundamental, "ao pitonismo", sem nenhuma vergonha do choque de metáforas grega e mesopotâmia. Esse confuso saque ao armazém de impérios do passado, esse cadinho ou *métissage* de poder passado, era o verdadeiro indicador do poder presente.

Pito era o nome antigo de Delfos, morada de Píton, que lutou com Apolo, e, mais notoriamente, do oráculo de Delfos, onde a sacerdotisa que profetizava era a pitonisa, uma criatura de êxtases e frenesis. Solanka não conseguia imaginar que fosse esse o sentido de "pitonismo" na intenção dos construtores: dedicado a convulsões e epilepsias. Nem poderia uma casa tão épica ser dirigida à humilde, à grandiosa e poderosamente humilde, prática da poesia. (Pítio é o verso de um poema escrito em hexâmetros datílicos.)

Havia provavelmente a intenção de uma referência apolínia geral, a Apolo tanto em sua encarnação musical quanto na atlética. Desde o sexto século Antes da Era Comum, os jogos pitônicos, parte do grande quarteto de festivais pan-helênicos, eram celebrados no terceiro ano do ciclo olímpico. Além das competições esportivas, havia concursos musicais, e a grande batalha do deus com a cobra era também recriada. Talvez retalhos disso fossem conhecidos pelos que construíram aquele altar ao semiconhecimento, aquele templo dedicado à crença de que a ignorância, sustentada por dólares suficientes, se transformava em saber. O templo de Apolo Tolo.

Para o inferno com essa mixórdia clássica, exclamou em silêncio o professor Solanka. Uma divindade maior estava à sua volta: a América, no auge de seu poder híbrido, onívoro. A América, para onde tinha vindo para se apagar. Para se libertar de ligações e também da raiva, do medo e da dor. Engula-me, orou em silêncio o professor Solanka. Engula-me, América, e me dê paz.

Na calçada oposta ao cafona castelo assírio da Pitonisa, o melhor simulacro de uma *Kaffeehaus* vienense estava acabando de abrir as portas. Ali se achava o *Times* e o *Herald Tribune* enfiados em suportes de madeira. Solanka entrou, tomou café forte e permitiu-se aderir ao jogo de eterna imitação dessa que é a mais transitória das cidades. Em seu terno de linho agora desalinhado e chapéu-panamá, seria tomado por um dos mais desprovidos habitués do Café Hawelka na Dorotheergasse. Em Nova York ninguém olhava muito, e pouca gente tinha os olhos treinados nas velhas sutilezas européias. O colarinho sem goma da camisa branca manchada de suor da Banana Republic, as sandálias marrons empoeiradas, a barba crescida e arrepiada (nem cuidadosamente aparada, nem delicadamente engomada) soavam ali fora de lugar.

Até seu nome, fosse ele obrigado a fornecê-lo, soava vagamente *Mitteleuropäische*. Que lugar, pensou. Uma cidade de meias verdades e ressonâncias que de alguma forma domina a terra. E seus olhos, verde-esmeralda, fixados em seu coração.

Aproximou-se do balcão com sua exposição refrigerada de grandes bolos da Áustria, deixou passar o gâteau Sacher de ótima aparência e preferiu pedir um pedaço de Linzertorte, recebendo como resposta um olhar de perfeita incompreensão hispânica, que o obrigou a apontar com exasperação. Então pôde, finalmente, ler e sorver.

Os jornais matinais estavam cheios de reportagens sobre o genoma humano. Falavam que era a melhor versão até hoje do "belo livro da vida", frase usada também para descrever a Bíblia e o Romance, mesmo toda essa beleza não sendo um livro coisa nenhuma, mas uma mensagem eletrônica enviada pela internet, um código escrito com quatro aminoácidos, e o professor Solanka não era nada bom com códigos, não tinha nunca conseguido aprender a elementar língua do pê, quanto mais a linguagem dos sinais de luz ou o hoje extinto Morse além do que todo mundo sabia. Pic pic pic pah pah pah pic pic pic. SOS. Ou, na pelínpegua do pêpe, pêéssepêopêésse. Todo mundo especulava os milagres que resultariam do triunfo do genoma, por exemplo, os membros extras que poderíamos decidir desenvolver para solucionar o problema de segurar um prato, um copo de vinho e comer ao mesmo tempo em um jantar de bufê. Mas para Malik as únicas duas certezas eram, primeiro, que qualquer descoberta chegaria tarde demais para lhe ser de utilidade e, segundo, que esse livro, que mudava tudo, que transformava a natureza filosófica do nosso ser, que continha uma mudança quantitativa de nosso autoconhecimento tão imensa que passaria a ser uma mudança qualitativa também, era um livro que não conseguiria ler nunca.

Os seres humanos excluídos desse grau de compreensão podiam se consolar de estar todos juntos no mesmo lodaçal de ignorância. Agora que Solanka sabia que alguém em algum lugar sabia o que ele jamais saberia, e, além disso, que o que era sabido era de vital importância saber, sentiu a surda irritação, a lenta raiva dos tolos. Sentiu-se como um zangão ou como uma formiga operária. Sentiu-se como um membro dos milhares que se arrastavam nos velhos filmes da Chaplin e Fritz Lang, os homens sem rosto condenados a quebrar os próprios corpos na roda da sociedade enquanto o conhecimento exercita seu poder sobre eles lá do alto. A nova era tinha novos imperadores e ele seria seu escravo.

"Meu senhor. *Meu senhor*." Havia uma jovem parada em cima dele, incomodamente perto, usando uma saia azul-marinho muito justa até os joelhos e uma blusa branca elegante. O cabelo loiro severamente puxado para trás. "Vou ter de pedir que o senhor saia." O pessoal hispânico do balcão estava tenso, pronto para interferir. O professor Solanka estava realmente perplexo. "E qual seria o problema, mocinha?"

"Qual seria não, qual é. O senhor está falando palavrão, usando termos obscenos, e muito alto. Dizendo o que não se diz, eu diria. E gritando. E ainda me pergunta qual é o problema? O senhor é o problema. Faça o favor de sair agora." Afinal, um momento de autenticidade, pensou ele enquanto recebia esse sermão de bêbado. Finalmente um austríaco ali. Levantou-se, ajeitou o casaco amarfanhado e saiu, dando um toque no chapéu, mas nenhuma gorjeta a ela. Não havia explicação para o incrível discurso da mulher. Quando ainda dormia com Eleanor, ela o acusava de roncar. Estava a meio caminho entre o sono e a vigília e ela o empurrava, dizendo: "Vire de lado". Mas estava consciente, sentia vontade de dizer, ouvia o que ela dizia e, portanto, se estivesse fazendo algum ruído, teria ouvido. Depois de algum tempo, ela desistia da perseguição e ele dormia profundamente. Até o momento em que mais uma vez não o fazia. Não, de novo não, não agora. Agora que, mais uma vez, estava consciente, com todo tipo de ruído nos ouvidos.

Ao se aproximar do prédio, viu um operário pendurado em um andaime do lado de fora de sua janela, fazendo consertos no exterior do prédio e gritando alto, em punjabi fluente, instruções e piadas sujas para o colega que fumava um *beedi* na calçada embaixo. Malik Solanka telefonou imediatamente para seus senhorios, os Jay, ricos donos de fazendas orgânicas que passavam o verão no norte do estado com suas frutas e legumes, e fez enfáticas reclamações. Aquele brutal alarido era intolerável. O contrato dizia claramente que o trabalho seria feito não apenas externamente, mas em silêncio. Além disso, o banheiro não funcionava direito, pedaços pequenos de matéria fecal voltavam a boiar depois da descarga. No estado de espírito em que estava, isso lhe causou um grau de irritação desproporcional ao problema, e falou veementemente de seus sentimentos com Mr. Simon Jay, o atencioso, confuso dono do apartamento, que havia vivido ali trinta felizes anos com sua esposa Ada, criado os filhos naqueles quartos, treinado todos no uso da privada naquelas mesmas toaletes e que considerava cada dia de sua ocupação um prazer simples e inestimável. Solanka não queria saber. Uma segunda descarga resolvia o problema, admitiu, mas isso não era aceitável. Era preciso mandar um encanador, e logo.

Mas o encanador, como os operários punjabi, era um octogenário falante chamado Joseph Schlink. Ereto, rijo, com cabelos brancos de Albert Einstein e dentes de Pernalonga, Joseph entrou pela porta impelido, por uma espécie de orgulho defensivo, a já começar retaliando. "Não precisa dizer, tá bon?, eu velho demais senhorr deve estar pensando, talvez não, ler pensamento eu não sabe mesmo, mas melhor encanador em três estados senhorr não encontra, não, e mais forte que moço ou não me chama mais

Schlink." O sotaque pesado e intato do judeu alemão transplantado. "Achou grraça em nome? Pode rirr. O doctorr, *misterr* Simon, me chama *Kitchen* Schlink, pra misstrress Ada eu *Bathroom* Schlink, eles me chamam Schlink Bismarck se querr, eu não liga, é país livrre, mas no trabalho eu não gosta de humorr. Na latim, *humor* é água que sai do olho. Isso que diz Heinrich Böll, prêmio Nobel, 1972. No trabalho dele diz que ajuda, mas no meu trabalho só faz prroblema. Olho seco comigo, tá bon?, não tem piadinha no meu caxa de ferramenta. Eu faz trrabalho na hora, quer receber pagamento na hora também, senhorr entende. Como diz *shvartzer* no cinema, passa grana. A guerra inteirra emendando vazamento de submarrino nazista, senhorr acha que não vai saber conzerta seu porcarriazinha aqui?"

Um encanador educado com história para contar, Solanka pensou com desânimo. Isso quando estava cansado demais até para parar de pé. A cidade estava lhe ensinando uma lição. Não havia como escapar da invasão, do barulho. Atravessara o oceano para separar sua vida da vida. Viera em busca de silêncio e encontrara um ruído maior que aquele que deixara para trás. O ruído agora estava dentro dele. Tinha medo de entrar no quarto onde estavam os bonecos. Talvez eles também começassem a lhe falar. Talvez fossem ganhar vida e conversar, fofocar, e trinar até ter de trancá-los definitivamente, até ser obrigado pela onipresença da vida, por sua teimosa recusa em recuar, pelo maldito, intolerável, explosivo volume do terceiro milênio, a arrancar suas cabeças fodidas.

Respirar. Fez um lento exercício de respiração circular. Muito bem. Ia aceitar a loquacidade do encanador como penitência. Lidar com aquilo seria um exercício de humildade e autocontrole. Era um encanador judeu que havia escapado dos campos de extermínio submergindo na água. Sua habilidade de encanador significou que a tripulação o protegeu, dependendo dele até o dia da rendição, quando ele pôde sair livre e ir para a América, deixando para trás, ou, em outras palavras, levando junto seus fantasmas.

Schlink havia contado a história milhares de vezes antes, milhares e milhares. Ela fluía com suas frases e cadências prontas. "Imagine só, senhorr. Encanadorr em submarino já é um pouco engrraçado, mas além disso tem o irronia, o complexidade *psychologische*. Não prrecisa dizer com todas letras. Mas eu estou aqui no seu frrente. Eu viveu o vida. Eu cumpriu, ahn?, com obrrigaçon."

Uma vida de romance, Solanka foi forçado a reconhecer. Cinematográfica também. Uma vida que podia render um filme de orçamento médio. Dustin Hoffman talvez no papel do encanador, e como capitão do submarino, quem?, Klaus Maria Brandauer, Rutger Hauer. Mas talvez ambos os papéis fossem para atores mais jovens cujos nomes Malik não conhecia. Até isso estava se apagando com os anos, o conhecimento cinematográfico de que sempre se orgulhara tanto. "O senhor devia escrever isso e registrar", disse a Schlink, falando alto demais. "É o que eles chamam de *high-concept*. Um cruzamento de *U-571* com A *lista de Schindler*. Quem sabe uma comédia de duplo sentido como a de Benigni. Não, mais dura que Benigni. Chamada *Jewboat*." Schlink enrijeceu. E antes de dedicar toda sua ofendida atenção à privada, lançou a Solanka um olhar lamentoso, ofendido. "*Humour* não", disse. "Já falei pra senhorr. Sente muito dizerr que senhorr é homem sem respeito."

E na cozinha lá embaixo, havia chegado a faxineira polonesa, Wislawa. Viera junto com o apartamento, recusava-se a passar a roupa, deixava teias de aranha intocadas pelos cantos e depois que ia embora dava para desenhar na poeira dos móveis. Pelo lado positivo, tinha um temperamento agradável, e um grande sorriso cheio de gengivas. Porém, se lhe dessem meia chance, ou mesmo que não dessem, ela também mergulhava em narrativa. O perigoso, irreprimível poder do conto. Wislawa, católica devota, tivera sua fé profundamente abalada por uma história aparentemente verdadeira, contada por seu marido, que a ouviu de seu tio que a ouviu de um amigo de confiança que conhecia a pessoa em questão, um certo Ryszard, que foi durante muitos anos motorista pessoal do papa, evidentemente antes de ele ser eleito para a Santa Sé. Quando chegou o momento dessa eleição, Ryszard, o chofer, levou o futuro papa por toda a Europa, uma Europa que estava no centro da história, no ápice de grandes mudanças. Ah, a camaradagem dos dois homens, os prazeres humanos mais simples e os incômodos de uma viagem tão longa! E quando chegaram à Cidade Santa, o homem de batina se trancou com seus pares e o motorista esperou. Por fim, viu-se a fumaça branca, o grito *habemus papam* se elevou e então um cardeal todo vestido de vermelho desceu uma enorme escadaria larga de degraus amarelos andando devagar e de lado, como um personagem em um filme de Fellini, e bem ao pé dos degraus esperava o carrinho fumarento e seu motorista excitado. O cardeal veio enxugando a testa e bufando até a janela do motorista, que Ryszard havia abaixado à espera da notícia. E o cardeal pôde dar o recado pessoal do novo papa polonês:

"Está despedido."

Solanka, não-católico, não-religioso, não muito interessado na história mesmo que verdadeira, nem remotamente convencido de que era verdadeira, nem disposto a servir de juiz na luta travada pela faxineira com o demônio da dúvida que no momento mantinha sua alma imortal numa gravata, teria preferido nem falar com Wislawa, teria preferido que ela deslizasse pelo apartamento deixando-o imaculado e habitável, a roupa lavada, passada e dobrada. Mas apesar do gasto de mais de oito mil dólares por mês com a sublocação, faxineira incluída, o destino havia lhe dado uma cartada bem impagável. A questão da periclitante vaga de Wislawa no céu, ele realmente não queria comentar, mas ela voltava ao tema constantemente. "Como beijar o anel de um Santo Padre que nem esse daí, que é do meu povo, mas, Deus meu, mandar cardeal, e assim sem mais nem menos, dar as contas... E se não Santo Padre, como é com os padres dele, e se não são padres, como é com confissão e absolvição, e aí já vejo o portão de ferro do Inferno se abrindo nos meus pés."

Com o pavio dia a dia mais curto, o professor Solanka sentia-se tentado a dizer algo rude. Paraíso, pensou dizer a Wislawa, era um lugar cujo número secreto só os nova-iorquinos mais chiques e poderosos possuíam. Num gesto de espírito democrático, só alguns mortais comuns eram admitidos também. Chegavam com expressões de reverência adequadas, a expressão daqueles que sabem que dessa vez tiveram mesmo a sorte grande. Os olhos arregalados de emoção dessa multidão tipo ponte-e-túnel seriam um divertimento a mais para a saturada satisfação do pessoal in, e, é claro, do próprio Proprietário. Era extremamente improvável, porém, que, sendo como eram as leis da oferta e da procura, Wislawa acabasse como umas das poucas eleitas dos postos públicos, com seus lugares ao sol da eternidade.

Isso e muito mais Solanka se conteve para não dizer. Em vez disso, apontou teias de aranha e poeira, recebendo como resposta aquele sorriso de gengivas e um gesto de cracoviana incompreensão. "Eu trabalho para misstress Jay faz muito tempo." Essa resposta, no entender de Wislawa, resolvia todas as queixas. Depois da segunda semana, Solanka desistiu de pedir; tirava o pó dos móveis ele mesmo, livrou-se das teias de aranha e passou a levar suas camisas a uma boa lavanderia chinesa na Columbus, virando a esquina. Mas a alma dela, sua alma inexistente, continuava intermitentemente a insistir com sua pastoral e desatenta atenção.

A cabeça de Solanka começou a girar um pouco. Sem dormir, com as idéias confusas, foi para o quarto. Atrás dele, no ar grosso, úmido, ouvia os bonecos, agora vivos e tagarelas atrás da porta fechada, cada um contando em voz alta ao outro a sua "história pregressa", a história de como ela ou ele passou a existir. A história imaginária que ele, Solanka, inventava para cada um. Se um boneco não tivesse história pregressa, baixava seu valor de mercado. Com os bonecos assim como com os seres humanos. Era isso que trazíamos conosco em nossas viagens pelos oceanos, atravessando fronteiras, passando pela vida: nosso pequeno armazém de anedotas e do que aconteceu depois, nossos era-uma-vez pessoais. Éramos nossas histórias e quando morríamos, com sorte, nossa imortalidade estaria em uma dessas histórias.

Essa era a grande verdade contra a qual Malik Solanka havia se colocado. Era precisamente sua história pregressa que ele queria destruir. Não importa de onde viera ele, nem quem, quando o pequeno Malik mal sabia andar, havia abandonado sua mãe e assim lhe dado permissão, anos depois, para fazer o mesmo. Para o inferno com padrastos e empurrões na cabeça de menino pequeno, e se vestir bem, e mães fracas, e Desdêmonas culpadas, e toda a inútil bagagem de sangue e tribo. Tinha vindo à América como tantos antes dele para receber a bênção de passar pela Ilha Ellis, de começar de novo. Me dê um nome, América, faça de mim um Buzz ou Chip ou Spike. Mergulhe-me em amnésia e me vista em seu poderoso desconhecimento. Me aliste na sua J. Crew e me dê minhas orelhas de rato! Não mais um historiador, mas um homem sem histórias me permita ser. Arranco da garganta minha língua-mãe e falo o seu inglês torto no lugar. Me escaneie, me digitalize, me laserize. Se o passado é a velha Terra doente, então, América, seja meu disco voador. Leve-me para os limites do espaço. A Lua é perto demais.

Mas pela janela mal ajustada do quarto as histórias ainda continuavam entrando. O que fariam Saul e Gayfryd ("ela se tornou a Copa Stanley das esposas-troféu quando esposas-troféu eram tão comuns quanto Porsches") agora que estavam reduzidos a seus últimos quarenta ou cinqüenta milhões de dólares?... E viva!, Muffie Potter Ashton está grávida!... E aquela não era Paloma Huffington de Woody sendo boazinha com S. J. "Yitzhak" Perelman em Gibson's Beach, Sagaponack?... E você já soube de Griffin e sua grande e linda Dahl?... O quê, Nina's está pensando em lançar um *perfume*? Mas, meu bem, ela é tão over que já tem cheiro de *carcaça de estrada*... E Meg e Dennis, que acabaram de se separar, estão brigando para saber quem fica não só com a colação de CD, mas com o *guru*... Qual grande atriz de Hollywood vem fofocando que a ascensão de uma nova jovem estrela tem origens lésbicas envolvendo uma chefona de um grande estúdio?... E você já *leu* o último da Karen, *Magra para sempre*?... E Lotus, a mais moderninha das *niteries*, disse não para O. J. Simpson na festa de aniversário dele! Só na América, crianças, só na América!

Com as mãos tapando os ouvidos, e vestindo ainda seu terno de linho destruído, o professor Solanka dormiu.

5.

Ao meio-dia, acordou com o telefone. Jack Rhinehart, o destruidor de telefones, convidou o professor Solanka para assistir Holanda e Iugoslávia nas quartas-de-final da Euro 2000 pelo *pay-per-view*. Malik aceitou, surpreendendo a ambos. "Fico contente de arrancar você dessa toca", disse Rhinehart. "Mas se vai torcer para os sérvios, fique em casa." Solanka sentia-se refeito hoje: menos carregado e sim necessitado de um amigo. Mesmo nesses dias de retiro, ainda tinha essas necessidades. Um santo homem no alto do Himalaia podia passar sem futebol na TV. Solanka não era tão puro de coração. Tirou o terno dormido, tomou uma ducha, vestiu-se depressa e foi para a cidade. Quando desceu do táxi no prédio de Rhinehart, uma mulher de óculos escuros correu para dentro do carro, trombando com ele, e pela segunda vez em dois dias teve a perturbadora sensação de que a estranha era alguém conhecido. No elevador identificou-a: a mulher boneca me-aperte-que-eu-falo cujo nome era o codinome contemporâneo para a infidelidade pegajosa, Nossa Senhora do Tapa-Sexo.

"Ah, meu Deus, Monica", disse Rhinehart. "Topo com ela toda hora. Por aqui, antes, era Naomi Campbell, Courtney Love, Angelina Jolie. Agora é Minnie Mouth. A vizinhança já era, certo?"

Rhinehart estava tentando se divorciar fazia anos, mas a esposa havia tomado como objetivo de sua vida negar isso a ele. Os dois tinham sido um casal bonito, perfeitamente contrastante, marfim e ébano, ela esguia, lânguida, pálida, ele igualmente esguio, mas um afro-americano negro como piche, e hiperativo também, caçador, pescador, piloto de fim de semana de carros muito velozes, maratonista, rato de academias de ginástica, tenista e, ultimamente, graças à ascensão de Tiger Woods, um obsessivo jogador de golfe também. Desde os primeiros dias de seu casamento, Solanka imaginara o que um homem com tanta energia podia fazer para lidar com uma mulher com tão pouca. Os dois se casaram com muito barulho em Londres, porque Rhinehart preferira, durante a maior parte de seus anos de guerra, ter sua base longe da América. No castelo de cerâmica e mosaico alugado para a ocasião de um instituto de caridade que o administrava repartido com uma casa para perturbados mentais, Malik Solanka fizera um discurso de padrinho cujo tom fora espetacularmente equivocado: em determinado momento, fazendo sua famosa imitação de W. C. Fields, comparou os perigos da união a "saltar de um avião a vinte mil pés tentando aterrissar num monte de feno", coisa que resultou profeticamente exata. Como a maior parte das pessoas de seu círculo, porém, ele subestimara Bronislawa Rhinehart em um aspecto essencial: ela possuía a força adesiva de uma sanguessuga.

(Pelo menos não havia filhos, Solanka pensou quando as preocupações dele e de todos sobre a união se comprovaram. Pensou em Asmaan ao telefone. "Onde você foi, pai, você está aqui?" Pensou em si mesmo, muito tempo antes. Pelo menos, Rhinehart não tinha de lidar com aquilo, com a lenta e profunda dor de um filho.)

Rhinehart fez mal a ela, não havia como negar. Sua reação ao casamento havia sido começar um caso, e sua reação à dificuldade de manter uma relação clandestina havia sido começar outras, e quando ambas as amantes insistiram com ele para regularizar a vida, quando ambas insistiram em ocupar a pole position no grid dessa corrida de automóveis particular, ele imediatamente achou espaço para mais uma mulher nessa cama já barulhenta e superpovoada. Minnie Mouth era, talvez, um ícone local não tão inadequado. Depois de alguns anos nisso, e de uma mudança de Holland Park para West Village, Bronislawa (o que tinham esses poloneses, que estavam sempre aparecendo por todo lado?) saiu do apartamento da rua Hudson e usou a Justiça para forçar Rhinehart a sustentá-la em grande estilo em uma suíte júnior num aristocrático hotel do Upper East Side, com altos limites de gastos no cartão de crédito. Em vez de se divorciar dele, ela lhe disse, docemente, que pretendia transformar num inferno o resto da vida dele e lentamente sugar-lhe tudo. "E não fique sem dinheiro, meu bem", aconselhou. "Porque aí eu vou ter de ir atrás daquilo que você gosta de verdade."

Rhinehart gostava de verdade era de comida e bebida. Possuía um chalezinho de dois andares na Springs, onde, nos fundos do jardim, havia um barracão equipado como adega e com um seguro maior que o do chalé, no qual o objeto mais valioso era um fogão viking de seis bocas. Nesses dias, Rhinehart era um gastrônomo turbinado, o freezer cheio de carcaças de pássaros mortos esperando ser reduzidos, ou elevados, a *jus*. Em sua geladeira, os quitutes da terra batalhavam por espaço: línguas de cotovias, testículos de emu, ovos de dinossauro. E no entanto quando, no casamento do amigo, Solanka mencionara à mãe e à irmã de Rhinehart o raro prazer que era jantar à mesa de Jack, as duas haviam ficado surpresas e confusas: "Jack cozinhar? *Este* Jack?", perguntou a mãe, apontando incrédula o próprio filho. "O meu Jack só é capaz de abrir uma lata de feijão se eu mostrar a ele como se segura o abridor." "O *meu* Jack", acrescentou a irmã, "não é capaz de ferver uma panela de água sem se queimar." "O *meu* Jack," concluiu a mãe, definitiva, "só consegue encontrar a *cozinha* se tiver um cão-guia para mostrar o caminho."

Esse mesmo Jack podia agora se colocar lado a lado com os grandes chefes do mundo, e Solanka se deslumbrou, mais uma vez, com a capacidade humana de automorfose, a transformação do eu, que os americanos reivindicavam como sua característica especial e definidora. Não era. Os americanos estavam sempre rotulando coisas com o logotipo América: Sonho Americano, Búfalo Americano, Grafite Americano, Maluco Americano, Canção Americana. Mas todo mundo tinha coisas assim também, e no resto do mundo o acréscimo de um prefixo nacionalista parecia não acrescentar muito sentido. Maluco Inglês, Grafite Indiano, Búfalo Australiano, Sonho Egípcio, Canção Chilena. A necessidade americana de tornar as coisas americanas para se apossar delas, pensou Solanka, era sinal de uma estranha insegurança. E também, claro, mais prosaicamente, de capitalismo.

A ameaça de Bronislawa ao estoque de bebida de Rhinehart atingiu o alvo. Ele desistiu de visitar as zonas de guerra e, em vez disso, começou a escrever lucrativos perfis dos superpoderosos, superfamosos e super-ricos para uma seleção de revistas semanais e mensais: contando em crônicas seus amores, seus negócios, seus filhos levados, suas tragédias pessoais, suas empregadas linguarudas, seus assassinatos, suas cirurgias, suas boas obras, seus pérfidos segredos, seus jogos, suas disputas, suas práticas sexuais, sua mesquinharia, sua generosidade, seus tratadores, seus passeadores de cães, seus carros. Desistiu, então, de escrever poesia e voltou-se para os romances situados no mesmo mundo, o mundo irreal que governava o real. Comparava sempre seu assunto com o do romano Suetônio. "São as vidas dos Césares de hoje em seus castelos", passou a dizer a Malik Solanka e a qualquer um que estivesse disposto a ouvir. "Dormem com suas irmãs, matam suas mães, transformam seus cavalos em senadores. Lá dentro, nos castelos, é o caos. Mas sabe de uma coisa? Se você está do lado de fora, se você faz parte da multidão da rua, quer dizer, se você é nós, tudo o que vê é que os castelos são castelos, todo dinheiro e poder estão lá dentro, e quando eles estala os dedo, mano, o planeta inteiro dança." (De quando em quando, Rhinehart tinha o costume de deslizar para uma fala que era uma mistura de Eddie Murphy com Br'er Rabbit, para dar ênfase ou brincar.) "Agora que estou escrevendo sobre esses bilionários em coma ou sobre aqueles meninos endinheirados que acabam com os pais, agora que estou nesse mundo endinheirado, estou vendo mais a verdade das coisas do que na porra do Desert Storm ou em algum vão de porta na mira de um franco atirador em Sarajevo, e pode acreditar: é tão fácil, ou mais fácil até, pisar numa porra de uma mina terrestre e explodir em pedacinhos."

Nesses dias, sempre que o professor Solanka ouvia o amigo pronunciar uma versão desse discurso nada infreqüente, percebia uma nota cada vez mais forte de insinceridade. Jack tinha ido para a guerra (como um notável jovem jornalista radical de cor com uma brilhante carreira na investigação do racismo americano e, conseqüentemente, com uma poderosa cadeia de inimigos), levando no peito muitos dos mesmos medos expressos uma geração antes pelo jovem Cassius Clay: isto é, com o maior medo da bala nas costas, da morte por aquilo que na época não era conhecido como "fogo amigável". Nos anos que se seguiram, porém, Jack testemunhou, vezes e vezes, o trágico dom de sua espécie para ignorar a idéia de solidariedade étnica: as brutalidades de negros contra negros, árabes contra árabes, sérvios contra bósnios e croatas. Ex-Iugoslávia, Ruanda, Eritréia, Afeganistão. Os extermínios em Timor, os massacres comunais em Meerut e Assam, o infindável cataclismo da terra, cego à cor. Em algum ponto nesses anos, passou a ser capaz de amizades próximas com seus colegas brancos dos Estados Unidos. Seu rótulo mudou. Parou de fazer pose e tornou-se, simplesmente, um americano.

Solanka, que era sensível aos tons subjacentes a esses relançamentos, entendeu que para Jack havia nessa transformação uma grande dose de decepção, até muita raiva dirigida ao que os racistas brancos de bom grado chamariam de "sua própria espécie", e que tal raiva se volta com facilidade para a parte enraivecida. Jack ficou longe da América, casou-se com uma mulher branca e circulava em ambientes bien-pensant em que a raça "não interessava": quer dizer, quase todo lugar era branco. De volta a Nova York, separado de Bronislawa, continuou a sair com o que chamava de "filhas dos Caras Pálidas." A piada não conseguia esconder a verdade. Naqueles dias, Jack era mais ou menos o único homem negro que Jack conhecia e Solanka, provavelmente, o único marrom. Rhinehart tinha ultrapassado uma linha.

E agora, talvez, estivesse ultrapassando outra. A nova linha de trabalho de Jack lhe deu um passe de acesso pleno aos castelos, e ele adorava isso. Escrevia sobre o ambiente dourado com um veneno de vespa, desmantelava esse mundo por sua grossura, sua cegueira, sua inconsciência, suas superfícies sem profundidade, mas os convites dos Warren Redstone e Ross Buffett, dos Schuyler e Muybridge e Van Buren e Klein, de Ivana Opalberg-Speedvogel e Marlalee Booken Candell continuavam chegando, porque o sujeito estava fisgado e sabiam disso. Era o negro da casa deles e Solanka desconfiava que lhes convinha tê-lo por perto como uma espécie de bicho de estimação. Providencialmente, "Jack Rhinehart" era um útil nome não especificamente negro, sem nenhuma das conotações de gueto de um Tupac, Vondie, Anfernee ou Rah'schied (era época dos nomes inovadores e da ortografia criativa na comunidade afro-americana). Nos castelos, as pessoas não se chamavam assim. Os homens não eram chamados de Biggie ou Hammer ou Shaquille ou Snoop ou Dre, nem as mulheres chamadas de Pepa ou LeftEye ou D:Neece. Nada de Kunta Kintes ou Shaznays dos salões dourados da América; onde, porém, um homem podia ser apelidado de Stash ou Club como um elogio sexual e as mulheres podiam ser Blaine ou Brooke ou Horne, e tudo o que você queria estava provavelmente fervendo entre lençóis de cetim bem ali atrás da porta daquela suíte ali, aquela que ficava com a porta sempre ligeiramente aberta.

Sim, as mulheres, claro. Mulheres eram o vício de Rhinehart e o seu calcanhar-de-aquiles, e ali era o Vale das Dollybirds. Não: era a montanha, o Everest das Dollybirds, a fabulosa Cornucópia da Fartura das Dollybirds. Mandem essas mulheres para cá, as Christies e Christys e Kristens e Chrystèles, as gigantas que mantêm todo o planeta ocupado fantasiando, com quem até Castro ou Mandela adoraram posar, e com quem Rhinehart adoraria deitar (ou sentar) e implorar. Por trás das infinitas camadas da imperturbabilidade de Rhinehart estava o fato ignóbil: ele havia sido seduzido e seu desejo de ser aceito no clube dos homens brancos era o segredo sombrio que não confessava a ninguém, talvez nem a si mesmo. E é desses segredos que vem a raiva. Nesse escuro leito crescem as sementes da fúria. E embora o teatro de Jack tivesse uma couraça, embora sua máscara não caísse nunca, Solanka tinha certeza de que conseguia perceber, nos olhos rutilantes do amigo, o fogo auto-repugnante de sua raiva. Levou muito tempo para admitir que a raiva reprimida de Jack era um espelho da sua.

Os ganhos anuais de Rhinehart estavam atualmente no âmbito de médio para cima da casa dos números de seis dígitos, mas ele dizia, só meio de brincadeira, que se via freqüentemente curto de dinheiro. Bronislawa havia cansado três juízes e quatro advogados, descobrindo em seu trajeto um dom de Jarndyce

(Solanka chegava a pensar em um gênio indiano) para a obstrução e a protelação legal. E disso ela passou a ter um orgulho (talvez literalmente) louco. Aprendera a torcer e a complicar a história. Como católica praticante, inicialmente anunciou que não ia pedir o divórcio de Rhinehart mesmo que ele fosse o diabo disfarçado. O diabo, ela explicou a seus advogados, era baixo, branco, usava casaco comprido verde, rabo-de-cavalo, sapato de salto alto e parecia muito com o filósofo Immanuel Kant. Mas era capaz de assumir qualquer forma, uma coluna de fumaça, um reflexo no espelho ou um marido esguio, negro, freneticamente cheio de energia. "Minha vingança de Satã", disse aos advogados confusos, "será mantê-lo prisioneiro de minha aliança." Em Nova York, onde as bases legais para o divórcio são estreitas e rigorosamente definidas, e a separação sem causa dolosa não existia, o caso de Rhinehart contra sua mulher era fraco. Ele tentou persuasão, suborno, ameaças. Ela ficou firme e não abriu processo. No fim, ele realmente deu início a uma ação judicial, que ela, brilhante e decididamente, recebeu com uma estupenda, quase mística, inação. A ferocidade de sua resistência passiva teria provavelmente impressionado Gandhi. Conseguiu se safar com uma seqüência de dez anos de "esgotamentos" físicos e psicológicos que até a novela diurna mais cafona teria considerado excessivos, e tinha praticado desobediência contumaz a ordens judiciais quarenta e sete vezes, sem nunca ir presa, porque Rhinehart se recusava a pedir que o tribunal agisse contra ela. Portanto, nos seus quarenta anos, ele ainda estava pagando pelos pecados dos trinta. Enquanto isso, continuava promíscuo e elogiando a cidade por sua generosidade. "Para um homem solteiro com alguns dólares no banco e uma tendência a se divertir, este pedacinho de terra roubado daqueles Mannhattoes é um ótimo território de caça, nada mais, nada menos."

Mas não era solteiro. E ao longo de onze anos certamente podia, por exemplo, ter atravessado a fronteira estadual até Connecticut, onde o divórcio sem causa dolosa existia, ou cumprido as seis semanas e tanto exigidas para estabelecer residência oficial em Nevada, cortando seu nó górdio. Mas não fez isso. Uma vez, bêbado, confidenciara a Solanka que apesar de toda a generosidade da cidade em oferecer ao macho agradecido múltiplas opções de encontros, havia um empecilho. "Todas querem belas palavras", protestou. "Querem para sempre, sério, profundo, duradouro. Se não é uma grande paixão, não acontece. Por isso são tão solitárias. Não tem homens suficientes por aí, mas elas não entregam se eles não pagam o preço. Não estão abertas para o conceito de aluguel, de repartir. São todas fodidas, cara. Estão atrás de propriedade num mercado que já está lá em cima e que sabem que logo vai subir ainda mais." Nessa versão da verdade, o divórcio incompleto de Rhinehart lhe rendia espaço livre, *Lebensraum*. As mulheres tentavam com ele porque era bonito e charmoso, e esperavam, até se cansarem com o fim do processo que nunca chegava.

Porém, havia também uma outra leitura possível da situação. Lá onde Rhinehart vivia a maior parte do tempo, na Big Rock Candy Mountain, no Diamante do Tamanho do Ritz, era literalmente desclassificado e, no momento em que caiu na armadilha de querer o que estava em oferta lá no alto do Olimpo, sentiu também perder o pé. Era, lembrem-se, o brinquedo daquela gente, e as meninas brincam com brinquedos, mas não se casam com eles. Então, talvez ser meio casado, preso nessa infindável situação de divórcio, fosse também uma maneira de Rhinehart brincar consigo mesmo. Na verdade, talvez não houvesse nenhuma grande fila se formando à espera dele. Sozinho, envelhecendo (tinha acabado de completar quarenta anos), estava quase fora de época. Quase (palavra nada sedutora para um sedutor) desinteressante.

Malik Solanka, uma década e meia mais velho que Jack Rhinehart e dúzias de vezes mais inibido, muitas vezes ficara olhando e ouvindo com invejoso deslumbramento Rhinehart discorrer sobre o negócio de sua vida de um jeito tão machamente desavergonhado. As zonas de combate, as mulheres, os esportes perigosos, a vida de um homem de ação. Até a poesia ora abandonada tinha sido da viril escola de Ted Hughes. Muitas vezes, Solanka sentira que apesar de ser mais entrado em anos, Rhinehart é que era o mestre e ele o aluno. Um mero fazedor de bonecos tem de baixar a cabeça para o windsurfista, para o sky diver, para o bungee jumper, para o alpinista, para o homem cuja idéia de diversão era ir ao Hunter College duas vezes por semana para subir e descer correndo quarenta lances de escada. Ser menino (mas isso estava ficando próximo demais de sua história pregressa proibida, obliterada) era uma coisa que Malik Solanka não havia se permitido de todo.

Patrick Kluivert marcou para os holandeses e Solanka e Rhinehart pularam juntos, sacudindo as garrafas de cerveja mexicana e berrando. Então a campainha da porta tocou e Rhinehart disse, sem nenhum preâmbulo: "Ah, a propósito, acho que estou apaixonado. Convidei a garota para vir também. Espero que tudo corra bem". Não era uma fala muito original. Tradicionalmente, apontava para a chegada do que Rhinehart chamaria muito em particular de nova garçonete. O que se seguiu, porém, era novo. "É uma das suas", Rhinehart disse por cima do ombro, levantando-se para abrir a porta. "Diáspora indiana. Cem anos de servidão. Nos anos 1900 os ancestrais dela eram operários contratados para trabalhar lá não sei onde. Lilliput-Blefuscu. Agora controlam a produção de cana-de-açúcar, e a economia cairia aos pedaços sem eles, mas você sabe como é em todo lugar aonde vão os indianos. As pessoas não gostam deles. Eles trampam demais, não colam na banca e fazem pose à pampa. Pergunte pra quem quiser. Pergunte pro Idi Amin."

Na televisão, os holandeses estavam jogando um sublime futebol, mas a partida de repente ficou irrelevante. Malik Solanka estava pensando que a mulher que acabara de entrar na sala de Rhinehart era de longe a mais bela indiana, a mais bela *mulher* que jamais vira. Comparada ao efeito embriagador de sua presença, a garrafa de Dos Equis na mão esquerda dele era totalmente sem álcool. Outras mulheres no mundo mediam pouco menos de um metro e noventa, com cabelos pretos até a cintura, talvez; e sem dúvida aqueles olhos enfumaçados podiam ser encontrados em outras partes, como também lábios tão ricamente acolchoados, outros pescoços tão esguios, outras pernas tão interminavelmente longas. Em outras mulheres, também, podia haver seios como aqueles. E daí? Nas palavras de uma idiota canção dos anos 50, "Bernardine", cantada em um de seus momentos mais obscenos por um dos cantores favoritos de sua mãe, o conservador cristão Pat Boone: *"Your separate parts are not unknown/ but the way you assemble'em's all your own"*. [Suas partes separadas não são especiais/ mas você junta as partes com algo mais.] Exatamente, pensou o professor Solanka, afogando. Exatamente assim.

Descendo pela parte superior do braço direito da mulher, havia uma cicatriz de uns dezessete centímetros em forma de espinha de peixe. Quando viu que ele estava olhando isso, ela imediatamente cruzou os braços e pôs a mão direita em cima do ferimento, sem entender que aquilo a deixava ainda mais bonita, que aperfeiçoava a sua beleza acrescentando uma imperfeição essencial. Ao mostrar que podia ser ferida, que um encanto tão incrível podia ser quebrado num instante, a cicatriz apenas enfatizava o que ali havia, e fazia a pessoa apreciá-la ainda mais (nossa, Solanka pensou, que palavra para usar com uma estranha!).

Beleza física extrema atrai toda luz para si, transformando-se em um farol brilhante num mundo escurecido. Por que olhar para o escuro circundante quando se pode olhar para essa suave chama? Por que falar, comer, dormir, trabalhar quando há tal esplendor à mostra? Por que fazer qualquer outra coisa além de olhar, pelo resto da torpe vida? *Lumen de lumine*. Olhando a irrealidade sideral da beleza dela, que rolou para dentro da sala como uma galáxia em chamas, pensou que se tivesse podido dar vida à sua mulher ideal, se tivesse uma lâmpada mágica para esfregar, era isso que desejaria. E, ao mesmo tempo, enquanto cumprimentava mentalmente Rhinehart por finalmente ter deixado de lado as tantas filhas de Cara Pálida, também imaginava a si mesmo com essa Vênus morena, permitia que seu próprio coração fechado se abrisse, lembrando assim, mais uma vez, o que havia passado grande parte da vida tentando esquecer: o tamanho da cratera dentro dele, o buraco deixado por esse rompimento com seu passado recente e remoto que, talvez, o amor de uma mulher dessas pudesse preencher. Uma dor antiga, secreta cresceu dentro dele, pedindo para ser aplacada.

"É, desculpe, cara", veio a voz arrastada e divertida de Rhinehart do lado mais distante do universo. "Ela faz isso com a maior parte das pessoas. Não pode evitar. Não tem como desligar. Neela, este é o meu amigo celibatário Malik. Ele desistiu das mulheres para sempre, como você pode muito bem ver." Jack estava se divertindo, Solanka percebeu. Fez um esforço para voltar ao mundo real. "Sorte de nós todos eu ter feito isso", disse finalmente, esticando a boca em um arremedo de sorriso. "Senão, ia ter de brigar com você por ela." A velha eufonia de novo, pensou: Neela, Mila. O desejo está vindo atrás de mim e me dando avisos rimados.

Ela trabalhava como produtora com um dos melhores independentes, e sua especialidade era a programação de documentários para a televisão. Nesse momento, estava desenvolvendo um projeto que a levaria de volta a suas raízes. As coisas em Lilliput-Blefuscu não andavam bem, Neela explicou. As pessoas no Ocidente pensavam no lugar como um paraíso dos Mares do Sul, um local para lua-de-mel e outros encontros amorosos, mas os problemas estavam germinando. Deterioravam-se as relações entre indo-liliputianos e a comunidade nativa de etnia *elbee*, que ainda formava a maior parte da população, mas sem grande folga. Para esclarecer essas questões, representantes nova-iorquinos das facções opostas haviam planejado realizar paradas no mesmo domingo próximo. Essas manifestações seriam pequenas mas explosivas. Os roteiros das duas marchas tinham de ser muito separados, mas ainda era bastante provável que ocorressem choques violentos. A própria Neela estava decidida a sair na marcha. Enquanto falava do aumento de turbulência política em seu minúsculo território antípoda, o professor Solanka viu o sangue esquentar dentro dela. Esse conflito não era coisa sem importância para a bela Neela. Ainda estava ligada a suas origens, e Solanka quase sentiu inveja por isso. Jack Rhinehart estava dizendo, como um menino: "Ótimo! Vamos todos! Vamos, sim! Você vai marchar pelo seu povo, Malik, certo? Bom, vai marchar por Neela pelo menos". O tom de Rhinehart era leve: um erro de cálculo. Solanka viu Neela enrijecer e fechar a cara. Isso não era para ser tratado como brincadeira. "Vou", disse Solanka, olhando nos olhos dela. "Eu vou à marcha."

 Acomodaram-se para assistir ao jogo. Vieram mais gols: seis ao todo para os Países Baixos, um tardio, irrelevante ataque de consolação da Iugoslávia. Neela também ficou contente de os holandeses terem se saído bem. Via seus jogadores negros não competitivamente, mas também sem falsa modéstia, como seus quase iguais em beleza. "Os surinameses", disse, ecoando sem saber o que o jovem Malik Solanka pensara em Amsterdã tantos anos antes, "são a prova viva de como é bom misturar as raças. Olhe só.

Edgar Davis, Kluivert, Rijkaard salvando a pátria, e nos bons tempos de antes, Ruud. O grande Gullit. Todos *métèques*. Misture as raças todas e nascem as pessoas mais lindas do mundo. Quero ir ao Suriname. Logo", acrescentou para ninguém em particular. Esticou-se no sofá, jogando uma longa perna, vestida de couro por cima do braço, deslocando o *Post* do dia. O jornal caiu aos pés de Solanka, e a manchete chamou-lhe a atenção: MATADOR DO CONCRETO ATACA DE NOVO. E abaixo, em tipos menores: *Quem era o Homem de Chapéu-Panamá?* Tudo mudou na mesma hora. A escuridão inundou a janela aberta, deixando-o cego. Sua pequena onda de excitação, bom humor e tesão secou. Sentiu-se trêmulo e levantou depressa. "Tenho de ir embora", disse. "O quê, tocou o apito final e você vai embora? Malik, meu amigo, não é educado." Mas Solanka limitou-se a sacudir a cabeça para Rhinehart e foi para a porta, depressa. Atrás de si, ouviu Neela comentando a manchete do *Post*. Pegou o jornal enquanto ele saía. "Filho-da-puta. Essa história era para ter acabado, a gente devia ter segurança agora, certo?", disse ela. "Mas que merda, não acaba nunca. Lá vamos nós de novo."

6.

"O Islã vai limpar da rua esses filhos-das-putas desses motoristas sem deus", gritou o motorista do táxi a um motorista rival. "O Islã vai proteger esta cidade inteira dos babacas dos cafetões judeus que nem você e a puta da vaca de rua da sua mulher judia também." O xingamento continuou ao longo de toda a Décima Avenida. "Infiel fodido que come a irmã de menor, o inferno de Alá está à sua espera e essa porcaria desse carro sujo seu também." "Filhote sujo de um porco come-merda, faça isso de novo e a *jihad* vitoriosa esmaga os seus bagos na mão da justiça." Malik Solanka ouviu aquela explosão em urdu com sotaque urbano e esqueceu brevemente seu torvelinho interior diante do veneno do motorista. ALI MAJNU dizia o cartão de identificação. Majnu queria dizer *amado*. Esse Amado em especial parecia ter vinte e cinco anos ou menos, um rapaz bonito e gentil, alto e magro, com um traço sexy de John Travolta, e lá estava ele morando em Nova York, com um trabalho estável. O que o teria deixado tão completamente bodeado?

Solanka respondeu em silêncio à própria pergunta. Quando se é jovem demais para ter acumulado as feridas da própria experiência, pode-se escolher vestir, como um cilício, os sofrimentos do próprio mundo. Nesse caso, como o processo de paz do Oriente Médio prosseguia cambaleante e o presidente americano de saída, ansioso por algum avanço para lustrar seu desdourado legado, estava insistindo com Barak e Arafat para fazerem uma conferência de cúpula em Camp David, a Décima Avenida estava talvez levando a culpa pelos continuados sofrimentos da Palestina. Amado Ali era indiano ou paquistanês, mas sem dúvida devido a algum desnorteado espírito coletivista de paranóica solidariedade pan-islâmica, culpava todos os usuários das ruas de Nova York pelas tribulações do mundo islâmico. Entre um xingo e outro, falava com o tio de sua mãe pelo rádio: "É, Tio. É, sim, com cuidado, claro, Tio. É, carro custa dinheiro. Não, Tio. É, sim, com gentileza, sempre, Tio, acredite em mim. É, sim, é o melhor jeito. Eu sei". E também pedia a Solanka, subservientemente, a direção a seguir. Era o primeiro dia do rapaz nas duras ruas, e estava morrendo de medo. Solanka, ele próprio em estado de grande agitação, tratou Amado com gentileza, mas não deixou de dizer, ao descer na Praça Verdi: "Talvez um pouco menos de palavrão, certo, Ali Majnu? Baixe o facho. Tem cliente que pode se ofender. Mesmo os que não entendem".

O rapaz olhou para ele surpreso. "Eu, meu senhor? Falando palavrão? Quando?" Era estranho. "O caminho todo", explicou Solanka. "Para todo mundo à distância de um grito. Fodido, judeu, o repertório de sempre. *Urdu*", acrescentou, em urdu, para esclarecer as coisas, *"meri madri zaban hai*. Urdu é minha língua-mãe." Amado corou, profundamente, o vermelho se espalhando por todo o pescoço, e fixou o olhar de Solanka com escuros olhos confusos, inocentes. "Sahib, se o senhor ouviu, então deve ter acontecido. Mas, meu senhor, sabe, eu não percebo." Solanka perdeu a paciência, virou-se para ir embora. "Não tem importância", disse.

"Raiva de trânsito. Você se deixou levar. Não importa." Ao se afastar pela Broadway, Amado Ali gritou atrás dele, necessitado, pedindo para ser entendido: "Não quer dizer nada, sahib. Eu, eu nem vou na mesquita. Deus salve a América, certo? É só palavras".

É, e palavras não são atos, Solanka admitiu, afastando-se aflito. Embora palavras possam se transformar em atos. Se ditas no lugar certo e na hora certa, podem mover montanhas e transformar o mundo. Além disso, ahn, han, não saber o que se está fazendo, separar fatos das palavras que as definem, aparentemente estava se transformando em desculpa aceitável. Dizer "não quis dizer isso" era apagar o sentido de seus maus feitos, pelo menos na opinião dos Amados Alis do mundo. Seria assim? Evidentemente, não. Não, simplesmente não podia ser assim. Muitas pessoas diriam que até mesmo um genuíno ato de arrependimento não podia expiar um crime, muito menos essa inexplicada inexpressão, uma desculpa infinitamente inferior, uma mera asserção de ignorância que nem registraria em qualquer escala de arrependimento. Chocado, Solanka se reconheceu no tolo jovem Ali Majnu: a veemência além dos vácuos de memória. Ele, porém, não desculpava a si mesmo. No apartamento de Jack Rhinehart, antes de a arrasadora chegada de Neela Mahendra ter mudado o assunto, ele tentara, embora escondendo a profundidade de sua perturbação, confessar a Rhinehart uma parte de seu medo da raiva terrorista que estava sempre tomando conta dele. Jack, absorto no jogo de futebol, havia concordado distraído. "Você deve saber que sempre teve pavio curto", disse. "Quer dizer, sabe disso, certo? Tem consciência do número de vezes que telefonou para as pessoas se desculpando, o número de vezes que telefonou para *mim*, na manhã seguinte a alguma explosãozinha sua provocada pelo vinho? Desculpas Completas de Malik Solanka. Sempre achei que isso daria um bom livro. Repetitivo, talvez, mas recheado de delícias cômicas."

Alguns anos antes, os Solanka haviam passado as férias na casa de Springs com Rhinehart e a "garçonete" do momento, uma petite belle sulina de Lookout Mountain, Tennessee, cenário da "Batalha acima das nuvens" da Guerra Civil, que era uma réplica escrita e escarrada do símbolo sexual do desenho animado Betty Boop e a quem Rhinehart referia-se afetuosamente como Roscoe, citando a única celebridade viva nascida em Lookout Mountain, o tenista de saque pesado Roscoe Tanner, apesar do ódio evidente que ela demonstrava pelo apelido. O chalé era pequeno e convinha passar o maior tempo possível longe dali. Uma noite, depois de uma prolongada bebedeira só de homens num botequim de East Hampton, Solanka insistiu em voltar dirigindo durante um pesado aguaceiro. Seguiu-se um período de terror surdo. Então, Rhinehart disse, o mais doce que podia: "Malik, na América a gente dirige do outro lado da rua". Solanka explodira e, incensado pelo desrespeito demonstrado por sua capacidade de motorista, havia parado o carro e forçado Rhinehart a ir a pé para casa debaixo da chuva torrencial. "Essa foi uma das suas melhores desculpas", Jack o relembrou. "Principalmente porque na manhã seguinte você não se lembrava de ter feito nada errado."

"É", Solanka murmurou, "mas agora estou tendo lapsos sem bebida. E as manifestações de raiva estão numa escala completamente diferente." O ruído da multidão na TV aumentou enquanto estava falando, chamou a atenção de Rhinehart e a confissão passou despercebida. "Ah", retomou Rhinehart momentos depois, "e você não faz idéia do esforço dos seus amigos para tentar evitar certos assuntos na sua companhia. A política dos Estados Unidos na América Central, por exemplo. A política americana no Sudeste da Ásia. Na verdade, os Estados Unidos em geral vêm sendo um assunto praticamente intocável faz anos já, portanto não pense que não achei divertido quando você resolveu mudar sua bunda para o seio do Grande Satã em pessoa." É, Solanka queria dizer, mordendo a isca, mas o que está errado está errado, e por causa do imenso e fodido *poder* da América, da imensa e fodida *sedução* da América, os filhos-da-puta de plantão conseguem se safar com... "Pronto, está vendo", Rhinehart apontou para ele, rindo. "Inchando para estourar. Vermelho intenso, depois roxo, depois quase preto. Um ataque do coração à espreita. Sabe como a gente chama quando acontece isso? Ficar solankado. Síndrome da China malikiana. É um cadinho fodido, juro por Deus. Quer dizer, malandro, *eu* sou o cara que *foi mesmo* pra esses lugares e trouxe as más notícias, mas isso não impede você de me censurar por causa disso, por causa da minha cidadania, que na sua cabeça pirada me faz *responsáve* pelo grande mal que continuam praticando em meu pobre nome."

Nenhum tolo é tão tolo quanto um velho tolo. Então ele e Amado Ali eram de fato um só afinal, Solanka pensou, humilde. Só algumas ligeiras e superficiais diferenças de vocabulário e educação. Não: ele era pior, porque Amado era só um menino em seu primeiro dia no emprego novo, enquanto ele, Solanka, estava se transformando em algo horrível e talvez incontrolável. A triste ironia era que seus velhos hábitos de combatividade, essa evidentemente cômica intemperança, deixavam até seus amigos cegos para a grande mudança qualitativa, a horrenda deterioração que estava acontecendo naquele momento. Dessa vez havia realmente um lobo vindo e ninguém, nem mesmo Jack, ouvia seus gritos. "E além disso", entoou Rhinehart alegremente, "lembra quando você expulsou da sua casa, ah, aquele cara que eu não lembro o nome, por *citar errado Philip Larkin*? Mano! O senhor anda nervoso com os vizinhos. Uh-hu-i. Segurem a primeira página."

Como podia Malik Solanka falar com seu jovial amigo sobre a abnegação do ser? Como dizer a América é a grande devoradora, eu vim à América para ser devorado? Como podia dizer sou uma faca no escuro, coloco em perigo aqueles que amo?

Solanka sentiu as mãos coçarem. Até a pele o traía. Ele, cuja pele de bumbum de criança sempre maravilhava as mulheres que brincavam com ele por ter levado uma vida muito mimada, começou a sofrer incômodas erupções ao redor do couro cabeludo e, muito estranhamente, em ambas as mãos. A pele avermelhava, franzia e rachava. Ainda não tinha ido ao dermatologista. Antes de abandonar Eleanor, vítima permanente de eczema, assaltara sua caixa de remédios, trazendo consigo dois grossos tubos de ungüento de hidrocortisona. Na Duane Reade do bairro, comprou um frasco gigante do hidratante mais forte e conformou-se em usá-lo várias vezes ao dia. O professor Solanka não tinha os médicos em alta conta. Conseqüentemente, se automedicava e coçava.

Era a idade da ciência, mas a ciência médica ainda estava nas mãos dos primitivos e parvos. O que mais se sabia dos médicos era que sabiam pouco. No jornal de ontem havia uma história sobre um médico que removeu acidentalmente o seio sadio de uma mulher. Ele foi "repreendido". Era uma história tão corriqueira que só aparecia numa página lá do meio. Era esse tipo de coisa que os médicos faziam: rim errado, pulmão errado, olho errado, bebê errado. Médicos erravam. Mal rendia notícia.

A notícia: estava bem ali na sua mão. Ao descer do táxi de Amado Ali, pegou um exemplar do *News* e um do *Post*, depois escolheu um caminho confuso até em casa, andando depressa, como se quisesse escapar de alguma coisa... Ellen DeGeneres, proclamavam os cartazes, estava para estrear no Beacon Theatre. Solanka fez uma careta. Ela ia cantar a sua canção-tema, claro: *Where the hormones, there moan I*. [Quando geme o hormônio, gemo eu.] E a platéia estaria cheia de mulheres gritando *"Ellen, we love you"* e, em meio ao seu texto profundamente mais ou menos, a comediante faria uma pausa, baixaria a cabeça, colocaria a mão no coração, dizendo o quanto estava comovida de ter se transformado num símbolo da dor delas. Me elogiem, obrigada,

obrigada, me elogiem mais um pouco, olhe só, Anne, nós somos um ícone!, nossa!, é tão *humilhante*... A ciência estava fazendo descobertas excepcionais, pensou o professor Solanka. Cientistas de Londres acreditam ter identificado como localização do amor a ínsula medial, uma parte do cérebro associada aos "sentimentos viscerais", e também uma parte do cíngulo anterior, ligada à euforia. Além disso, cientistas britânicos e alemães afirmam agora que o córtex frontal lateral é responsável pela inteligência. O fluxo sangüíneo nessa região aumentou em voluntários solicitados a resolver enigmas complicados. *Onde nasce uma afeição?/ Na cabeça ou no coração?* E em que parte do cérebro, perguntou o desarvorado Solanka a si mesmo só meio retoricamente, se localiza a burrice? Hein, cientistas do mundo? Em que ínsula ou córtex aumenta o fluxo sangüíneo quando alguém grita "eu te amo" para a porra de alguém totalmente estranho? E quanto à hipocrisia? Vamos ver a parte interessante disso aí...

Sacudiu a cabeça. Está evitando a questão, professor. Está dançando em volta da coisa toda quando o que tem de fazer é olhar direto para ela, olhar direto na cara dela. Vamos falar da raiva, o.k.? Vamos falar da maldita fúria que mata de fato. Me digam, onde nasce o assassinato? Malik Solanka, agarrado a seu jornal, corria para o leste pela Rua 72, assustando os pedestres. Na Columbus, virou à esquerda e seguiu meio correndo mais uma dúzia e tanto de perturbados quarteirões e parou. Até as lojas naqueles arredores tinham nomes indianos: Bombay, Pondicherry. Tudo conspirava para fazê-lo lembrar o que estava querendo esquecer, ou seja, o lar, a idéia de lar em geral e a do lar de sua vida em particular. Não sou Pondicherry, mas não se pode negar, Bombaim, sim. Entrou num bar temático mexicano com uma alta recomendação da *Zagat's*, pediu uma dose de tequila, mais uma e então, finalmente, chegou a hora dos mortos.

Deste, o corpo da noite passada, e dos dois de antes. Ali estavam seus nomes. Saskia "Sky" Schuyler, a grande foto de hoje, e suas predecessoras Lauren "Ren" Muybridge Klein e Belinda "Bindy" Booken Candell. Ali suas idades: dezenove, vinte, dezenove. Ali suas fotografias. Olhe os sorrisos: eram os sorrisos do poder. Um bloco de concreto apagou aquelas luzes. Não eram meninas pobres, mas agora não tinham um tostão.

Ela era uma coisa, a Sky. Um metro e oitenta e cinco, gostosa, falava seis línguas, fazia todo mundo lembrar de Christie Brinkley, a Garota do Norte da Cidade, adorava chapéus grandes e alta moda, podia ter desfilado para qualquer um, Jean-Paul, Donatella, Dries, todos tinham *implorado* a ela, Tom Ford tinha se posto de *joelhos*, mas ela, muito "naturalmente tímida", codinome para naturalmente aristocrata, membro muito ferrenho daquela *snobberia* do dinheiro tradicional que considerava os *couturiers* alfaiates e as modelos só um passinho acima de prostitutas, e além disso, havia a sua bolsa de estudos na Juilliard. No último fim de semana, estava numa correria para ir a Southampton, precisava de algo para vestir, sem tempo para escolher, então telefonou para sua grande amiga, a melhor designer Imelda Poushine, pediu que mandasse simplesmente a coleção inteira e retribuiu mandando de volta um mensageiro com um cheque especial de quatrocentos, conte bem, quatrocentos mil dólares.

Sim, diz Imelda em Rush & Molloy, o cheque foi compensado faz dois dias. Era uma grande menina, uma boneca, mas negócio é negócio, eu acho. Vamos sentir *muita* falta dela. Sim, vai ser na campa da família, bem ali na melhor parte, em frente a Jimmy Stewart. Todo mundo vai. *Grande* operação de segurança. Ouvi dizer que resolveram enterrar com o vestido de noiva. Fiquei *tão* honrada. Vai ficar linda, mas essa menina ficaria linda vestida de trapos, juro. Sim, eu que vou vestir. Está brincando? É um *privilégio* para mim. É uma ocasião de caixão aberto. Contrataram o que há de melhor: Sally H. para o cabelo, Rafael para a maquiagem, Herb para as fotografias. *Sky's the limit* [O céu é o limite], acho, se me perdoam o trocadilho. A mãe dela é que está cuidando de tudo. Essa mulher é de ferro. Nem uma lágrima. Acabou de fazer cinqüenta e linda de morrer, desculpe, não publique isso, o.k. Desculpe o trocadilho.

Os herdeiros deserdados, os senhores transformados em vítimas: era esse o ângulo da matéria. Toda aquela educação desperdiçada! Pois Saskia aos dezenove anos era não só lingüista, pianista e dedicada modista. Já era também hábil amazona, arqueira com possibilidades de integrar a equipe da Olimpíada de Sydney, nadadora de longa distância, fabulosa dançarina, grande cozinheira, alegre pintora de fim de semana, cantora de bel canto, sabia receber à maneira grandiosa da mãe e, a julgar pela aberta sensualidade mundana de seu sorriso no jornal, perita também em outras artes a que a imprensa dos tablóides se dedicava com empenho, mas de que não ousava falar abertamente naquele contexto. Os jornais se contentaram em mostrar fotos do belo namorado de Saskia, o jogador de pólo Bradley Marsalis III, sobre quem todos os leitores regulares sabiam ao menos o seguinte: que seus colegas de time o chamavam de *Horse* [Cavalo], em honra do porte de suas partes.

Uma pedra do estilingue de um Garoto Perdido havia abatido a bela Wendy Bird. E ela não foi o único pássaro abatido: o que se dizia de Sky Schuyler valia igualmente para Bindy Candell e Ren Klein. As três eram lindas, as três altas, loiras e incrivelmente dotadas. Se o futuro financeiro de suas grandes famílias repousava nas mãos de seus irmãos superlativamente confiantes, essas jovens haviam sido criadas para se encarregar da persona do clã, seu estilo, sua classe. Sua imagem. Olhando seus perplexos parentes agora, era fácil avaliar o tamanho de sua perda. Nós, rapazes, podemos tomar conta dos negócios, diziam os silenciosos rostos enlutados das famílias, mas nossas meninas é que nos fazem quem somos. Somos o barco, elas o oceano. Somos o veículo, elas o movimento. Quem vai nos dizer agora como nos comportar? E havia medo também: quem será a próxima? De todas as moças maduras que nos são dadas para colher do ramo como maçãs douradas pelo sol, quem será a próxima vítima do verme fatal?

Uma boneca. Essas jovens nasciam para ser troféus, Oscar-Barbies com todos os acessórios, para usar a expressão de Eleanor Masters Solanka. Era evidente que os jovens de sua classe estavam reagindo a essas três mortes exatamente como se alguns cobiçados medalhões, alguns troféus ou copas de prata tivessem sido roubadas dos plintos de seu clube. Dizia-se que uma sociedade secreta de jovens dourados, auto-intitulada S&M, iniciais que sugeriam Solteiro e Macho, planejava realizar uma reunião à meia-noite para chorar a perda das muito queridas namoradas de seus participantes. "Horse" Marsalis, Anders "Stash" Andriessen, o gostosão restaurador europeu da menina Candell, e o parceiro dos bons momentos de Lauren Klein, Keith Medford ("Club"), comandariam a cerimônia. Como a S&M era uma sociedade secreta, todos os seus membros negavam taxativamente sua existência e se recusavam a desmentir os rumores de que as cerimônias de luto iriam culminar com uma dança nudista com mistura de sexos e pintura de guerra e banho de mar ao natural em uma praia particular de Vineyard, momento em que candidatas a vagas nas camas dos grandões seriam intimamente testadas.

As três meninas mortas, e suas irmãs vivas, se enquadravam na definição de Desdêmona feita por Eleanor. Eram propriedade. E agora havia um Otelo assassino à solta, nesse caso destruindo talvez aquilo que não podia possuir, porque essa mesma não-possessão insultava sua honra. Não era por sua infidelidade, mas por seu desinteresse, que as matava nessa revisão milenarista da peça. Ou talvez ele as eliminasse simplesmente para revelar a falta de humanidade, a fragilidade delas. A bonequice delas. Porque essas mulheres eram, sim!, mulheres-andróide, bonecas da idade moderna, mecanizadas, computadorizadas, não as simples efígies de berçários do passado, mas avatares completamente concebidos de seres humanos.

Em sua origem, a boneca não era uma coisa em si, mas uma representação. Muito antes das primeiras bonecas de trapos e bonecas de pretas, os seres humanos faziam bonecos como retratos de determinadas crianças e adultos também. Era sempre um erro deixar que outros possuíssem um boneco de você. Quem possuía o boneco de você possuía um pedaço crucial de você. A expressão extrema dessa idéia era, evidentemente, o boneco de vodu, em que se podia espetar alfinetes para machucar a pessoa que representava, o boneco cujo pescoço se podia torcer para matar um ser humano à distância, com a mesma eficiência com que um cozinheiro muçulmano lida com uma galinha. Depois, veio a produção em massa, e a ligação entre homem e boneco se rompeu. As bonecas passaram a ser elas mesmas, e clones de si mesmas. Transformaram-se em reproduções, em versões de linha de montagem, sem personalidade, uniformes. No presente, tudo isso estava mudando de novo. A conta bancária de Solanka devia tudo ao desejo das pessoas modernas de possuir bonecas não apenas com personalidade mas com individualidade. Seus bonecos tinham histórias para contar.

Mas agora mulheres vivas queriam ser como bonecas, cruzar a fronteira e parecer brinquedos. Agora a boneca era o original, a mulher a representação. Essas bonecas vivas, essas marionetes sem fio não eram "embonecadas" só por fora. Por trás de sua aparência de alto estilo, por baixo daquela pele perfeitamente radiosa, eram tão recheadas de chips comportamentais, tão completamente programadas para ação, tão perfeitamente tratadas e vestidas, que não sobrava dentro delas espaço para a confusa humanidade. Sky, Bindy e Ren representavam assim o último passo na transformação da história cultural da boneca. Tendo conspirado por sua própria desumanização, acabaram como meros totens de sua classe, a classe que dominava a América, que por sua vez dominava o mundo, de forma que um ataque a elas significava também, se você se desse ao trabalho de olhar as coisas por esse ângulo, um ataque ao grande império americano, à Pax Americana em si... Um corpo morto na rua, pensou Malik Solanka, voltando à terra, parece muito uma boneca quebrada.

... Oh, quem ainda pensava assim hoje em dia, além dele mesmo? Sobrava mais alguém na América com essas idéias feias, equivocadas na cabeça? Se se perguntasse a essas jovens, essas altas e seguras beldades a caminho de diplomas universitários *summa cum laude* e glamorosos fins de semana em iates, essas Princesas do Agora, com seus serviços de limusine e obras de caridade e vidas a cem por hora e super-heróis domados, adoradores, lutando para conquistar seus favores, elas diriam que eram livres, mais livres que qualquer mulher de qualquer país em qualquer época, e que não pertenciam a homem nenhum, nem pai, nem amante, nem patrão. Não eram bonecas de ninguém, mas mulheres em si mesmas, brincando com a própria aparência, a própria sexualidade, as próprias histórias: a primeira geração de jovens a realmente assumir o controle, sem submissão nem ao velho patriarcado, nem ao feminismo linha-dura que odiava os homens martelando no portão de Barba-Azul. Seriam mulheres de negócios e flertadeiras, profundas e superficiais, sérias e ligeiras, e tomavam essas decisões por si mesmas. Tinham tudo, emancipação, sex appeal, dinheiro, e adoravam isso. Então vinha alguém e tirava isso delas batendo-lhes forte na nuca, o primeiro golpe para desacordá-las, os demais para eliminá-las. E quem as matara? Se era por desumanização que você se interessava, seu homem era esse assassino. Não elas próprias, mas ele, o Matador do Concreto, as desumanizara. O professor Malik Solanka, lágrimas correndo pelo rosto, curvado sobre sua tequila num banquinho de bar, afundou a cabeça nas mãos.

Saskia Schuyler havia morado num apartamento de muitos quartos, mas de teto baixo, no que ela chamava de "o edifício mais feio da avenida Madison", uma monstruosidade de tijolos azuis em frente à loja Armani, cujo "único ponto positivo", na opinião de Sky, era poder ligar para a loja e fazer com que mostrassem vestidos na vitrina para ela conferir com binóculos. Odiava o apartamento, antigo *pied-à-terre* de seus pais em Manhattan. Os Schuyler viviam a maior parte do tempo fora da cidade, numa propriedade murada em meio à paisagem ondulante perto de Chappaqua, Nova York, e passavam muito tempo reclamando porque os Clinton compraram uma casa em sua cidade natal. Sky, disse Bradley Marsalis, gostava de tranqüilizar os pais dizendo que Hillary não ia ficar muito tempo ali. "Se ela vencer, parte para Washington DC e para o Senado, e se perder vai embora ainda mais depressa." Enquanto isso, Sky queria vender o apartamento da Madison e se mudar para Tribeca, mas a junta condominial havia recusado três vezes os compradores que encontrara. Nessa questão da junta, Sky ficava feroz. "É cheia de senhoras com laquê, cobertas de pano justo e brilhante, como sofás estofados demais, e acho que se você quiser fazer parte tem de parecer mobília também." O prédio tinha um serviço de porteiro vinte e quatro horas, e o porteiro da noite, o velho Abe Green, declarou que na data em questão miss Schuyler, "com cara de um milhão de dólares" depois de uma grande noitada numa entrega de gala de prêmios musicais ("Horse" tinha ligações na indústria fonográfica), voltou para casa por volta de uma e meia. Na porta, despediu-se de um Mr. Marsalis claramente relutante ("Cara, ele ficou puto", disse Green) e caminhou bem infeliz até o elevador. Green subiu com ela. "Para fazer ela sorrir, eu disse assim: pena que a senhora mora só no quinto, senão eu podia ficar olhando a senhora um pouco mais." Quinze minutos depois, ela chamou o elevador de novo. "Tudo bem, dona?", Abe perguntou. "Ah, acho que sim. Claro, Abe", disse ela. "Claro." E saiu sozinha, ainda vestida com a roupa de festa, e nunca mais voltou. Seu corpo foi encontrado muito longe, no centro da cidade, perto da entrada do Midtown Tunnel. Um estudo das últimas horas de Lauren Klein e Bindy Candell mostrou que elas também haviam chegado tarde, impedido os namorados de subir e saído de novo logo depois. Como se essas moças tivessem recusado a Vida e depois saído para um encontro marcado com a Morte.

Saskia, Lauren e Belinda não foram roubadas. Seus anéis, brincos, colares e braceletes estavam todos no lugar. Nem foram sexualmente violentadas. Nenhum motivo para os crimes veio à tona, mas os três namorados levantaram a possibilidade de um perseguidor. Nos dias anteriores às mortes, todas as mortas tinham falado de um estranho de chapéu-panamá "rondando de um jeito esquisito". "É como se Sky tivesse sido executada", disse um sombrio Brad Marsalis com um charuto na mão durante um encontro com a imprensa numa suíte de hotel em Vineyard Haven. "É como se alguém tivesse condenado Sky à morte e executado a sentença assim, a sangue-frio."

7.

A notícia de que Solanka havia se separado de Eleanor provocou ondas de choque em seu círculo. Cada casamento que se rompe questiona os que continuam inteiros. Malik Solanka tinha consciência de ter iniciado uma reação em cadeia de perguntas feitas e não feitas em mesas de café-da-manhã por toda a cidade, e em quartos, e em outras cidades também: nós ainda estamos bem? O.k., bem quanto? Você está deixando de me dizer alguma coisa? Será que um dia eu vou acordar e você vai me dizer alguma coisa que me faz entender que estava repartindo minha cama com uma estranha? Como o amanhã vai reescrever o ontem, como a próxima semana desmanchará os últimos cinco, dez, quinze anos? Você está cheia? É culpa minha? É mais fraca que eu pensava? É ele? É ela? É o sexo? Os filhos? Quer ajeitar as coisas? Tem alguma coisa para ajeitar? Você me ama? Você ainda me ama? Será que eu, ai, meu Deus, meu Deus, ainda te amo?

Essas agonias, pelas quais seus amigos inevitavelmente o responsabilizavam em algum grau não especificado, chegavam a ele como ecos. Apesar de sua enfática proibição, Eleanor estava fornecendo o número de seu telefone de Manhattan a quem quisesse. Homens, mais do que mulheres, pareciam levados a telefonar e a censurar. Morgen Franz, o editor budista pós-hippie, cujo telefone Eleanor havia atendido tantos anos antes, foi o primeiro da fila. Morgen era californiano e se refugiara desse fato em Bloomsbury, porém nunca se livrara do lento sotaque Haight-Ashbury. "Não estou gostando disso, cara", ligou para revelar a Malik, as vogais ainda mais prolongadas que o normal para reforçar sua dor. "E mais, não sei de ninguém que esteja. Não sei por que você fez isso, cara, mas como você não é nem babaca nem um bosta, tenho certeza de que deve ter suas razões, claro que deve, entende, e boas razões, claro, cara, não duvido, quer dizer, o que eu posso dizer, eu te amo, entende, amo os dois, mas agora tenho de dizer que estou sentindo muita raiva de você." Solanka podia visualizar a cara do amigo, vermelha, de barba curta, os olhinhos profundos piscando ferozmente para reforçar. Franz era legendariamente reservado ("ninguém é mais cool que o Morg", era seu lema), portanto esse caloroso clímax era um choque. Solanka, porém, ficou frio e permitiu-se expressar os próprios sentimentos sincera e inabalavelmente.

"Seis, sete, oito anos atrás", disse, "Lin ligava para Eleanor em prantos porque você se recusava a ter um filho com ela e, sabe de uma coisa?, você tinha as suas razões, tinha de lidar com seu profundo desencanto com a espécie humana todo dia, e quanto a filhos, assim como quanto à Filadélfia, você assumia a posição de Fields. Morgen, eu 'senti muita raiva de você' naquela época. Vi Lin se conformar com gatos em lugar de bebês e não gostei nada disso, mas, sabe de uma coisa?, nunca telefonei para te dar uma bronca nem para perguntar qual o ensinamento budista relevante sobre o assunto, porque resolvi que não era da minha conta o que acontecia entre você e sua mulher. Que era a sua vida particular, uma vez que você não estava batendo nela ou, pelo menos, que era meramente o seu espírito, não o seu corpo que você estava machucando. Portanto me faça um favor e vá se foder. Esta história não é sua. É minha." E lá se foi aquela velha amizade, oito, ou seriam nove?, Natais passados alternadamente em casa de um e de outro, as partidas de *Trivial Pursuit*, as charadas, o amor. Lin Franz telefonou para ele na manhã seguinte para dizer que o que ele havia dito era imperdoável. "Quero que você saiba, por favor", acrescentou, naquele inglês norte-americano-vietnamita muito formal, macio como um sussurro, "que o fato de você abandonar Eleanor só serviu para fazer Morgen e eu ficarmos ainda mais próximos. E Eleanor é uma mulher forte, vai logo pegar as rédeas da vida dela, quando acabar a tristeza. Vamos continuar sem você, Malik, e você vai ficar mais pobre por ter nos excluído de sua vida. Sinto por você."

Uma faca na mão sobre os corpos adormecidos de sua mulher e filho é coisa que não pode ser mencionada a ninguém, muito menos explicada. Uma faca assim representa um crime muito pior do que a substituição de um bebê choramingão por um felino de pêlo comprido. E Solanka não sabia responder aos comos e porquês desse acontecimento enigmático e horrendo. *É uma adaga que vejo diante de mim, o cabo voltado para a minha mão?* Simplesmente estivera ali, como o culpado Macbeth, e a arma também simplesmente estivera ali, impossível desejar que sumisse ou editar a imagem para removê-la depois. O fato de não ter cravado a faca em corações adormecidos não o tornava inocente. Segurar a faca assim e ficar ali parado era mais que suficiente. Culpado, culpado! Até mesmo enquanto falava as palavras duras que romperiam a relação com o velho amigo, Malik Solanka tinha plena consciência de sua hipocrisia e recebeu sem comentários a subseqüente repreensão de Lin. Havia renunciado a todo direito de protesto quando correu o polegar pela lâmina Sabatier, testando o fio no escuro. Essa faca era a sua história agora, e tinha ido à América para escrevê-la.

Não! Em desespero, *desescrevê-la*. Não para ser, mas para não-ser. Tinha voado para a terra da autocriação, para o lar de Mark Skywalker, o publicitário Jedi de suspensórios vermelhos, para o país cuja ficção moderna paradigmática era a história de um homem que refizera a si mesmo (seu passado, seu presente, suas camisas, até seu nome), por amor. E ali, naquele lugar de cujas narrativas estava inteiramente desligado, tencionava experimentar a primeira fase dessa reconstrução (ele agora aplicava deliberadamente a si mesmo a mesma espécie de imagética mecânica que usara tão duramente contra as mulheres mortas), ou seja, o completo apagamento, ou *"master deletion"*, do velho programa. Em algum lugar do software existente havia um vírus, uma falha potencialmente letal. Nada menos que a des-selfização do self serviria. Se conseguisse limpar a máquina toda, então talvez o vírus também acabasse no lixo. Depois disso, podia talvez começar a construir um novo homem. Percebia claramente que se tratava de uma ambição fantástica, não realista, se tentada a sério, literalmente, e não como mera-maneira-de-dizer. Mesmo assim, era literalmente que pensava, por mais maluco que pudesse parecer. Qual seriam as alternativas? Confissão, medo, separação, policiais, médicos de cabeça, Broadmoor, vergonha, divórcio, cadeia? Os passos para esse inferno pareciam inexoráveis. E o pior inferno ele deixaria para trás, a lâmina incandescente girando para sempre no olho da mente de seu filho em crescimento.

Naquele instante, concebera uma crença quase religiosa no poder da fuga. A fuga salvaria os outros dele, e ele de si mesmo. Iria para onde não era conhecido e se purificaria nesse desconhecimento. Uma lembrança da proibida Bombaim se impunha peremptoriamente à sua atenção: uma lembrança do dia em 1955 em que Mr. Venkat (o grande banqueiro cujo filho, Chandra, era o melhor amigo de Malik aos dez anos de idade) se tornou um *sanyasi* em seu sexagésimo aniversário e abandonou a família para sempre, usando nada mais que uma tanga como a de Gandhi, com um cajado de madeira em uma mão e uma tigela de esmolas na outra. Malik sempre gostara de Mr. Venkat, que brincava com ele pedindo que pronunciasse, muito depressa e por inteiro, o seu polissilábico nome do Sul da Índia: Balasubramanyam Venkataraghavan. "Vamos lá, menino, mais depressa", ele animava Malik quando sua língua de criança tropeçava nas sílabas. "Você não gostaria de ter um nome magnífico desse?"

Malik Solanka morava em um apartamento no segundo andar em um prédio chamado Noor Ville, na Vila Methwold, na rua Warden. Os Venkat ocupavam o outro apartamento daquele andar e davam todas as mostras de ser uma família feliz: uma família, de fato, que Malik invejava a cada dia de sua vida. Então, as portas de ambos os apartamentos ficaram abertas e juntaram-se crianças de olhos arregalados e graves em volta de adultos surpresos, enquanto Mr. Venkat se retirava para sempre de sua antiga vida. Das profundezas do apartamento, vinha o ruído de um 78 riscado: uma canção dos Ink Spots, o grupo favorito de Mr. Venkat. O espetáculo de Mrs. Venkat chorando mais que os olhos no ombro da mãe dele atingiu com força o pequeno Malik Solanka. Quando o banqueiro virou-se para sair, Malik gritou para ele de repente "Balasubramanyam Venkataraghavan!" E continuou, falando mais depressa e mais alto, até estar simultaneamente berrando e pronunciando depressa: "Balasubramanyamvenkataraghavanbalasubramanyamvenkataraghavan*balasubramanyaamvenkataraghavan*BALASUBRAMANYAMVENKATARAGHAVAN!".

O banqueiro fez uma pausa grave. Era um homem pequeno, ossudo, de rosto gentil, olhos brilhantes. "Muito bem dito, e com uma velocidade impressionante também", comentou. "E como você repetiu cinco vezes sem errar, vou responder cinco perguntas que você queira me fazer."

Para onde está indo? "Estou indo em busca do conhecimento e, se possível, da paz." Por que não está usando seu terno de trabalho? "Porque desisti do meu emprego." Por que Mrs. Venkat está chorando? "Essa pergunta é para ela." Quando vai voltar? "Esse passo, Malik, é para todo o sempre." E Chandra? "Um dia ele vai entender." Não gosta mais da gente? "Essa é a sexta pergunta. Acima do limite. Seja um bom menino agora. Seja um bom amigo do seu amigo." Malik Solanka lembrava-se, depois de Mr. Venkat descer o morro, de sua mãe tentando explicar a filosofia do *sanyasi*, da decisão de um homem abandonar todas as suas posses e bens mundanos, rompendo com a vida, a fim de chegar mais perto do Divino antes da hora da morte. Mr. Venkat deixou seus negócios em boa ordem, sua família estaria bem provida. Mas jamais voltaria. Malik não entendeu a maior parte do que lhe disseram, mas teve uma viva compreensão do que Chandra queria dizer quando, mais tarde nesse mesmo dia, quebrou os velhos discos do Ink Spots de seu pai, gritando: "Detesto conhecimento! E paz também. Odeio *muito* a paz".

Quando um homem sem fé imitava as escolhas do crente, o resultado tendia a ser ao mesmo tempo vulgar e inepto. O professor Malik Solanka não vestiu tanga nem pegou tigela de esmolas. Em vez de se submeter à sorte das ruas e à caridade de estranhos, pegou um avião na classe executiva para o JFK, hospedou-se brevemente no Lowell, ligou para um corretor de imóveis e num instante deu sorte, encontrando uma confortável sublocação no West Side. Em vez de ir para Manaus, Alice Springs ou Vladivostok, aterrissara em uma cidade em que não era completamente desconhecido, que não lhe era completamente desconhecida, onde falava a língua local, conseguia se localizar e entender, até certo ponto, os costumes nativos. Agira sem pensar, vira-se amarrado a uma poltrona de avião antes de ter tido tempo de refletir. Então simplesmente aceitara a escolha imperfeita que seus reflexos haviam feito, concordara em continuar seguindo o improvável caminho que seus pés haviam tomado sem aviso. *Sanyasi* em Nova York, *sanyasi* em um dúplex com cartão de crédito era uma contradição em termos. Muito bem. Encarnaria essa contradição e, apesar de sua natureza paradoxal, perseguiria sua meta. Também estava em busca de um fim, de paz. Então, de alguma forma o seu velho eu tinha de ser cancelado, eliminado para sempre. Não podia levantar-se da tumba como um espectro para reclamá-lo em algum momento futuro, arrastando-o para o sepulcro do passado. E se ele fracassasse, fracassava e pronto, mas não se pensa no que existe além do fracasso enquanto se está tentando o sucesso. Afinal de contas, Jay Gatsby, o maior de todos os fanfarrões, também fracassou no final, mas viveu, antes de se acabar, aquela brilhante, aguda, dourada, exemplar vida americana.

Acordou em sua cama, completamente vestido de novo, com um cheiro forte de bebida no hálito, sem saber como ou quando havia chegado ali. Com a consciência veio o medo por si mesmo. Mais uma noite sem registro. Mais uma tempestade de chuviscos em branco no videotape. Mas, como antes, não havia sangue em suas mãos nem em suas roupas, nenhuma arma em sua posse, nem um torrão de concreto. Conseguiu pôr-se em pé, agarrou o controle remoto e achou o rabinho das notícias locais na TV. Nada sobre o Matador do Concreto, nem sobre o Homem de Chapéu-Panamá, nem sobre alguma beldade privilegiada assassinada. Nenhuma boneca viva quebrada. Caiu de atravessado na cama, respirando forte e depressa. Depois, chutando os sapatos, puxou as cobertas sobre a cabeça dolorida.

Reconhecia esse pavor. Muito tempo antes, em uma hospedaria de Cambridge, havia sido incapaz de se levantar e enfrentar sua nova existência de calouro. Agora como então, pânico e demônios lançavam-se sobre ele de todos os lados. Era vulnerável a demônios. Sentia as asas de morcego batendo em seus ouvidos, sentia os dedos de duende se juntando em volta de seus tornozelos para puxá-lo para o inferno no qual não acreditava, mas que sempre surgia em sua linguagem, em suas emoções, na parte dele que não estava sob controle. Essa parte crescente que pirava, que escapava de suas débeis mãos... onde estava Krysztof Waterford-Wajda quando precisava dele? Venha, Dubdub, bata na porta e me arranque da borda do meu Poço escancarado. Mas Dubdub não voltou das portas do Céu para bater na sua porta.

Não era isso, Solanka disse a si mesmo com fervor. Não era essa a história que o trouxera tão longe! Não esse melodrama estilo Jekyll e Hyde, uma saga de ordem totalmente inferior. Não havia tendência gótica na arquitetura de sua vida, nenhum laboratório de cientista, nenhuma retorta borbulhante, nenhuma poção de metamorfose demoníaca para engolir. Porém o medo, o pavor, não o deixavam. Puxou mais as cobertas sobre a cabeça. Sentia o cheiro da rua em suas roupas. Não havia nenhuma prova que o relacionasse a qualquer crime. Nem estava sob investigação por coisa nenhuma. Quantos homens, em um verão mediano de Manhattan, usavam chapéu-panamá? Centenas ao menos? Por que então estava se atormentando assim? Porque se a faca havia sido possível, aquilo também era. E havia as circunstâncias: três lapsos de memória noturna, três mulheres mortas. Era essa conjunção que exigia o seu silêncio tão absoluto quanto à faca no escuro, mas que não conseguia esconder de si mesmo. Havia também o fluxo de obscenidades pronunciadas inconscientemente no Café Mozart. Não era suficiente para que qualquer tribunal o prendesse, mas ele era seu próprio juiz, sem júri.

De olhos turvos, discou um número e esperou as intermináveis preliminares da voz gravada para retirar suas mensagens. *Você tem... uma!... nova mensagem. Uma!... nova mensagem* NÃO *retirada. Primeira mensagem.* Veio então a voz de Eleanor, pela qual se apaixonara tanto tempo antes. "Malik, você diz que quer esquecer de si mesmo. Diz que já se esqueceu de si mesmo. Diz que não quer ser governado pela sua raiva. Eu digo que sua raiva nunca governou tanto você. Eu me lembro de você, mesmo que tenha me esquecido. Me lembro de você antes de aquela boneca estragar as nossas vidas: você era sempre tão interessado em tudo. Eu adorava isso. Me lembro da sua alegria, do seu canto desafinado, das vozes engraçadas. Você me ensinou a gostar de críquete. Agora quero que Asmaan goste também. Me lembro de você querendo conhecer o melhor do que os seres humanos são capazes, mas também querendo olhar sem ilusões para o pior. Me lembro do seu amor pela vida, pelo nosso filho, e por mim. Você nos abandonou, mas nós não abandonamos você. Volte para casa, querido. Por favor, volte para casa." Um discurso aberto, corajoso, dilacerante. Mas havia ali outro lapso. Quando havia falado de raiva e esquecimento com Eleanor? Talvez tivesse chegado bêbado e tentado se explicar. Talvez tivesse deixado uma mensagem, e essa fosse a resposta. E ela, como sempre, tinha ouvido muito mais do que ele havia dito. Tinha ouvido, em resumo, o seu medo.

Fez um esforço para levantar, tirou a roupa e tomou uma ducha. Estava coando café na cozinha quando se deu conta de que o apartamento estava vazio. E era dia de Wislawa. Por que não estava ali? Solanka discou seu número. "Sim?" Era a voz dela. "Wislawa?", perguntou. "Professor Solanka. Não é seu dia de trabalhar hoje?" Fez-se uma longa pausa. "Professor?", disse a voz de Wislawa, soando tímida e pequena. "Não lembra?" Ele sentiu a temperatura do corpo subir rapidamente. "O quê? Lembrar o quê?" A voz de Wislawa ficou chorosa. "Professor, senhor me despediu. Me despediu por quê? Por nada. Claro que senhor lembra. E as palavras. Palavras dessas num homem de educação, nunca vi. Agora, para mim, acabou. Mesmo senhor telefonando agora para chamar, eu não pode voltar." Alguém falou atrás dela, outra voz de mulher, e Wislawa retomou, acrescentando com considerável determinação: "Mas custo de meu trabalho faz parte seu contrato. Senhor me despede sem justa causa eu continua recebendo isso. Falei com proprietário e eles concordam. Acho que eles vão falar com senhor também. Sabe, eu trabalho muito tempo para Mrs. Jay". Malik Solanka pousou o telefone sem nem mais uma palavra.

Está despedida. Como num filme. O cardeal de roupa vermelha desce os degraus de ouro para trazer o adeus do papa. O motorista, uma mulher, espera no carrinho, e quando o cruel mensageiro se inclina na janela, tem a cara de Solanka.

A cidade foi vaporizada com o pesticida Anvil. Vários pássaros, principalmente nas terras encharcadas de Staten Island, haviam morrido de vírus do oeste do Nilo, e o prefeito não queria arriscar. Todo mundo estava em alerta de mosquito. Ficar dentro de casa ao entardecer! Usar mangas compridas! Durante a vaporização, fechar todas as janelas e desligar todos os aparelhos de ar-condicionado! Um radicalismo intervencionista desses, quando nem um único ser humano havia contraído a doença desde o início do novo milênio. (Depois, foram relatados alguns casos, mas nenhuma morte.) O temor dos americanos diante do desconhecido, sua supercompensação sempre fizeram rir aos europeus. "O escapamento de um carro estoura em Paris", gostava de dizer Eleanor Solanka (até Eleanor, o menos maldoso dos seres humanos), "e no dia seguinte um milhão de americanos cancela as férias."

Solanka tinha se esquecido da pulverização e caminhara horas debaixo do veneno que se depositava, invisível. Durante um momento, pensou em culpar o pesticida por sua perda de memória. Asmáticos estavam tendo convulsões, dizia-se que havia lagostas morrendo aos milhares, ambientalistas estavam gritando, por que não ele? Mas seu natural senso de justiça o impediu de continuar nessa direção. Era mais provável que a fonte do problema tivesse causas existenciais, mais que químicas.

Se você ouviu, boa Wislawa, deve ter sido assim. Mas, você sabe, eu não tinha consciência... Aspectos de seu comportamento estavam escapando ao controle. Se procurasse ajuda profissional, sem dúvida diagnosticariam algum tipo de esgotamento. (Se fosse Bronislawa Rhinehart, levaria alegremente esse diagnóstico para casa e começaria a procurar alguém para processar.) Atingiu-o com grande força a idéia de que um esgotamento de algum tipo era precisamente o que vinha procurando o tempo todo. Todas aquelas rapsódias sobre o desejo de se desmanchar! Então, agora que certos segmentos cronológicos dele mesmo haviam cessado de manter contato com outros, agora que havia literalmente desintegrado no tempo, por que estava tão chocado? Cuidado com o que deseja, Malik. Lembre-se de W. W. Jacobs. A história da mão do macaco.

Viera a Nova York como o Inspetor de Terras havia ido ao Castelo: em ambivalência, *in extremis*, e com uma esperança não realista. Encontrara suas acomodações, mais confortáveis que as do pobre Inspetor, e desde então passara a vagar pelas ruas, procurando um jeito de entrar, dizendo a si mesmo que a grande Cidade-Mundo poderia curá-lo, um filho da cidade, se pudesse ao menos encontrar o portal para o seu mágico, invisível, híbrido coração. Essa proposição mítica havia claramente alterado o continuum à sua volta. As coisas pareciam proceder com lógica, segundo as leis da verossimilhança psicológica e das coerências internas mais profundas da vida metropolitana, mas na verdade tudo era mistério. Talvez a sua não fosse a única identidade se desmanchando. Por trás da fachada dessa idade de ouro, desse tempo de abundância, as contradições e o empobrecimento do indivíduo humano ocidental, ou, digamos, do eu humano na América, estivessem se aprofundando e ampliando. Talvez essa desintegração mais ampla fosse também visível nesta cidade de vestes ornadas de jóias incendiadas e de cinzas secretas, nesta época de hedonismo público e medo privado.

Era preciso uma mudança de direção. A história que terminava talvez não fosse nunca a que começava. Sim! Ia retomar o controle de sua vida, enfeixando juntos os seus eus fragmentados. As mudanças que procurasse em si mesmo, ele próprio iniciaria e realizaria. Basta desse boiar à deriva, ausente, cheio de miasmas. Como podia ter se convencido de que este burgo enlouquecido por dinheiro seria capaz de resgatá-lo sozinho, esta Gotham City em que Coringas e Pingüins se multiplicavam sem nenhum Batman (nenhum Robin sequer) para frustrar seus esquemas, esta Metropolis construída de kryptonita em que nenhum Super-Homem ousava pisar, onde a riqueza era tomada por bem e a alegria da posse por felicidade, onde as pessoas viviam vidas tão brunidas que as grandes verdades ásperas da existência crua haviam sido esfregadas e polidas até sumir, e na qual almas humanas vagavam tão isoladamente havia tanto tempo que mal se lembravam como entrar em contato. Essa cidade cuja fabulosa eletricidade alimentava cercas elétricas que estavam sendo erigidas entre homem e homem, e homem e mulher também? Roma não caiu porque seus exércitos enfraqueceram, mas porque os romanos esqueceram o significado de ser romano. Podia esta nova Roma ser realmente mais provinciana que suas províncias? Podiam esses novos romanos ter esquecido o que e como valorizar, se é que algum dia souberam? Seriam todos os impérios tão indignos, ou este é que era particularmente grosseiro? Será que ninguém em todo esse movimento e plenitude material se dedicava mais ao trabalho de mineração profunda do coração e da mente? Ah, América-Sonho, a busca da civilização terminaria em obesidade e trivialidade, em Roy Rogers e Planet Hollywood, em *USA Today* e em *E!*? Ou na cobiça do show do milhão de dólares ou no voyeurismo de olho mágico? Ou no eterno confessionário de Ricki, Oprah e Jerry, cujos convidados se matavam depois do show? Ou num jorro de vulgaridade de comédias cada vez mais idiotas, destinadas a jovens que se sentavam no escuro bramindo sua ignorância para a tela prateada? Ou para as inatingíveis mesas de Jean-Georges Vongerichten e Alain Ducasse? E a busca das chaves secretas que destravam as portas da exaltação? Quem demoliu a Cidade da Montanha e colocou em seu lugar uma fileira de cadeiras elétricas, esses agentes da morte democrática, em que todo mundo, os inocentes, os deficientes mentais, os culpados, podiam ir morrer lado a lado? Quem pavimentou o Paraíso e abriu um estacionamento? Quem escolheu o tédio que é George W. Gush contra os arroubos de Al Bore? Quem deixou Charlton Heston escapar da jaula e depois ficou perguntando por que crianças estavam sendo mortas? O quê, América do Graal? Oh, vós, Galaads ianques, vós Lancelotes Hoosier, oh Parsifais dos estábulos, o que houve com a Távola Redonda? Sentiu uma onda explodindo dentro dele e não a conteve. Sim, ela o tinha seduzido, a América, sim, seu brilho o excitara, e sua vasta potência também, e estava comprometido nessa sedução. Aquilo a que se opunha nela, tinha de atacar também em si mesmo. Ela o fazia desejar aquilo que prometia e eternamente retinha. Todo mundo era americano agora, ou pelo menos americanizado: indianos, iranianos, uzbeques, japoneses, liliputianos, todos. A América era o parque de diversões do mundo, seu livro de regras, árbitro e bola. Até o antiamericanismo era americanismo disfarçado, contanto que aceitasse, como aceitava, que a América era o único jogo a ser jogado e a matéria da América o único negócio. E assim, como todo mundo, Malik Solanka palmilhava agora seus altos corredores de chapéu na mão, um mendicante em seu festim. Mas isso não queria dizer que não pudesse olhar para ela no fundo dos olhos. Artur havia caído, Excalibur estava perdida, o sombrio Mordred era rei. Ao lado dele, no trono de Camelot, sentava-se a rainha, sua irmã, a bruxa, a Fada Morgana.

O professor Malik Solanka tinha orgulho de ser um homem prático. Hábil com as mãos, era capaz de enfiar linha numa agulha, consertar as próprias roupas, passar uma camisa de gala. Durante algum tempo, quando começou a fazer seus bonecos filosóficos, colocara-se de aprendiz de um alfaiate de Cambridge e aprendera a cortar as roupas que seus pensadores da altura de meio litro usavam, além das criações de street fashion que fazia para Little Brain. Com Wislawa ou sem ela, sabia como manter limpos seus cômodos. De agora em diante, ia aplicar os mesmos princípios de boa governança doméstica à sua vida interior.

Seguiu pela Rua 70 com a sacola roxa da lavanderia chinesa jogada sobre o ombro direito. Ao virar na Columbus, ouviu o seguinte monólogo: "Você lembra minha ex-mulher, Erin. A mãe de Tess. É, a atriz. Hoje em dia ela faz quase só comerciais. E sabe de uma coisa? A gente está se encontrando de novo. Esquisito, né? Depois de dois anos achando que ela era o inimigo, e cinco de uma relação melhor, mas ainda difícil! Comecei dizendo que ela viesse com Tess algumas vezes. Pra dizer a verdade, Tess gosta de ter a mãe por perto. E aí, uma noite. É, foi uma dessas coisas. Aí Uma Noite. Chegou uma hora que fui e sentei do lado dela no sofá, em vez de ficar na minha poltrona de sempre, lá do outro lado da sala. Sabe como é, meu desejo por ela nunca foi embora, só estava era enterrado debaixo de um monte de outras coisas, um monte de raiva, pra dizer a verdade, de forma que, de repente, saiu tudo pra fora, bum! Um oceano inteiro. Pra dizer a verdade, esses sete anos tinham acumulado uma quantidade enorme dele, de desejo, claro, e talvez a raiva deixasse o desejo ainda mais intenso, então estava muito maior do que tinha sido antes. Mas aí é que está o negócio. Eu vou até o sofá e acontece o que acontece, e aí ela diz: 'Sabe, quando você veio até mim, eu não sabia se você ia me bater ou me beijar'. Acho que eu também não sabia até a hora que cheguei no sofá. Juro mesmo".

Tudo isso falado para o ar, em alto volume, por um homem desajeitado de cabelo crespo do tipo Art Garfunkel, de seus quarenta anos, caminhando com um cachorro malhado. Solanka levou um momento para perceber o telefone celular preso no meio do halo de cabelo avermelhado. Hoje em dia todos parecemos excêntricos ou malucos, pensou Solanka, confidenciando nossos segredos para o vento enquanto passeamos. Ali estava um exemplo notável da realidade contemporânea desintegrada que o preocupava. Art passeando com seu cachorro, existindo nesse momento apenas no Continuum Telefônico — pairando no som do silêncio —, estava muito pouco consciente de que no Continuum alternativo, ou da Rua 70, revelava suas intimidades mais secretas a estranhos. Isso o professor Solanka adorava em Nova York, essa sensação de se ver barrado pelas histórias dos outros, de andar como um fantasma numa cidade que estava no meio de uma história que não precisava dele como personagem. E a ambivalência do homem por sua esposa, pensou Solanka: por esposa, leia-se América. E eu talvez ainda esteja indo para o sofá.

Os jornais do dia trouxeram inesperado conforto. Devia ter ligado a TV tarde demais para ouvir os principais desdobramentos do dia da investigação dos assassinatos de Sky-Ren-Bindy. Agora, de coração mais leve, leu que uma equipe de detetives (três delegacias haviam juntado forças nesse inquérito) convocou os três bonitões para interrogatório. Haviam sido soltos em seguida, e nenhuma acusação fora feita de momento, mas a conduta dos detetives era grave e os jovens foram avisados para não sair correndo para nenhum iate na Riviera, nem praia do Sudeste Asiático. Fontes não reveladas próximas à investigação afirmaram que a teoria do "Mr. Chapéu-Panamá" estava sendo severamente questionada, o que sugeria claramente que se achava que os namorados suspeitos tinham inventado juntos o misterioso perseguidor. Nas fotos, Stash, Horse e Club pareciam três jovens apavorados. Sem perda de tempo, os comentários da imprensa imediatamente ligaram o triplo assassinato não resolvido ao de Nicole Brown Simpson e à morte do pequeno Jon Benét Ramsey. "Nesses casos", concluiu um editorial, "é mais inteligente manter a busca bem perto de casa."

"Posso falar com você?" Quando voltou para o apartamento, tonto de alívio, Mila estava esperando por ele no portal *sans entourage*, mas segurando nos braços uma boneca Little Brain, metade do tamanho natural. A transformação de suas maneiras era surpreendente. Toda a pose de deusa da rua, a atitude de rainha do mundo havia desaparecido. Era uma garota tímida, simplória, com estrelas nos olhos verdes. "O que você disse no cinema. Você é, tem de ser, certo? Você é *aquele* Professor Solanka? 'Little Brain criada pelo prof. Malik Solanka.' Você deu existência para ela, deu vida. Ai, nossa. Eu até tenho todas as fitas das *Aventuras*, e no meu aniversário de vinte e um anos meu pai foi num lugar e comprou para mim a primeira versão do roteiro do episódio de Galileu, sabe, antes de fazerem você cortar a blasfêmia toda. Isso é assim tipo o meu maior tesouro. O.k., por favor, diga que eu estou certa, do contrário estou fazendo papel de boba de um jeito que vou perder a pose para sempre. Bom, já perdi bastante, porque você não faz idéia do que o Eddie e os caras falaram de eu vir aqui com uma *boneca*, cara." As defesas de Solanka, já baixadas pela leveza de seu coração, foram dominadas por essa paixão extrema. "Sou", concordou. "Sou eu mesmo." Ela deu um grito muito alto, saltando no ar a dez centímetros do rosto dele. "Não brinca!", gritou, sem conseguir parar de pular para cima e para baixo. "Ai, meu *Deus*. Eu tenho de falar, professor: o senhor é o *máximo*. E faz, o quê?, dez *anos* que eu sou completamente *pirada* por essa menina aqui, a sua L. B. Observo tudo o que ela faz. E como o senhor falou, ela é a única *base* e *inspiração* para todo o meu *estilo pessoal* de hoje." Estendeu a mão. "Mila. Mila Milo. Não dê risada. Era Milosevic, mas meu pai queria uma coisa que todo mundo conseguisse falar. Quer dizer, estamos na América, certo? Facilitar as coisas. Mee-la. My-lo." Esticando exageradamente as vogais, fez uma careta e sorriu. "Parece, sei lá, *fertilizante de fazenda*. Ou *cereal matinal*, quem sabe."

Ele sentiu a velha raiva brotar de dentro enquanto ela falava, a imensa, insaciável raiva de Little Brain que permanecera inexpressada, inexprimível, todos esses anos. Era essa raiva que havia levado diretamente ao episódio da faca... Fizera um imenso esforço para esconder isso. Estava no primeiro dia de sua nova fase. Hoje não haveria névoa vermelha, nem tirada obscena, nem apagamento de memória induzido pela fúria. Hoje encararia o demônio e lutaria com ele até jogá-lo na lona. Respire, disse a si mesmo. Respire.

Mila parecia preocupada. "Professor? O senhor está bem?" Ele assentiu depressa, sim, sim. E disse rapidamente: "Entre, por favor. Quero contar uma história para você".

PARTE DOIS

8.

    Seus primeiros bonecos, os pequenos personagens que fizera, quando jovem, para povoar as casas que projetara, foram penosamente esculpidos em madeiras claras e macias, de roupa e tudo, e depois pintados, a vestimenta com cores vivas e os rostos cheios de minúsculos mas significativos detalhes: aqui a bochecha de uma mulher inchada para indicar dor de dente, ali um leque de pés-de-galinha nos cantos dos olhos de algum sujeito alegre. Desde aquele distante começo, havia perdido interesse nas casas, enquanto as pessoas que fazia foram crescendo de estatura e de complexidade psicológica. Hoje, começavam como figurinhas de barro. Barro, com o qual Deus, que não existia, havia feito o homem, que existia. Esse era o paradoxo da vida humana: seu criador era fictício, mas a vida em si era um fato.
    Pensava nelas como gente. Quando as estava criando, eram tão reais para ele quanto qualquer pessoa que conhecesse. Uma vez criadas, porém, uma vez sabida a sua história, contentava-se em deixá-las seguir seu próprio caminho: outras mãos podiam

manipulá-las para a câmera de televisão, outros artesãos podiam moldá-las e reproduzi-las. O personagem e a história era tudo que lhe interessava. O resto era só brincar com brinquedos.

De suas criações, a única pela qual se apaixonou, a única que não queria que ninguém mais manipulasse, iria partir seu coração. Era, claro, Little Brain: primeiro uma boneca, depois uma marionete, depois um desenho animado e, por fim, uma atriz ou, em diversos outros momentos, uma apresentadora de talk show, ginasta, bailarina ou supermodelo, numa roupa de Little Brain. Sua última série, de fim de noite, da qual ninguém esperava muito, havia sido feita quase exatamente como Malik Solanka queria. Nesse programa de viagem no tempo, "L. B." era o discípulo, enquanto os filósofos que encontrava eram os heróis de verdade. Depois da mudança para o horário nobre, porém, os executivos do canal logo interferiram. O formato original foi considerado muito cabeça. Little Brain era a estrela, e o novo show tinha de ser construído em torno dela, foi o que se determinou. Em vez de viajar constantemente, ela precisava de uma locação e de um elenco de personagens recorrentes para equilibrar. Precisava de um interesse amoroso ou, melhor ainda, de uma série de admiradores, o que permitiria que os jovens atores mais quentes do momento pudessem fazer participações especiais no show, sem amarrá-la. Acima de tudo, ela precisava de comédia: comédia esperta, cerebral, sim, mas definitivamente tinha de haver muitas gargalhadas. Provavelmente uma gravação de risadas. Deveriam ser, seriam fornecidos autores para trabalhar com Solanka para desenvolver a sua idéia de sucesso para as platéias massificadas que agora entrariam em contato com ela. Era isso que ele queria, não era, entrar para o sistema? Se uma idéia não se desenvolvia, morria. Assim é a vida televisiva.

Assim, Little Brain mudou-se para a rua Brain, em Vila Brain, com uma família inteira e o bando de Brains do bairro: ela possuía um irmão mais velho chamado Little Big Brain, descendo a rua havia um laboratório de ciências chamado Brain Drain [Ralo Cerebral] e um lacônico astro cinematográfico caubói (John Brayne). Era uma coisa dolorosa, mas quanto mais baixo ia a comédia, mais alto subiam as pesquisas. Em um minuto, *Vila Brain* apagou da memória *As aventuras de Little Brain* e se estabeleceu para uma temporada longa e lucrativa. Em certo ponto, Malik Solanka curvou-se ao inevitável e saiu do programa. Mas manteve seu nome no show, garantiu que seus "direitos morais" sobre a criação ficassem protegidos e negociou uma saudável fatia dos rendimentos com merchandising. Não conseguia mais assistir o programa. Mas Little Brain deu todos os sinais de que estava contente de ele ir embora.

Ela havia superado seu criador, literalmente: agora em tamanho natural, e vários centímetros mais alta que Solanka, abria caminho pelo mundo. Como Hawkeye, Sherlock Holmes ou Jeeves, havia transcendido a obra que a criara, havia obtido a versão ficcional da liberdade. Ela agora recomendava produtos na televisão, abria supermercados, discursava em jantares, era mestre-de-cerimônias em shows de calouros. Quando *Vila Brain* encerrou a temporada, ela era uma personalidade televisiva plenamente independente. Ganhou seu próprio programa de entrevistas, fazia aparições como convidada em novos programas humorísticos de sucesso, desfilou na passarela para Vivienne Westwood, e foi criticada, por diminuir as mulheres, por Andrea Dworkin ("mulher inteligente não precisa ser boneca") e por emascular os homens por Karl Lagerfeld ("qual o homem de verdade que quer uma mulher com um, digamos, *vocabulário* maior do que o seu?"). Ambos os críticos então concordaram imediatamente, em troca de altas remunerações, em se juntar como consultores ao grupo de criação por trás de "L. B.", uma equipe conhecida na BBC como o Truste Little Brain. O filme de estréia de Little Brain, o juvenil

Brainwave [Onda Cerebral], foi um raro mau passo e fracassou feio, mas o primeiro volume de suas memórias (!) foi direto para o topo da lista de best-sellers da Amazon no momento em que foi anunciado, mesmo meses antes de ser publicado, somando mais de duzentos e cinqüenta mil exemplares vendidos só em pedidos antecipados, da parte de fãs histéricos que estavam decididos a ser o primeiro da fila. Depois da publicação, quebrou todos os recordes. Seguiram-se um segundo, um terceiro e um quarto volumes, um por ano, que venderam, de acordo com as estimativas mais cautelosas, bem mais de cinqüenta milhões de exemplares no mundo inteiro.

Ela se transformou na Maya Angelou do mundo dos bonecos, uma autobiógrafa tão impiedosa quanto esse outro pássaro engaiolado, sua vida servindo de modelo para milhões de jovens (o começo humilde, os anos de luta, as conquistas triunfantes; e, ah, sua intrepidez diante da pobreza e da crueldade! Ah, sua alegria quando o Destino a escolheu como uma de suas eleitas!) dos quais a imperatriz do cool da Rua 70 Oeste, Mila Milo, se orgulhava de fazer parte. (Sua vida não vivida, Solanka pensou. Sua história fictícia, parte conto de fadas de *Dungeons & Dragons*, parte saga de gueto pobre, e tudo escrito para ela por ghost-writers, pessoas anônimas de fantasmagórico talento! Não era a vida que havia imaginado para ela. Não tinha nada a ver com a história que sonhara para o seu orgulho e alegria. Essa L. B. era uma impostora, com a história errada, o diálogo errado, a personalidade errada, o guarda-roupa errado, o *cérebro* errado. Em algum lugar da midialândia havia um Château d'If em que a verdadeira Little Brain era mantida prisioneira. Em algum lugar, havia um Boneco da Máscara de Ferro.)

O mais extraordinário sobre a sua base de fãs era a fidelidade: meninos gostavam dela tanto quanto meninas, adultos tanto quanto crianças. Ela atravessava todas as fronteiras de linguagem, raça e classe. Podia se transformar na amante ideal, na confidente ou no objetivo de seu admirador. Seu primeiro livro de memórias foi originalmente colocado pelo pessoal da Amazon na lista de não-ficção. A decisão de transferi-lo, junto com os volumes subseqüentes, para o mundo do faz-de-conta encontrou a resistência de leitores e funcionários. Little Brain, diziam, não era mais um simulacro. Era um fenômeno. Havia sido tocada pela varinha de uma fada e era real.

Malik Solanka assistiu a tudo isso de longe com crescente horror. Essa criatura de sua própria imaginação, nascida do seu melhor e mais puro empenho, estava se transformando, diante de seus olhos, no tipo de monstro de espalhafatosa celebridade que tão profundamente abominava. Sua Little Brain original, agora obliterada, havia sido genuinamente esperta, capaz de encarar Erasmo ou Schopenhauer. Era bonita, de língua afiada, mas nadava num mar de idéias, vivendo uma vida da mente. Essa edição revisada, sobre a qual havia perdido há muito o controle criativo, tinha o intelecto de um chimpanzé ligeiramente acima da média. Dia a dia, foi se tornando uma criatura do microcosmo do entretenimento, seus clipes musicais (sim, ela agora era cantora!) mais sensuais que os de Madonna, suas aparições nas premières super-hurleyando toda starlet que já pisou o tapete vermelho num vestido perigoso. Era estrela de videogame e capa de revista, e tratava-se, não esqueçam, quanto à sua aparência pessoal, pelo menos, de uma mulher cuja cabeça ficava completamente escondida dentro da cabeça da boneca icônica. Mesmo assim, muitas aspirantes ao estrelato disputaram o papel, muito embora o Truste Little Brain (que havia ficado grande demais para a BBC controlar e se separara para se transformar num negócio independente em expansão, projetado para romper a barreira do bilhão de dólares num futuro próximo) insistisse em total sigilo: os nomes das mulheres que traziam Little Brain à vida nunca foram revelados, embora abundassem rumores, e os paparazzi da Europa e da América, contando com seus talentos especiais, afirmassem ser capazes de identificar essa atriz ou aquela modelo pelos outros atributos, não faciais, que Little Brain exibia com tamanho orgulho.

Surpreendentemente, a transformação em gatinha glamorosa não provocou a perda de nenhum fã de Little Brain cabeça-de-látex, mas conquistou-lhe uma nova legião de admiradores masculinos. Nada mais a detinha, dava entrevistas coletivas em que falava em fundar sua própria produtora de filmes, em lançar sua própria revista, em que dicas de beleza, conselhos sobre comportamento e a mais contemporânea cultura receberiam o tratamento especial de Little Brain, e até em entrar em rede nacional nos EUA via televisão a cabo. Haveria um espetáculo na Broadway (ela já estava em entendimento com todos os maiorais da cena musical, Tim querido e Elton querido, e Cameron querido, e, é claro, Andrew querido), e um novo filme de grande orçamento estava nos planos. Este não repetiria os erros cafonas e juvenis do primeiro, mas se desenvolveria "organicamente" das memórias que vendiam aos zilhões. "Little Brain não é nenhuma Barbie-Spice plástica-fantástica", ela declarou ao mundo (tinha começado a falar de si mesma na terceira pessoa), "e o novo filme vai ser muito humano, de alta qualidade. Marty, Bobby, Brad, Gwynnie, Meg, Julia, Tom e Nic estão todos interessados. Jenny, Puffy, Maddy, Robbie, Mick também: acho que hoje todo mundo quer um pouco de Little Brain."

O ascendente triunfo de Little Brain provocou, inevitavelmente, muitos comentários e análises. Seus admiradores eram ridicularizados pela obsessão inculta, mas imediatamente gente importante do teatro se pôs a falar da antiga tradição do teatro de máscaras, de suas origens na Grécia e no Japão. "O ator por trás da máscara fica liberado de sua normalidade, de sua cotidianidade. Seu corpo adquire notáveis novas liberdades. A máscara determina isso tudo. A máscara atua." O professor Solanka manteve-se neutro, recusando todos os convites para discutir sua criação descontrolada. O dinheiro, porém, não foi capaz de recusar. Os royalties continuavam a cair em sua conta bancária. A ambição o comprometia e as concessões selavam seus lábios. Preso por contrato a não atacar a galinha dos ovos de ouro, teve de estrangular suas idéias e, para manter essa posição, encheu-se da amarga bile de seus muitos descontentamentos. A cada nova iniciativa da mídia liderada pelo personagem que um dia delineara com tamanha vivacidade e cuidado, crescia sua fúria impotente.

Na revista *Hello!*, Little Brain — supostamente em troca de uma quantia de sete dígitos — permitiu que os leitores conferissem a intimidade de sua bela casa de campo, aparentemente uma antiga edificação estilo rainha Anne não muito distante do príncipe de Gales em Gloucestershire, e Malik Solanka, que originalmente se inspirara nas casas de boneca do Rijksmuseum, ficou assombrado com o descaramento dessa novíssima perversidade. De modo que agora os palacetes seriam propriedade daquelas bonecas pretensiosas, enquanto o gênero humano, em sua maioria, continuava vivendo em acomodações apinhadas? A injustiça — a seu ver a falência moral — desse desenvolvimento em particular o deixou profundamente alarmado. Mesmo assim, ele próprio bem longe da falência, calou-se e aceitou o dinheiro sujo. Durante dez anos, como diria aquele "Art Garfunkel" ao celular, suportara uma montanha de autodepreciação e raiva. A fúria pairava sobre ele como a crista de uma onda de Hokusai. Little Brain era sua filha delinqüente que se transformara em uma giganta agitada, que agora representava tudo o que ele desprezava, pisando com seus pés gigantescos os altos princípios que fora criada para louvar. Inclusive, evidentemente, os dele próprio.

O fenômeno L. B. sobrevivera aos anos 1990 e não mostrava nenhum sinal de estar perdendo força no novo milênio. Malik Solanka era forçado a admitir a terrível verdade. Odiava Little Brain.

Enquanto isso, nada que ele tocasse estava dando muito resultado. Continuou a abordar as novas e bem-sucedidas companhias britânicas de animação com personagens e storylines, mas ouvia, com gentileza e sem gentileza, que seus conceitos não eram para aquele momento. Num negócio de gente jovem, transformara-se em algo pior do que simplesmente velho: era antiquado. Numa reunião para discutir sua proposta de um longa-metragem em animação sobre a vida de Nicolau Maquiavel, fez o possível para falar a nova linguagem do comercialismo. O filme, evidentemente, usaria animais antropomórficos para representar os originais humanos. "Isso está mesmo com tudo", entusiasmou-se, desajeitado. "A idade de ouro de Florença! Os Medici em seu esplendor, belos aristogatos de massa! Simonetta Vespussy, a gata mais linda do mundo, imortalizada por aquele jovem cão de caça Barkicelli. O Nascimento de Vênus Felina! O Rito da Primavera Bichana! Enquanto isso, Amerigo Vespussy, aquele velho lobo-do-mar, tio dela, parte para descobrir a América! Savona-Roland, o Rato Monge, acende a Fogueira das Vaidades! E no coração disso tudo um rato. Não um Mickey qualquer: este é o rato que inventou a *Realpolitik*, um brilhante rato dramaturgo, um distinto roedor público, um rato republicano que sobreviveu à tortura pelo cruel príncipe gato e no exílio sonhou com o dia de seu glorioso retorno..." Foi interrompido sem nenhuma cerimônia por um executivo do pessoal do dinheiro, um rapaz gordinho que não devia ter mais que vinte e três anos. "Florença é ótimo", disse. "Sem problema. Adoro isso. E Nicolau, como foi mesmo que você disse?, Maquiavelli, parece... possível. Mas o que o senhor tem aqui, este tratamento, vamos falar francamente, simplesmente não *merece* Florença. Quem sabe, ahn, agora não seja um bom momento para a Renascença em massinha?"

Podia voltar a escrever livros, pensou, mas logo descobriu que não sentia ânimo para isso. A inexorabilidade dos acontecimentos, o jeito como os fatos podem desviá-lo de seu curso o haviam corrompido e inutilizado para qualquer coisa. Sua velha vida o deixara para sempre e o mundo novo que havia criado escorria entre seus dedos também. Era James Mason, a estrela decadente, bebendo muito, se afogando em derrotas, e aquela maldita boneca estava alçando vôo no papel de Judy Garland. Com Pinóquio, os problemas de Gepeto se acabaram quando o bendito boneco se transformou em um menino real, vivo. Com Little Brain, igual a Galatéia, foi quando começaram. Em bêbada ira, o professor Solanka proferiu anátemas contra a sua ingrata Frankendoll! Que suma da minha vista! Vá embora, filha desnaturada. Ai, não reconheço você. Não levará meu nome. Não chame nunca por mim nem procure minha bênção. E não me chame mais de pai.

Lá se foi ela embora de sua casa em todas as versões: esboços, maquetes, quadros, a infinita proliferação dela em toda uma miríade de versões, papel, pano, madeira, plástico, célula de animação, fita de vídeo, filme. E com ela, inevitavelmente, foi-se uma versão um dia preciosa dele mesmo. Não conseguira realizar o ato de expulsão pessoalmente. Eleanor concordou em assumir a tarefa. Eleanor, que viu a crise crescendo (as linhas vermelhas nos olhos do homem que amava, o álcool, o vagar sem rumo), disse com seu jeito doce, eficiente: "Vá passar o dia fora e deixe comigo". Sua própria carreira no mundo editorial estava em suspenso, Asmaan constituindo toda a carreira de que precisava no momento, mas ela havia sido importante e era muito solicitada. Isso também escondia dele, embora não fosse bobo e soubesse o que significava Morgen Franz e outros ligarem para falar com ela e ficarem no telefone, tentando convencê-la, meia hora de cada vez. Era querida, sabia disso, todo mundo era querido, menos ele, mas podia ter essa miúda vingança. Podia não querer alguma coisa também, mesmo que fosse apenas aquela criatura de duas caras, aquela traidora, aquela, aquela boneca.

Então, no dia marcado, ele saiu de casa em alta velocidade sobre o Hampstead Heath (moravam em uma casa ampla, de duas fachadas, na rua Willow, e ambos sempre haviam festejado o fato de ter o Heath, o tesouro do norte de Londres, seu pulmão, diante da porta) e, na sua ausência, Eleanor empacotou tudo direitinho e mandou para um depósito de longa permanência. Ele preferia que aquele monte todo acabasse no depósito de lixo de Highbury, mas nisso também concedeu. Eleanor insistiu. Como ela tinha forte instinto arquivista e ele dependia dela para o projeto, sacudiu a mão às suas exigências como se fossem um mosquito, e não discutiu. Caminhou durante horas, deixando o peito agitado ser aplacado pela suave música da charneca, pelos tranqüilos ritmos do coração de suas árvores e trilhas lentas e, mais no fim do dia, pelas doces cordas de um concerto de verão no trecho de Iveagh Bequest. Quando voltou, Little Brain tinha ido embora. Ou quase. Pois, sem que Eleanor soubesse, uma boneca havia ficado trancada num armário no estúdio de Solanka. E lá permaneceria.

A casa parecia esvaziada quando voltou, oca, do jeito que fica uma casa depois da morte de uma criança. Solanka sentia que havia envelhecido vinte ou trinta anos de repente. Como se, divorciado da melhor obra de seus entusiasmos juvenis, finalmente se visse cara a cara com o Tempo impiedoso. Anos antes, Waterford-Wajda falara dessa sensação em Addenbrooke. "A vida fica muito, não sei, finita. Você percebe que não tem nada, que não faz parte de nada, que só está usando as coisas um pouco. O mundo inanimado ri de você: você vai embora logo, mas ele fica. Não muito profundo, Solly, só filosofia de Urso Pooh, sabe, mas é de despedaçar o coração mesmo assim." Isto não era apenas a morte de uma criança, Solanka pensou, era mais um assassinato. Cronos devorando sua filha. Ele era o assassino de sua filha fictícia, não carne da sua carne, mas sonho do seu sonho. Havia, porém, uma criança viva acordada, superexcitada pelos acontecimentos do dia: a chegada do caminhão de mudança, os empacotadores, o ir-e-vir constante de caixas. "Eu ajudei, papai", saudou o aplicado Asmaan. "Ajudei mandar Little Brain embora." Era ruim nas consoantes compostas, dizendo *b* em vez de *br*. Little B'ain. "Sei", respondeu distraído. "Muito bem." Mas Asmaan tinha mais coisas na cabeça. "Por que ela teve de ir embora, pai? Mamãe disse que você que quis mandar ela embora." Ah, mamãe disse, é? Obrigado, mamãe. Fuzilou Eleanor com os olhos, ela encolheu os ombros. "Realmente, não sabia o que dizer para ele. Isso é com você."

Nos programas infantis, em revistinhas e nas versões áudio de suas legendárias memórias, a personalidade protéica de Little Brain tinha atingido e conquistado o coração de crianças ainda mais novas do que Asmaan Solanka. Três anos não era cedo demais para se apaixonar por esse ícone contemporâneo tão universalmente atraente. "L. B." podia ser arrancada da casa da rua Willow, mas poderia ser expulsa da imaginação do filho de seu criador? "Quero ela de volta", disse Asmaan enfaticamente. Volta era *vota*. "Quero Little B'ain." A sinfonia pastoral de Hampstead Heath cedeu lugar à estridente desarmonia da vida familiar. Solanka sentiu as nuvens se juntando à sua volta de novo. "Era hora de ela ir embora", disse, e carregou Asmaan, que esperneou forte contra ele, reagindo inconscientemente, como fazem as crianças, ao mau humor do pai. "Não! Quero descer! Quero descer!" Estava exausto e irritável, como Solanka também. "Quero ver um vídeo", pediu. *Víduo*. "Quero ver um víduo da Little B'ain." Malik Solanka, desequilibrado pelo impacto da ausência do arquivo de Little Brain, de seu exílio em alguma Elba de bonecos, em alguma cidade do mar Negro, como a árida Tomis de Ovídio, para brinquedos usados, indesejados, viu-se lançado bem inesperadamente em um estado que parecia luto profundo e recebeu a petulância de fim de dia de seu filho como uma provocação inaceitável. "Passou da hora. Comporte-se", estrilou, e Asmaan, em troca, acocorou-se no tapete da sala da frente e produziu o último de seus truques: uma explosão de lágrimas de crocodilo incrivelmente convincentes. Solanka, tão infantil quanto o filho, e sem a desculpa de ter três anos de idade, voltou-se contra Eleanor. "Acho que esse é o seu jeito de me castigar", disse. "Se não queria se livrar do material, bastava dizer. Por que usar o menino? Eu devia saber que ia ter problemas quando voltasse. Alguma merda de manipulação assim."

"Faça o favor de não deixar o menino ouvir você falando desse jeito", disse ela, acolhendo Asmaan nos braços. "Ele entende tudo." Solanka observou que o menino se deixou ser levado para a cama pela mãe sem o menor protesto, esfregando o nariz no longo pescoço de Eleanor. "Na verdade", ela continuou, calma, "depois deste dia inteiro trabalhando para você, pensei, idiotamente pelo visto, que podíamos aproveitar o momento para um novo começo. Tirei um pernil de carneiro do freezer e temperei com cominho, liguei para a floricultura, aah, meu Deus, que bobagem, e mandei trazer nastúrcios. Você vai ver três garrafas de Tignanello na mesa da cozinha. Uma para o prazer, duas para o excesso, três para a cama. Talvez você se lembre disso. A fala é sua. Mas claro que você não pode mais se dar ao trabalho de fazer um jantar romântico à luz de velas com a sua mulher chata que não é mais jovem."

Os dois estavam se afastando, ela para dentro da experiência absoluta, de tempo integral, da primeira maternidade, que cumpria com tanta profundidade e que queria tanto repetir, ele para aquela névoa de fracasso e auto-insatisfação que mais e mais se engrossava com o álcool. Porém o casamento só não se rompera, graças, em grande parte, ao coração generoso de Eleanor e a Asmaan. Asmaan, que amava livros e era capaz de ficar ouvindo uma leitura durante horas. Asmaan em seu balanço do jardim, pedindo a Malik para torcê-lo mais e mais para depois ele se destorcer em alta velocidade num borrão anti-horário. Asmaan montado nos ombros do pai, abaixando a cabeça no vão das portas ("Sou bem cuidadoso, pai!"). Asmaan perseguindo e sendo perseguido, Asmaan se escondendo debaixo das cobertas da cama e de pilhas de travesseiros. Asmaan tentando cantar "Rock around the Clock" (*rot around the tot*) e principalmente, talvez, Asmaan pulando. Adorava pular na cama dos pais, com seus brinquedos de pano lhe dando vivas. "Olha eu", gritava (olha era *óia*) estou pulando muito bem! Cada vez mais alto!"

Era a jovem encarnação do velho amor saltador deles. Quando o filho estava inundando suas vidas com prazer, Eleanor e Malik Solanka conseguiam se refugiar na fantasia do contentamento familiar intacto. Outras vezes, porém, as rachaduras ficavam mais fáceis de perceber. Ela achava aquela miséria dele voltada para si mesmo, aquela reclamação constante contra deslizes imaginados, mais chata e mais pesada do que jamais teve a crueldade de demonstrar. Enquanto ele, fechado em sua espiral descendente, acusava-a de ignorá-lo e a suas preocupações. Na cama, sussurrando para não acordar Asmaan que dormia em um colchão no chão ao lado deles, ela reclamou que Malik nunca iniciava o sexo. Ele respondeu que ela havia perdido inteiramente o interesse por sexo, que só pensava nisso em seus períodos férteis, todos os meses. E nessa época do mês, rotineiramente, os dois brigavam: sim, não, por favor, não posso, por que não?, porque não quero, mas estou precisando tanto, bom, eu não estou precisando nada, mas não quero que esse menininho adorável seja filho único como eu, e eu não quero ser pai de novo na minha idade, vou estar com setenta anos antes de Asmaan completar vinte anos de idade. E depois lágrimas e raiva e, muitas vezes, Solanka ia dormir no quarto de hóspedes. Conselho aos maridos, pensou amargamente: certifique-se de que o quarto de hóspedes seja confortável, porque mais cedo ou mais tarde, meu amigo, vai ser o seu quarto.

Eleanor estava esperando tensa nos degraus a resposta dele ao seu convite para uma noite de paz e amor. O tempo passava em lentas batidas, chegando ao momento decisivo. Ele podia, se tivesse a sabedoria e o desejo, aceitar o convite dela e então, sim, teriam uma noite gostosa: comida deliciosa e, se nessa idade três garrafas de Tignanello não o fizessem dormir, então sem dúvida fazer amor alcançaria o alto padrão de antes. Mas agora havia um verme no Paraíso e ele não passou no teste. "Você deve estar ovulando, acho", disse, e ela virou o rosto como se tivesse sido esbofeteada. "Não", ela mentiu, e então, cedendo ao inevitável, "ah, tá bom, estou, sim. Mas a gente podia só, ah, queria que você visse o quanto estou desesperada para, ah, pro inferno, o que adianta." Levou Asmaan embora, incapaz de conter as lágrimas. "Eu também vou dormir quando colocar o menino na cama, o.k.?", disse, chorando, raivosa. "Faça o que quiser. Só não deixe o pernil na porra do forno. Leve para fora e jogue na porra da lata do lixo."

Enquanto Asmaan subia nos braços da mãe, Solanka ouviu a preocupação na vozinha cansada dele. "Papai não tá bravo", disse Asmaan, se consolando, querendo ser consolado. Bravo era *bavo*. "Papai não vai mandar eu embora."

Sozinho na cozinha, o professor Malik Solanka começou a beber. O vinho era tão bom e forte quanto sempre, mas não estava bebendo por prazer. Com regularidade, foi trabalhando as garrafas e, à medida que fazia isso, demônios saíam engatinhando de cada orifício de seu corpo, escorrendo do nariz e das orelhas, pingando e descendo por toda abertura que encontravam. No fundo da primeira garrafa, eles dançavam em seus olhos, em suas unhas, enrolavam as longas línguas flexíveis no pescoço dele, suas lanças tocando seus genitais, e tudo o que ele escutava era a música escarlate e aguda deles, um quase horrendo ódio. Ultrapassara a autopiedade e havia entrado em uma terrível, culpada raiva. No fundo da segunda garrafa, enquanto a cabeça girava no pescoço, os demônios o beijavam com línguas bífidas e seus rabos se enrolavam no pênis dele, esfregando e apertando, e enquanto ouvia a sua conversa suja, a culpa imperdoável pelo que havia feito começou a assentar sobre a mulher do andar de cima, ela que era a mais próxima, a traidora que se recusara a destruir seu inimigo, sua nêmesis, sua boneca, ela que vertera o veneno de Little Brain no cérebro de seu filho, voltando o filho contra o pai, ela que havia destruído a paz de sua vida doméstica preferindo o filho não gerado de sua obsessão ao marido existente na realidade, ela, sua esposa, sua traidora, seu grande inimigo. A terceira garrafa caiu, meio inacabada, em cima da mesa da cozinha que ela havia tão amorosamente arrumado para jantar à deux, usando a velha toalha de renda da mãe e os melhores talheres e um par de cálices de vinho vermelhos de pé alto de cristal da Boêmia, e quando o líquido vermelho se espalhou na renda antiga lembrou-se que havia esquecido o maldito carneiro, e quando abriu a porta do forno a fumaça começou a subir e disparou o detector de fumaça do teto, e o grito do alarme era a risada dos demônios, e para parar aquilo PARAR AQUILO tinha de pegar a escadinha e subir com suas incertas pernas escuras de vinho para tirar a pilha daquela coisa idiota, o.k., o.k., mas mesmo depois de ter feito isso sem quebrar a droga do pescoço, os demônios continuaram rindo o seu riso gritado, e a cozinha ainda estava cheia de fumaça, maldita mulher, não podia ter feito pelo menos essa coisinha, e o que seria preciso para parar aquele grito em sua cabeça, aquele grito como uma faca, como uma faca em seu cérebro em seu ouvido em seu olho em seu estômago em seu coração em sua alma, a puta não podia ter tirado a carne e deixado ali, na tábua de cortar, do lado da pedra de amolar?, o garfo grande a faca, a faca de trinchar, a faca.

Era uma casa grande e o alarme de fumaça não acordara Eleanor nem Asmaan, que já estavam na cama, na cama de Malik. Muito bom esse sistema de alarme tinha se mostrado, ahn. E ali estava ele parado em cima dos dois no escuro, e ali na sua mão a faca de trinchar, e não havia nenhum sistema de alarme para alertá-los contra ele, havia?, Eleanor deitada de costas com a boca ligeiramente aberta e um zunido baixo de ronco vibrando em seu nariz, Asmaan a seu lado, enrolado bem junto dela, dormindo o sono puro e profundo da inocência e da confiança. Asmaan resmungou inaudivelmente no sono e o som de sua frágil voz atravessou a gritaria dos demônios e trouxe seu pai de volta ao juízo. Diante dele estava seu único filho, o único ser vivo debaixo daquele teto que ainda sabia que o mundo era um lugar de maravilhas e que a vida era doce e que o momento presente era tudo e que o futuro era infinito e não era preciso pensar nele, enquanto o passado era inútil e felizmente passado para sempre e ele, uma criança envolta no macio manto mágico da infância, era amado além das palavras e estava seguro. Malik Solanka entrou em pânico. O que estava fazendo parado ali em cima dos dois adormecidos com uma, com uma, faca, não era o tipo de pessoa que faria uma coisa dessas, você lia sobre essas pessoas todo dia na imprensa marrom, homens grosseiros e mulheres dissimuladas que matavam seus bebês e comiam seus avós, frios assassinos em série e atormentados pedófilos, e desavergonhados violadores sexuais, e pérfidos padrastos, e estúpidos violentos macacos de Neandertal e todos os mal-educados e incivilizados brutos do mundo, e esses eram outra gente completamente diferente, nenhuma pessoa dessa natureza morava naquela casa, *ergo* ele, o professor Malik Solanka ex-aluno do King's College da Universidade de Cambridge, ele entre todo mundo não podia estar ali segurando na mão bêbada um selvagem instrumento de morte. Q. E. D. E, de qualquer forma, nunca fui bom para cortar carne, Eleanor. Era sempre você que cortava.

A boneca, pensou num susto de arroto e vinho. Claro! A culpa era da boneca satânica. Havia mandando embora da casa todos os avatares da diaba, mas restara um. Esse havia sido seu erro. Ela havia engatinhado para fora do armário, entrado por seu nariz e lhe dado a faca de trinchar e mandado fazer o seu serviço sangrento. Mas sabia onde estava escondida. Não conseguia se esconder dele. O professor Solanka virou-se e saiu do quarto, com a faca na mão, resmungando, e se Eleanor abriu os olhos depois que saiu, ele não ficou sabendo. Se ela viu suas costas se retirando e entendeu e o julgou, ela é que tinha de dizer.

Havia escurecido na Rua 70 Oeste. Little Brain estava em seu colo enquanto terminava de falar. As roupas estavam cortadas e rasgadas e dava para ver onde a faca havia feito profundas incisões em seu corpo. "Mesmo depois que esfaqueei, como você vê, não consegui deixar a boneca para trás. De lá até a América vim apertando seu corpo em meus braços." A boneca de Mila interrogava silenciosamente sua gêmea estragada. "Agora já sabe de tudo, o que é bem mais do que você queria", disse Solanka. "Sabe como esta coisa arruinou minha vida." Os olhos verdes de Mila Milo estavam incendiados. Foi até ele e pegou suas mãos entre as dela. "Não acredito nisso", disse. "Sua vida não está arruinada. E isto aqui, qual é, professor!, isto aqui é só uma *boneca*."

9.

"Você às vezes faz uma cara que me lembra meu pai antes de morrer", disse Mila Milo, alegremente inconsciente de como a frase podia ser recebida por seu personagem. "Meio indistinto, como uma foto em que a mão do fotógrafo tremeu um pouco? Como o Robin Williams naquele filme em que estava sempre fora de foco. Uma vez perguntei para o meu pai o que queria dizer, e ele disse que era o olhar de uma pessoa que passou muito tempo perto de outros seres humanos. A espécie humana é uma sentença de morte, ele disse, é uma prisão dura, e às vezes todo mundo tem de fugir da cadeia. Ele era escritor, poeta principalmente, mas romancista também, você não deve ter ouvido falar dele, mas na Sérvio-Croácia é considerado bem bom. Mais que bem bom; na verdade, muito bom, um dos melhores dos melhores. *Nobelisablé*, como dizem os franceses, mas ele não pegou isso. Não viveu o bastante, acho. Mesmo assim. Acredite em mim. Ele era bom. A profundidade da sua ligação com o mundo natural, seu sentimento pelos antigos, pelo folclore: ele era único. Duendes pulando para dentro e para fora de flores, eu brincava com ele. A flor dentro do duende seria melhor, ele respondeu. A lembrança de um rio puro brilhante que mora no coração de Satã. Você tem de entender que a religião era importante para ele. Vivia em cidades, principalmente, mas sua alma estava nas montanhas. Uma alma velha, as pessoas diziam que ele era. Mas era jovem de coração também, sabe? Era mesmo. Muito agitado. O tempo todo. Não sei como ele conseguia. Não largavam dele, sempre bagunçando sua cabeça. Nós moramos anos em Paris depois que ele fugiu de Tito, eu ia à Escola Americana lá até os oito, quase nove anos, minha mãe infelizmente morreu quando eu tinha três anos, três anos e meio, câncer no seio, o que se pode fazer, morreu bem depressa e foi muito doloroso, que descanse em paz. Então, ele recebia cartas de casa e eu abria para ele e ali, carimbado bem na cara da carta de não sei quem da *irmã* dele, alguém, um grande carimbo oficial dizendo *Esta carta não foi censurada.* HA! Em meados dos anos 80, vim com ele para Nova York para participar da grande conferência da PEN, aquela famosa, que tinha todos aqueles partidos, um no Templo de Dendur no Metropolitan e outros no apartamento de Saul e Gayfryd Steinberg, e ninguém conseguia resolver qual era mais grandiosa, e Norman Mailer convidou George Shultz para falar na Biblioteca Pública, e os sul-africanos boicotaram o evento porque ele era tipo assim pró-apartheid, e o pessoal da segurança de Shultz não deixou Bellow entrar porque tinha esquecido o convite, isso fazia dele um possível terrorista, até que Mailer se responsabilizou por ele, Bellow deve ter adorado *isso*! e aí as mulheres escritoras protestaram porque os oradores da plataforma eram quase todos homens, e Susan Sontag ou Nadine Gordimer ralhou com eles porque, ela disse, Nadine ou Susan, esqueci qual, que a literatura não era um empregador de iguais oportunidades. E Cynthia Ozick, penso eu, acusou Bruno Kreisky de ser anti-semita mesmo ele sendo a) judeu e b) o político europeu que havia acolhido o maior número de refugiados judeus-russos, e tudo isso porque ele tinha tido uma reunião com Arafat, uma reunião, o que faz de Ehud Barak e de Clinton *realmente* anti-semitas, certo?, quer dizer, Camp David vai ser uma reunião de Odeio-os-Judeus Internacional. Bom, e papai falou também, a conferência tinha algum título grandioso assim como 'A imaginação do escritor versus a Imaginação do Estado', e quando alguém, esqueci quem, Breytenbach ou Oz, ou alguém assim, disse que o Estado não tinha imaginação, papai disse que, ao contrário, não só tinha imaginação como também tinha senso de humor e que daria um exemplo de piada do Estado, e aí contou a história da carta que não tinha sido censurada, e eu sentada lá na platéia fiquei toda orgulhosa porque todo mundo riu e afinal eu é que tinha aberto a carta. Fui com ele a todas as sessões, sem brincadeira, era louca por escritores, eu, filha de escritor a vida inteira, e livro para mim era a coisa mais importante, e era muito legal, porque me deixavam assistir tudo, mesmo eu sendo muito pequena. Era tão fantástico ver meu pai finalmente junto com tipo assim os seus pares e tão respeitado, e além disso aquele monte de nomes andando de um lado para o outro pregado nas pessoas reais a quem pertenciam, Donald Barthelme, Günter Grass, Czeslaw Milosz, Grace Paley, John Updike, todo mundo. Mas no final meu pai estava com aquela cara, a cara que você faz, e me deixou com a tia Kitty em Chelsea, não minha tia de verdade, ela e o papai tiveram um caso durante uns cinco minutos, você tinha de ver ele com as mulheres, era um cara grande e sexy com mãos enormes e um bigode grosso acho que igual ao de Stalin e olhava as mulheres nos olhos e começava a falar sobre animais no cio, lobos, por exemplo, e pronto, lá iam elas. Juro por Deus, essas mulheres faziam fila de verdade, ele subia para o quarto de hotel dele e elas formavam uma fila do lado de fora, uma fila mesmo de verdade, as mulheres mais bacanas que você pode imaginar, todas de joelhos tremendo de tesão. E era uma sorte eu gostar tanto de ler, e tinha também a televisão americana para assistir de vez em quando, então eu ficava legal no outro quarto, ficava bem, uma porção de vezes sentia vontade de sair lá e perguntar para aquelas mulheres esperando a vez delas, tipo assim, vocês não têm nada melhor para fazer, entende?, afinal é só a pica dele, vão fazer alguma coisa de útil na vida. É, eu sempre chocava uma porção de gente, cresci depressa acho que porque era sempre meu pai e eu, sempre ele e eu contra o mundo. Bom, acho que até que gostava da tia Kitty, ela deve ter passado no teste, porque o prêmio dela foi cuidar de mim por duas semanas enquanto o papai foi com dois professores acho que para os Apalaches. Andar na montanha era do que ele gostava para se livrar da overdose de gente, e sempre voltava diferente, tipo assim mais claro, entende? Eu chamava aquilo de jeito de Moisés. Descendo da montanha, entende, com o Decálogo. Só que no caso do papai, sempre era poesia. Bom, pra encurtar a história, uns cinco minutos depois que ele voltou da sua exibição para os professores na montanha, ofereceram para ele um lugar na Universidade Columbia e nós mudamos para Nova York de vez. O que eu amei, claro, mas ele era, já falei, uma pessoa do campo, e um autêntico europeu também, então foi difícil para ele. Mas estava acostumado a trabalhar com o que tinha, acostumado a lidar com o que a vida mandasse para ele. O.k., bebia como um iugoslavo de verdade, fumava uns cem cigarros por dia e sofria do coração, sabia que não ia chegar a ficar velho, mas tinha tomado uma decisão quanto a sua vida. Sabe, como em O *negro do Narciso*. Tenho de viver até morrer. E foi isso que ele fez, grande obra, grande sexo, fumou grandes cigarros, bebeu grandes bebidas e aí começou a droga da guerra e ele de repente se transformou nessa pessoa que eu não conhecia, nesse, acho que sérvio. Olhe, ele desprezava o cara que ele chamava de o outro Milosevic, odiava ter o mesmo nome, e realmente foi por isso que mudou, pra falar a verdade. Para separar Milo, o poeta, de Milosevic, o gângster porco fascista. Mas depois que tudo enlouqueceu lá na tentativa da ex-Iugo, ficou todo agitado com a demonização dos sérvios, mesmo concordando com a maior parte das análises do que Milosevic estava fazendo na Croácia e ia fazer na Bósnia, o coração dele simplesmente se inflamou com a questão anti-sérvios, e em algum momento de loucura resolveu que era seu dever voltar e servir de consciência moral para aquele lugar, entende, como Stephen Dedalus, forjar na ferraria de sua alma etcétera, etcétera, ser um Soljenitsen sérvio. Falei para ele: corta essa, quem era Soljenitsen afinal?, não passava de um velho idiota em Vermont sonhando em ser profeta na Mãe Rússia, mas quando voltou para a pátria ninguém ouviu a música velha que ele cantava, esse definitivamente não é o caminho que você quer seguir, pai, pra você é mulher, cigarro, bebida, montanha e trabalho trabalho trabalho, a idéia era deixar essas coisas te matarem, certo, o plano era manter distância de Milosevic e seus assassinos, sem falar das bombas. Mas ele não quis me ouvir e em vez de seguir o plano tomou um avião para lá, para dentro da fúria. Foi isso que eu comecei a dizer, professor, não me fale de fúria, eu sei do que ela é capaz. A América, por causa da sua onipotência, está cheia de medo. Tem medo da fúria do mundo e rebatiza isso de inveja, era o que meu pai costumava dizer. Acham que nós queremos ser eles, ele dizia depois de umas doses, mas na verdade a gente é completamente louco e não quer mais aceitar isso. Entende, ele conhecia a fúria. Mas aí deixou de lado o que sabia e agiu como um idiota. Porque cinco minutos depois que aterrissou em Belgrado, ou talvez cinco horas, ou cinco dias, ou cinco semanas, o que *importa*?, a fúria explodiu ele em pedaços e não sobrou nada nem para juntar e botar num caixão. Então, como é mesmo, professor, ah é, você pirou por causa de uma boneca. Bom, *me* desculpe."

O tempo mudou. O calor do começo de verão deu lugar a um tempo perturbado, sem padrão. Havia muitas nuvens e muitas chuvas, e dias de calor matinal em que de repente esfriava depois do almoço, provocando arrepios nas meninas com seus vestidos de verão e nos patinadores de torso nu do parque, com aqueles misteriosos cintos de couro apertados no peito, como penitências auto-impostas, logo abaixo dos músculos peitorais. Nas caras de seus concidadãos, o professor Solanka discernia novas perplexidades. As coisas com que sempre contaram, verões estivais, gasolina barata, os braços lançadores de David Cone e, sim, até Orlando Hernández, essas coisas haviam começado a lhes faltar. Um Concorde caiu na França e as pessoas imaginaram ver uma parte de seus próprios sonhos do futuro, o futuro em que eles também ultrapassariam as barreiras que os retinham, o futuro imaginário de sua própria falta de limites, queimando em chamas horrendas.

Essa idade de ouro também tinha de acabar, Solanka pensou, como acabam todos os períodos da crônica humana. Talvez essa verdade estivesse apenas começando a escorregar para a consciência das pessoas, como a garoa que escorria para dentro das golas levantadas de suas capas, como uma adaga penetrando nas frinchas da carapaça de sua segurança. Num ano de eleição, a segurança da América era moeda política. Sua existência não podia ser negada; os encarregados levavam a fama, seus oponentes lhes recusavam esse crédito, dizendo que o boom era um ato de Deus ou de Alan Greenspan do Federal Reserve. Mas nossa natureza é nossa natureza e a incerteza está no coração do que somos, a insegurança *per se*, em si mesma e por si mesma, a sensação de que nada está escrito em pedra, que tudo desmorona. Como Marx provavelmente ainda devia estar dizendo no depósito de lixo das idéias, a Santa Helena intelectual à qual fora exilado, tudo o que é sólido desmancha no ar. Numa atmosfera pública de segurança tão diariamente trombeteada, onde nossos medos vão se esconder? De que se alimentam? De nós mesmos, talvez, Solanka pensou. Enquanto o papel-moeda fosse todo-poderoso e a América montasse a cavalo sobre o mundo, os desequilíbrios psicológicos e as aberrações de toda sorte estavam tendo seu dia de festa em casa. Debaixo da auto-satisfeita retórica dessa América reempacotada, homogeneizada, dessa América com vinte e dois milhões de novos empregos e a maior taxa de casas próprias da história, dessa América Shopping Center dona de ações, de orçamento equilibrado e baixo déficit, as pessoas estavam estressadas, pirando, e falando nisso o dia inteiro em supercadeias de clichês burríssimos. Mila, com sua ultraprecoce criação parisiense, sempre se referia com desprezo à confusão de seus contemporâneos. Todo mundo estava apavorado, ela dizia, todo mundo que conhecia, por melhor que fossem suas fachadas, estava tremendo por dentro, e não fazia a menor diferença que todo mundo fosse rico. O problema era pior entre os sexos. "Os caras não fazem mais a menor idéia de como, quando ou onde tocar uma garota, e as meninas mal entendem a diferença entre desejo e estupro, flerte e ofensa, amor e abuso sexual." Quando tudo e todos que você toca se transforma instantaneamente em ouro, como aprendeu o rei Midas em outra fábula clássica do tipo cuidado com o que você deseja, você termina absolutamente incapaz de tocar qualquer coisa ou qualquer pessoa.

Mila havia mudado também, ultimamente, mas no caso dela a transformação era, na opinião do professor Solanka, uma vasta melhora na menina impotente, ainda brincando de rainha adolescente nos seus vinte anos, que ela vinha fingindo ser. Para poder ficar com seu belo Eddie, o herói atleta da faculdade (que descreveu a Solanka como "não dos mais brilhantes, mas um coração de ouro" e para quem uma mulher culta e cerebral sem dúvida seria uma ameaça desanimadora), ela diminuíra a própria luz. Não inteiramente, diga-se: afinal, havia conseguido de alguma forma atrair o namorado e o resto da turma para o programa duplo de Kieslowski, o que queria dizer que ou não eram tão idiotas quanto pareciam ou que ela possuía poderes de persuasão ainda maiores do que Solanka já suspeitava.

Dia a dia, ela foi se desdobrando diante dos olhos atônitos de Malik em uma jovem de tino e competência. Passou a visitá-lo a todas as horas: ou de manhã, para forçá-lo a tomar café-da-manhã (era seu hábito não comer nada até a noite, costume que ela qualificou de "completamente bárbaro e *péssimo* para a saúde", e sob sua tutela ele começou a aprender os mistérios da aveia e do farelo, e a consumir, junto com o café fresco, pelo menos um pedaço de fruta matinal), ou nas ardentes horas da tarde tradicionalmente reservadas para casos amorosos ilícitos. Porém, ela provavelmente não pensava em amor. Ocupava-o com prazeres mais simples: chá verde com mel, passeios no parque, expedições de compras ("Professor, a situação é crítica. Temos de tomar medidas *drásticas e imediatas* para conseguir roupas decentes para o senhor") e até mesmo uma visita ao Planetário. Parado com ela ali no meio do Big Bang, sem chapéu, de roupa esportiva, usando um recente e estival par de tênis, o primeiro que comprava em trinta anos, e sentindo que ela era sua mãe e ele um menino da idade de Asmaan (bom, talvez um pouco mais velho), ela virou para ele, curvou-se um pouco, porque de salto alto era pelo menos quinze centímetros mais alta, e pegou o rosto dele entre as mãos. "Aqui está você, professor, no início das coisas. E com boa aparência. Alegre-se, pelo amor de Deus! É bom começar de novo." Em torno dele um novo ciclo de Tempo estava se iniciando. Era assim que tudo havia começado: bum! As coisas voavam para todo lado. O centro não se mantinha. Mas o nascimento do universo era uma metáfora benfazeja. O que veio em seguida não foi mera anarquia yeatsiana. Olhe, a matéria se juntou a outra matéria, a sopa primordial encaroçou. Depois vieram as estrelas, planetas, organismos unicelulares, peixes, jornalistas, dinossauros, advogados, mamíferos. Vida, vida. É, Finnegan, começar de novo, Malik Solanka pensou. FinnMacCool, chega de dormir, chupando seu poderoso dedão. Finnegan, acorde.

Ela vinha para conversar também, como se movida por uma profunda necessidade de reciprocidade. Nesses momentos, falava depressa, tão direta que quase assustava, sem forçar nada. O propósito de seus solilóquios não era pugilismo, mas amizade. Solanka, recebendo as palavras dela em sua correta intenção, ficava muito sereno. Sempre aprendia muita coisa importante com as conversas dela, pegando a sabedoria em pleno vôo, por assim dizer. Havia descuidadas pepitas de prazer soltas por toda parte, como brinquedos espalhados, nos cantos da conversa. Por exemplo, quando explicou por que um antigo namorado a abandonara, fato que considerava completamente improvável, coisa com que Solanka concordava: "Ele era podre de rico e eu não". Encolheu os ombros. "Era um problema para ele. Quer dizer, eu já tinha mais de vinte anos e ainda não tinha minha *unit*." *Unit*? Solanka descobriu, com Jack Rhinehart, que a palavra era usada em certos círculos machistas americanos para indicar a genitália masculina, mas provavelmente Mila não tinha sido dispensada por não ter isso. Mila definiu o termo como se estivesse falando com uma criança lerda, mas adorável, usando aquela voz cuidadosa de guia de idiota à qual Solanka a tinha visto recorrer algumas vezes para falar com Eddie. "Uma *unit*, professor, é cem milhões de dólares." Solanka ficou tonto com a beleza reveladora desse fato. Um século de coisas grandes: o preço da admissão aos Campos Elísios dos

Estados Unidos. Essa era a vida dos jovens da América no incipiente terceiro milênio. O fato de uma menina de excepcional beleza e alta inteligência ser considerada inadequada por uma razão tão fiscalmente precisa, disse Solanka a Mila, com gravidade, só demonstrava que os padrões americanos em assuntos do coração, ou pelo menos no jogo do acasalamento, haviam subido ainda mais que os preços dos imóveis. "É isso aí, professor", respondeu Mila. E ambos caíram numa gargalhada que Solanka não ouvia sair da própria boca fazia uma eternidade. O riso desimpedido da juventude.

Entendeu que ela fizera dele um de seus projetos. O dote especial de Mila mostrou ser coletar e consertar gente estragada. Ela foi direta a respeito quando interrogada. "É o que eu posso fazer. Consertar as pessoas. Algumas pessoas reparam casas. Eu reformo gente." Portanto, aos olhos dela, ele era como uma velha mansão, ou pelo menos como este velho dúplex do Upper West Side que havia sublocado, este belo espaço que provavelmente não era reformado desde os anos 60 e que começava a parecer um pouco trágico, por dentro e por fora, ela disse, já era hora de uma nova aparência. "Contanto que você não pendure na minha fachada um andaime cheio de decoradores punjabis barulhentos, bocas-sujas, fumantes de *beedis*", ele concordou. (Felizmente, os pedreiros haviam feito seu trabalho e ido embora. Só restara o zumbido característico da rua urbana. Mesmo esse barulho, porém, parecia muito mais abafado que antes.)

Os amigos dela, os vampiros da tropa do portal, também foram desvendados para Solanka, transformando-se em um pouco mais que meras atitudes. Ela havia trabalhado neles também, e tinha orgulho de suas conquistas. "Levou tempo. Na verdade, gostavam dos óculos de menino de escola e argh calças de veludo cotelê. Mas agora tenho orgulho de chefiar o bando de *geeks* mais moderno de Nova York, e quando digo *geek*, professor, quero dizer gênio. Esses meninos são o que há de mais cool, e quando digo cool quero dizer quente mesmo. Aquele filipino que mandou o vírus I Love You? Esqueça. Coisa de amador. Esses aqui não são de brincadeira. Se esses guris quisessem mandar um vírus para o Gates, pode ter certeza que ele ia ficar espirrando *anos*. O que o senhor vê diante dos olhos são os surfistas que botam o Imperador do Mal realmente morrendo de medo, disfarçados de Gen X por segurança pessoal, pra se esconder dos Darths do Império, Vader, o Negro, e Maul, o Vermelho-e-Tesudo. Tá bom, você não gosta de *Guerra nas estrelas*, então eles são como *hobbits* que eu estou escondendo de Sauron, o Senhor da Sombra e seus Espectros do Anel. Frodo, Bilbo, Sam Gamji, a Fraternidade do Anel inteira. Até chegar a hora de a gente pegar e queimar a força dele no Monte Doom. Não pense que estou brincando. Por que Gates haveria de ter medo dos concorrentes que tem se já venceu todos? Não passam de servos. Ele congelou todos. O que dá pesadelo nele é que algum garoto apareça do nada com a próxima grande coisa, a coisa que vai fazer ele virar jornal de ontem. Obsoleto. Por isso é que ele está sempre comprando gente como a gente, está pronto a perder uns milhões agora para não perder os seus bilhões amanhã. É, eu estou do lado da Justiça, bote abaixo aquele castelo, quebre no meio, quanto mais cedo acontecer melhor para mim. Mas enquanto isso nós temos grandes planos nossos. Eu? Me chame de Yoda. De trás para a frente eu falo. De cabeça para baixo eu penso. De dentro para fora virar você eu posso. Forte com você, acha, a Força? Mais forte em mim ela age. Sério", ela concluiu, abandonando a voz de boneca de borracha, "eu sou só a gerência. E neste momento vendas, marketing e publicidade também. Magro e enxuto, certo? O que você chama de meus vampiros? São artistas criativos. Os aranhonautas da rede. Neste momento, estamos fazendo sites para Steve Martin, Al Pacino, Melissa Etheridge, Warren Beatty, Christina Ricci e Will Smith. É. *E* Dennis Rodman. E Marion

Jones, e Christina Aguilera, e Jennifer Lopez, e Todd Solondz, e 'N Sync. Grandes empresas? Estamos lá também. Con Ed, Verizon, British Telecom, Nokia, Canal Plus, se é comunicação a gente é comunicação com um *it*. O telefone desses caras toca até fora do gancho com chamadas de gente como Robert Wilson e o Thalia Theatre de Hamburgo, e Robert Lepage. Estou dizendo: eles estão aí. Hoje é a lei do Oeste, professor, e esses caras são a Gangue do Buraco na Parede. Butch, Sundance, o Wild Bunch inteiro. Eu faço o papel de mãe da casa. E controlo o balcão da frente."

Então ele havia subestimado os meninos, e eram os meninos maravilha. A não ser Eddie. Eram os *stormtroopers* do futuro tecnologizado de que ele desconfiava tão profundamente. De novo, a não ser por Eddie. Porém Eddie Ford havia sido o projeto mais ambicioso de Mila "até você aparecer. E além disso", disse ela, "você e Eddie têm mais em comum do que você pensa."

Eddie tinha um braço de arremessador que o trouxera bem longe de suas origens em Lugarnenhum até Columbia, na verdade até a cama de Mila Milo, um dos pedaços mais procurados de território em Manhattan. Mas, no fim das contas, não importa até onde você é capaz de lançar a sua bola. Você não pode jogar fora o passado, e nesse passado, lá em Lugarnenhum, Nix., a jovem vida de Eddie era carregada de tragédia. Mila esboçou personagens para Solanka, e a solenidade dela os imbuía de algo próximo à estatura grega. Lá estava o tio de Eddie, Raymond, herói do Vietnã que durante anos se escondeu em um chalé tipo Unabomber nas montanhas cobertas de pinheirais acima da cidade, acreditando que não era capaz de companhia humana por causa de sua alma danificada. Ray Ford tendia a ter violentos ataques de raiva, que podiam ser detonados mesmo naquelas remotas altitudes pelo estouro do escapamento de um caminhão no vale lá embaixo, por uma árvore caindo, ou pelo canto de um pássaro. E lá estava a "doninha comedora de cobras" do irmão de Ray, o pai mecânico de Eddie, Tobe, jogador de cartas barato, bêbado ainda mais barato, um bosta cujo ato de traição iria aleijar a vida de todos eles. E, finalmente, a mãe de Eddie, Judy Carver, que naqueles dias ainda não fazia companhia a Papai Noel e Jesus e que por bondade de coração subia a montanha toda semana desde o começo dos anos 70, até que, quinze anos depois, quando o pequeno Eddie tinha dez anos, ela conseguiu fazer o homem da montanha descer para a cidade.

Eddie tinha horror desse tio cabeludo, cheio de cheiros, morria de medo dele. Mas suas viagens de infância à casa de Ray eram o ponto alto de sua experiência de vida e davam forma a suas mais vívidas lembranças, "melhor que cinema", dizia. (Judy começara a levá-lo com ela depois que ele completou cinco anos, esperando atrair Ray de volta ao mundo, mostrando-lhe o futuro, confiando que a boa natureza de Eddie iria conquistar o coração do homem selvagem.) Subindo a montanha, Judy cantava velhas canções de Arlo Guthrie e o jovem Eddie cantava junto: *"It was late last night the other day/ I thought I'd go up and see Ray/ So I went up and I saw Ray/ There was only one thing Ray could say,/ was, I don't want a pickle/ Just want to ride my motorsickle..."* [Tarde da noite, outro dia/ pensei em subir e ver Ray/ Então eu subi e vi Ray/ E só uma coisa Ray podia dizer,/ era: Eu não quero picles/ Eu só quero andar de motocicles...] Mas esse Ray não era aquele Ray. Esse Ray não tinha uma grande Harley e não havia nenhuma Alice, com ou sem restaurante. Esse Ray vivia de comer feijão e raízes e provavelmente insetos e germes, Eddie imaginava, e de cobras que pegava com as mãos nuas e águias arrancadas do céu. Esse Ray mancava e tinha dentes igual madeira podre e um hálito que derrubava você de uma vez a doze passos de distância. E no entanto era esse o Ray em que Judy Carter Ford ainda conseguia enxergar o menino doce que foi para a guerra, o menino que sabia torcer o papel prateado do maço de cigarro fazendo figuras humanas e esculpir madeira de pinho em retratos de meninas, que dava para elas em troca de um beijo. (Bonecos, Malik Solanka deslumbrou-se. Não há como escapar do velho vodu deles. Mais uma história de um maldito fazedor de bonecos. E mais um *sanyasi* também. Era isso que Mila queria dizer. Um *sanyasi* mais verdadeiro que eu, seu retiro da sociedade seguindo uma linha propriamente ascética. Mas igual a mim na medida em que queria se perder por causa do medo do que havia por baixo, do que podia borbulhar para cima a qualquer momento, arrasando o mundo que não merecia isso.) A própria Judy havia beijado Raymond uma vez, antes de cometer o seu péssimo erro e escolher Tobe, cujo problema de coluna o salvou da convocação, de cujo mau caráter ninguém podia salvá-la, a não ser, achava ela, Ray. Se Ray descesse de sua fortaleza talvez isso fosse um sinal, e as coisas pudessem mudar, e os irmãos pudessem ir pescar e jogar boliche, e Tobe arranjar sua vida e então ela poderia ter um pouco de paz. E finalmente Ray Ford de fato desceu, lavado, barbeado e usando uma camisa limpa, tão arrumado que Eddie não o reconheceu quando entrou pela porta. Judy havia preparado o seu jantar de comemoração, o mesmo festim de bolo de carne e atum que depois ofereceria ao sr. Natal e ao sr. Cristo, e por algum tempo correu tudo bem, sem muita conversa, mas isso era bom, todo mundo estava se acostumando a estar em casa com todo mundo.

Na hora do sorvete, tio Ray falou. Judy não tinha sido a única mulher a visitá-lo na floresta. "Tinha uma outra", disse, com dificuldade. "Mulher chamada Hatty, Carole Hatty, sabia que tinha uns poucos espalhados pela floresta, e de bom coração ia visitar a gente e levava roupa e torta e coisa, mesmo sabendo que tinha filho-da-puta maluco que pegava machado pra qualquer coisa que chegasse perto, homem, mulher, criança, cachorro raivoso." Enquanto falava da mulher, tio Ray começou a ficar corado e a se agitar na cadeira. Judy disse: "Ela é importante para você, Raymond? Quer convidar pra vir aqui?". Diante disso a doninha comedora de cobra sentada do outro lado da mesa da cozinha começou a bater na coxa e rir, o riso alto de doninha comedora de cobra bêbada e traidora, e riu até chorar, depois se pôs de pé num salto, derrubando a cadeira e disse: "Aah, Carole Hatty. Carole-Deita-Fácil do Big Dipper Café da rua Hopper? *Essa* Carole Hatty? Uuh. Cara, não sabia que ela precisava de tanto açúcar pra voltar pra você querendo mais. Porra, Ray, você tá por fora. A gente tá comendo a Carole direitinho desde que ela tinha quinze anos e vivia pedindo". Ray então olhou para o pequeno Eddie, um horrível olhar vazio, e mesmo aos dez anos Eddie entendeu o que queria dizer, sentiu o quanto o tio Ray havia sido apunhalado pelas costas, porque Raymond Ford à sua maneira estava dizendo é que ele tinha descido do seu reduto na montanha não só por amor da família, por amor de Eddie, dizia o seu olhar, mas também por aquilo que considerava como o amor de uma boa mulher. Depois de longos anos furiosos tinha descido na esperança de ter seu coração curado por essas coisas, e o que Tobe Ford fez foi furar esses dois balões, apunhalá-lo duas vezes no coração com um único golpe.

Bom, o homem grande se pôs de pé quando Tobe acabou de falar e Judy começou a gritar com os dois, tentando ao mesmo tempo esconder Eddie atrás dela, porque a doninha comedora de cobras do seu marido tinha uma pequena pistola na mão, apontada para o coração do irmão. "E agora, Raymond", disse o velho Tobe, rindo, "vamos lembrar o que diz o bom livro sobre o assunto do amor entre irmãos." Ray Ford saiu da casa e Judy estava com tanto medo que começou a cantar *"Late last night I heard the screen door slam"* [Tarde da noite ouvi a porta de tela bater], e com isso Tobe saiu também, dizendo que não tinha de aceitar aquela merda que estava correndo ali, ela podia pegar aquela atitude e enfiar onde o sol não brilha, está ouvindo, Jude? Não me julgue, puta, você é a porra da minha mulher, e se não escuta o que seu marido diz, é só ir lá chupar o pau do velho e solitário Raymond. Tobe saiu para jogar cartas na mecânica do Corrigan, onde trabalhava, e antes de amanhecer Carole Hatty foi encontrada numa ruela com o pescoço quebrado, morta, e Raymond Ford estava no pátio cheio de automóveis enferrujados nos fundos do terreno do Corrigan, com um tiro único de pistola no coração e nenhum sinal da arma em lugar nenhum. Foi aí que a doninha comedora de cobras se mandou, nunca voltou para terminar o jogo de cartas, e mesmo com o anúncio sobre Tobias Ford, armado e perigoso, colocado em cinco estados, ninguém nunca encontrou um rastro dele. A mãe de Eddie era da opinião que o filho-da-puta era mesmo uma cobra disfarçada o tempo inteiro, e depois do que fez simplesmente saiu da pele humana, só despiu a casca que virou pó no momento que ele soltou, e uma cobra a mais não ia chamar nenhuma atenção em Lugarnenhum, onde as casas do Senhor eram cheias de cascavéis e costas de diamante e aqueles eram só os ministros. Ele que vá, ela disse, se eu soubesse que tinha casado com cobra bebia veneno antes de fazer voto de cristão.

Judy passou a se consolar com sua crescente coleção de Jack and Jim de um quarto de galão, mas depois que aconteceu o que aconteceu Eddie Ford se fechou na concha, mal falava vinte palavras por dia. Como seu tio, mas sem deixar a cidade, segregou-se do mundo, trancou-se dentro do próprio corpo e, ao crescer, concentrou todas as imensas energias daquele novo corpo poderoso em jogar a bola, jogar com mais força e mais impulso do que bola alguma jamais fora jogada em Lugarnenhum, como se fazer ela voar direto para o espaço exterior pudesse salvá-lo da maldição do seu sangue, como se um passe de *touchdown* fosse a mesma coisa que liberdade. E finalmente ele foi se atirando até chegar a Mila, que o resgatou de seus demônios, arrancando-o de seu exílio interior, pegando para seu prazer o belo corpo que ele transformara em sua cela de prisão e dando em troca companheirismo, comunidade, o mundo.

Para onde quer que olhasse, pensou o professor Malik Solanka, a fúria estava no ar. Por toda parte que se escutasse, ouvia-se o bater das asas das deusas sombrias. Tisífone, Alecto, Megera: os gregos antigos tinham tanto medo dessas suas divindades, as mais ferozes, que nem ousavam pronunciar seus nomes reais. Porque usar esse nome, *Eríneas*, Fúrias, podia muito bem atrair sobre si mesmo o ódio letal dessas senhoras. Portanto, e com profunda ironia, chamavam a trindade irada de "as de bom temperamento": *Eumênides*. O nome eufemista, porém, não resultou em grande melhora no permanente mau humor das deusas.

No começo, tentou resistir pensando em Mila como a Little Brain que ganhou vida; não a Little Brain recriação oca da mídia, não a Little Brain traidora, a baby doll lobotomizada de *Vila Brain* e do resto, mas o seu original esquecido, a L. B. perdida de sua primeira imaginação, a estrela de *Aventuras de Little Brain*. De início, disse a si mesmo que era errado fazer isso com Mila, bonecá-la assim, mas depois argumentou contra si mesmo que ela própria havia feito isso consigo mesma, pois não tinha ela mesma admitido que havia transformado a Little Brain do primeiro período em seu modelo e inspiração? Não estava simplesmente se apresentando a ele no papel da Verdadeira que ele havia perdido? Ela era, ele agora sabia, uma jovem muito inteligente mesmo. Devia ter previsto como sua performance ia ser recebida. Sim! Deliberadamente, para salvá-lo, havia lhe oferecido aquele mistério que (ela adivinhara de alguma forma) responderia a sua necessidade mais profunda, mesmo que nunca articulada. Timidamente, então, Solanka começou a se permitir vê-la como sua criação, que ganhara vida por algum milagre não buscado e que cuidava dele agora como cuidaria a filha que nunca teve. Então, um deslize verbal revelou seu segredo, mas Mila não pareceu nada afetada. Em vez disso, sorriu um pequeno sorriso particular, um sorriso que, Solanka foi obrigado a admitir, estava cheio de um estranho prazer erótico, no qual havia algo da paciente satisfação do pescador quando a isca finalmente é mordida, e algo também da alegria secreta do investigador quando uma pista muito repetida é finalmente esclarecida, e em vez de corrigi-lo ela respondeu como se ele houvesse usado seu nome correto e não o da boneca. Malik Solanka ficou muito vermelho, tomado por uma vergonha quase incestuosa, e gaguejando tentou se desculpar. Diante do que ela se aproximou, até seus seios tocarem a camisa dele e Solanka poder sentir o hálito de seus lábios soprando contra os seus, e murmurou: "Professor, pode me chamar como quiser. Se faz você se sentir bem, por favor fique sabendo que tudo bem comigo". Então afundaram cada dia mais fundo na fantasia. Sozinhos em seu apartamento nas tardes chuvosas daquele verão estragado, brincaram com seu joguinho de pai e filha. Deliberadamente, Mila Milo começou a ser a boneca para ele, a se vestir mais e mais precisamente à imagem modelar original e a representar para um Solanka muito excitado uma série de roteiros inspirados nos primeiros programas. Ele podia fazer o papel de Maquiavel ou de Marx, ou, mais freqüentemente, de Galileu, enquanto ela era, ah, exatamente o que ele queria que fosse. Sentava ao lado da poltrona dele e apertava-lhe os pés enquanto ele soltava a sabedoria dos grandes sábios do mundo. E depois de um tempinho aos pés dele, podia se mudar para o seu colo desejoso, embora tomassem o cuidado, sem dizer uma palavra, de que uma macia almofada sempre fosse colocada entre o corpo dela e o dele, para o caso de ele, que havia jurado não deitar com mulher nenhuma, reagir à presença dela como podia reagir outro homem menos perjuro, ela nem ficar sabendo, eles não terem de mencionar nunca isso e ele nunca se ver obrigado a admitir o derrame ocasional da fraqueza de seu corpo. Como Gandhi fazendo seu *brahmacharya*, suas "experiência com a verdade", deitando com as esposas de seus amigos à noite para poder testar o domínio da mente sobre o membro, ele preservava a aparência externa de alta propriedade. E ela também, ela também.

10.

Asmaan revirava dentro dele como uma faca: Asmaan de manhã, orgulhoso de cumprir suas funções naturais em alto estilo diante dos aplausos de uma platéia de dois, mesmo que desavergonhadamente tendenciosa. Asmaan em suas encarnações diárias de motociclista, morador de tenda, imperador da caixa de areia, bom de garfo, mau de garfo, estrela da canção, estrela tendo ataques, bombeiro, astronauta, Batman. Asmaan depois do jantar, em sua hora de vídeo permitido, assistindo a infinitas reprises dos filmes de Disney. *Robin Hood* era querido, com seu absurdo "Notting Ham", com um galo cantor de country, imitações baratas de Balu e Caa do *Livro da selva*, sotaques americanos inadulterados por toda a Floresta de Sherwood, e o mui pronunciado, mesmo que anteriormente pouco conhecido, grito Disney da Velha Inglaterra, *"Oo-de-lally!"*. *Toy Story*, porém, estava proscrito. "Tem menino uim." *Uim* era ruim, e o menino era assustador porque tratava mal os brinquedos. Essa traição do amor apavorava Asmaan. Ele se identificava com os brinquedos, não com o dono deles. Os brinquedos eram como os filhos do menino, e os maus-tratos a eles, no universo moral de três anos de idade de Asmaan, um crime hediondo demais para merecer contemplação. (Como a morte. Na leitura revisionista que Asmaan fazia de *Peter Pan*, o Capitão Gancho escapava do crocodilo todas as vezes.) E depois de Asmaan-vídeo vinha Asmaan-noite, Asmaan no banho permitindo que Eleanor escovasse seus dentes e anunciando peremptoriamente: "Não vamos escovar meu cabelo hoje". Asmaan finalmente indo dormir segurando a mão do pai.

O menino passara a telefonar para Solanka sem levar em conta a diferença de cinco horas. Eleanor havia programado o número de Nova York no sistema de discagem rápida do telefone da cozinha da rua Willow. Tudo o que Asmaan tinha de fazer era apertar um único botão. Alô, papai, vinha a sua voz transatlântica (esse primeiro chamado tinha sido às cinco da manhã): foi muito bom no paque, papai. *Parque*, Asmaan, tentou o sonolento Solanka ensinar ao filho. *Diga parque.* Paque. Onde você está, papai, está em casa? Não vai voltar? Devia ter botado você no carro, papai, devia ter levado você no baanço. *Balanço. Diga balanço.* Devia ter levado você no ba-anço, papai. Morgen me empurrou muito muito alto. Vai tazer pesente pa mim? *Diga trazer, Asmaan. Diga presente. Você consegue.* Vai tá-zer pe-sente pa mim, papai? Que que tem dento? Vou gostar muito? Papai, você não vai mais emboa. Eu não deixo. Tomei sovete no paque. Morgen compô. Tava bom. *Sorvete, Asmaan. Diga sorvete.* So-ve-ete.

Eleanor veio ao aparelho. "Desculpe, ele desceu e apertou o botão sozinho. Acho que não acordei." Ah, tudo bem, Solanka respondeu, e seguiu-se um longo silêncio. Então Eleanor disse, instável: "Malik, eu simplesmente não sei o que está acontecendo. Estou despencando aqui. A gente não podia... Se você não quer vir para Londres eu podia pegar um, podia deixar Asmaan com a avó e a gente podia sentar e tentar resolver essa coisa, seja o que for, ah, meu Deus, eu não sei o que é isso, não dava pra gente resolver? Ou você simplesmente me odeia agora, eu de repente desagrado você por alguma razão? Tem outra pessoa? Deve ter, não tem? Quem é? Pelo amor de Deus me diga, pelo menos isso ia fazer sentido, e aí eu podia ficar furiosa para caralho com você em vez de enlouquecer devagarinho".

A verdade é que na voz dela ainda não havia nenhum traço de raiva real. E no entanto ele a havia abandonado sem uma palavra; Solanka pensou: será que a dor ia mudar, mais cedo ou mais tarde, para raiva? Talvez fosse deixar o advogado expressar isso por ela, soltando em cima dele a fria raiva da lei. Mas não conseguia vê-la como uma segunda Bronislawa Rhinehart. Simplesmente não havia vingança na natureza dela. Mas haver tão pouca raiva: era uma coisa desumana, até um pouco assustadora. Ou, por outro lado, uma prova do que todo mundo estava pensando e do que Morgen e depois Lin Franz colocaram em palavras: que dos dois ela era a pessoa melhor, boa demais para ele, e, assim que se recuperasse da dor, estaria melhor sem ele. Nada disso seria nenhuma consolação para ela agora, nem para a criança para cujos braços ele não ousava, pela segurança do menino, voltar.

Porque sabia que não havia sacudido de si as Fúrias. Uma raiva surda, fervente, desconectada continuava a vazar e correr no fundo dele, ameaçando subir sem aviso numa poderosa explosão vulcânica. Como se fosse dona de si mesma, como se ele fosse meramente o receptáculo, o hospedeiro e ela, a fúria, fosse o ser sensível, controlador. Apesar de todos os passos aparentemente necromânticos da ciência, eram tempos prosaicos, nos quais tudo era considerado passível de explicação e compreensão. E em toda a sua vida o professor Solanka, Malik Solanka que tarde demais tomara consciência do inexplicável dentro dele, fizera firmemente parte do partido prosaico, o partido da razão e da ciência em seu sentido original e mais amplo: *scientia*, conhecimento. No entanto, mesmo nesses dias microscopicamente observados e interminavelmente explicados, o que borbulhava dentro dele não tinha explicação. Existe dentro de nós uma coisa, estava sendo forçado a admitir, que é caprichosa e para a qual a linguagem da explicação é inadequada. Somos feitos de sombra tanto quanto de luz, de calor tanto quanto de poeira. O naturalismo, a filosofia do visível, não consegue nos captar, porque excedemos. Tememos isso em nós mesmos, nosso rompimento de fronteiras, nossa reprovação da regra, nosso eu-sombra que muda de forma, transgressivo, transpassante, o verdadeiro fantasma em nossa máquina. Não numa vida do além, nem em nenhuma esfera improvavelmente imortal, mas aqui na terra o espírito escapa das cadeias do que sabemos que somos. Ele pode se elevar em ira, inflamado por sua prisão, e arrasar o mundo racional.

O que era verdade sobre ele, descobriu-se pensando uma vez mais, podia também ser verdadeiro até certo ponto para todo mundo. O mundo inteiro estava queimando com um fusível mais curto. Havia uma faca torcendo em cada entranha, um açoite em todas as costas. Somos todos dolorosamente provocados. Ouviam-se explosões por todo lado. A vida humana era agora vivida no momento antes da fúria, quando a raiva crescia, ou no momento durante, a hora da fúria, o momento da fera libertada, ou no dia seguinte arruinado por uma grande violência, quando a fúria baixava e o caos atacava, até a maré começar, mais uma vez, a virar. Crateras, em cidades, em desertos, em nações, no coração, passaram a ser lugar-comum. As pessoas rosnavam e se encolhiam no entulho dos próprios erros.

Apesar de todo o tratamento de Mila Milo (ou melhor, por causa dele), o professor Solanka ainda precisava, em suas freqüentes noites de insônia, para abrandar seus ferventes pensamentos, caminhar durante horas pelas ruas da cidade, mesmo debaixo de chuva. Estavam cavando na avenida Amsterdam, tanto a calçada quanto a pista, uns quarteirões adiante (em alguns dias parecia que cavavam a cidade inteira), e uma noite, quando caminhava no meio de uma chuvarada entre média e pesada, passando pelo buracão mal cercado, topou o dedo do pé em alguma coisa e irrompeu numa tirada de invectivas de três minutos, ao final da qual uma voz admirada vinda de debaixo do toldo de uma porta disse: "Cara, aprendi um monte de palavras novas hoje". Solanka olhou para ver o que havia machucado seu pé, e ali, caído na calçada, estava um bloco de concreto quebrado da calçada. Vendo isso, saiu numa feia corrida manca, fugindo do bloco de concreto como um homem culpado que deixa a cena do crime.

Desde que a investigação dos três assassinatos da sociedade havia se focalizado nos três rapazes ricos, sentira-se mais leve de espírito, mas no fundo do coração não havia ainda eliminado inteiramente a si mesmo. Acompanhava com cuidado os relatórios da investigação. Não tinha havido ainda nenhuma prisão, nem confissões, e a mídia noticiosa estava ficando inquieta. A possibilidade de um assassino serial aristocrata era suculenta, atraente, e o fracasso da polícia de Nova York. em resolver o caso era um resultado ainda mais frustrante. Botem esses inúteis exibidos sob tortura! Um deles acaba entregando! Esse tipo de comentário especulativo, cada vez mais freqüente, gerava uma desagradável atmosfera de linchamento. O que chamou a atenção de Solanka foi uma nova pista possível. Mr. Chapéu-Panamá havia sido substituído na lista de *dramatis personae* do mistério não resolvido por um grupo ainda mais estranho de personagens. Gente vestindo fantasias de personagens da Disney havia sido vista perto de cada uma das três cenas do crime: um Pateta perto do corpo de Lauren Klein, um Buzz Lightyear perto do corpo de Belinda Booken Candell, e onde jazia Saskia Schuyler um transeunte percebeu uma raposa vermelha em Lincoln Green: o próprio Robin Hood, tormento do velho e mau xerife de Notting Ham, agora escapando também dos xerifes de Manhattan. *Oo-de-lally!* Detetives admitiram ser impossível estabelecer com certeza uma ligação significativa entre as três aparições, mas a coincidência sem dúvida era surpreendente, com o Halloween ainda meses distante, e estavam levando isso tudo muito em conta.

Na cabeça das crianças, Solanka pensou, as criaturas do mundo imaginário, personagens de livros, vídeos, músicas, realmente davam a sensação de ser mais solidamente reais do que a maior parte das pessoas vivas, com exceção dos pais. À medida que crescemos, o equilíbrio muda e a ficção fica relegada à realidade separada, ao mundo à parte a que nos ensinam que ela pertence. Porém ali estava uma prova macabra da capacidade da ficção de atravessar essa fronteira tida como impermeável. O mundo de Asmaan, o mundo de Disney, estava invadindo Nova York e matando jovens da cidade. E um ou mais garotos muito assustadores estavam escondidos em algum lugar desse vídeo.

Pelo menos, não tinha havido, durante algum tempo, mais nenhum crime do Matador do Concreto. Além disso, e Solanka atribuía isto a Mila, estava bebendo bem menos, e como resultado não tinha mais havido nenhum estupor de amnésia: não acordava mais vestido com roupas de sair com terríveis perguntas sem resposta em sua cabeça dolorida. Havia até momentos em que, ao cair sob o encanto de Mila, chegara perto, pela primeira vez em meses, de algo muito parecido com felicidade. E mesmo assim as deusas sombrias ainda pairavam sobre ele, gotejando sua malevolência em seu coração. Enquanto Mila estava com ele, naquele espaço de lambris de madeira em que, mesmo quando temporais escureciam o céu, não mais se davam ao trabalho de acender nenhuma lâmpada elétrica, ele ficava preso no círculo mágico do encanto dela. Mas assim que ela saía, os barulhos em sua cabeça começavam de novo. O murmúrio, o bater de asas. Depois da primeira conversa com Asmaan e Eleanor ao amanhecer, com a faca virando dentro dele, os murmúrios voltaram-se pela primeira vez contra Mila, seu anjo de misericórdia, sua boneca viva.

Aquele era o rosto dela na meia-luz, suas superfícies cortadas a faca movendo-se confortavelmente contra a camisa meio desabotoada dele, o cabelo curto, ereto, vermelho-dourado, roçando embaixo do queixo de Solanka. As encenações dos velhos programas de TV tinham parado, desculpa cujo propósito se esgotara. Nesses dias, nas lentas tardes sombreadas, mal falavam, e quando o faziam não era mais de filosofia. Às vezes, por um instante a língua dela deslizava por seu peito. Todo mundo precisa de uma boneca para brincar, ela sussurrava. Professor, seu pobre furioso, faz muito tempo. Shh, não tem pressa, aproveite o tempo, eu não vou a lugar nenhum, ninguém vai incomodar a gente, estou aqui pra você. Deixe rolar. Você não precisa mais disso, dessa raiva toda. Só precisa lembrar como é que se brinca. Aqueles eram seus longos dedos, com as unhas vermelho-sangue, abrindo caminho, com mínimos avanços diários, mais para dentro de sua camisa.

A memória física dela era extraordinária. Cada vez que o visitava, retomava exatamente a mesma posição que havia ocupado na almofada do seu colo no final da visita anterior. A colocação da cabeça e das mãos, a força com que o corpo se enrolava em si mesmo, o peso com que se apoiava nele: sua lembrança de alta precisão e ajustes infinitesimais dessas variáveis eram em si mesmos atos sexuais prodigiosamente excitantes. Porque os véus estavam caindo de seu jogo, como mostrava Mila ao professor Solanka a cada toque (diariamente mais explícito). O efeito dessas carícias mais fortes de Mila sobre o professor Solanka era eletrizante, sim, naquela idade e naquela altura da vida não esperava mais receber essas bênçãos nunca mais. Sim, ela havia virado a sua cabeça, tinha decidido fazer isso fingindo que não estava fazendo nada do tipo, e ele agora estava profundamente enredado em sua teia. A rainha *webspyder*, senhora de todo o bando *webspyder*, o tinha em sua rede.

Então ocorreu outra mudança. Assim como ele havia deixado escapar um nome de boneca, acidentalmente ou sob a pressão de um desejo mal consciente, também ela uma tarde deixou uma palavra proibida escapar dos lábios. Imediatamente aquela sala escurecida, de persianas fechadas, se inundou magicamente de uma luz pálida e reveladora, e o professor Malik Solanka entendeu a história de Mila Milo. Era sempre meu pai e eu, ela própria dissera, sempre ele e eu contra o mundo. Ali estava aquilo em suas palavras sem disfarce. Ela expusera isso bem na frente de Solanka e ele fora cego demais para (ou não tinha querido?) ver o que ela mostrara abertamente e sem vergonha. Mas quando Solanka olhou para ela depois do "deslize de língua" (que ele já estava mais que meio convencido de que não havia sido deslize nenhum, porque se tratava de uma mulher de formidável autocontrole, com quem acidentes muito provavelmente nunca aconteciam), aquelas superfícies duras e um tanto crípticas, aqueles olhos puxados, aquele rosto que era mais fechado quando mais parecia aberto, aquele pequeno sorriso sábio e privado, finalmente, revelaram seus segredos.

Papi, ela dissera. Aquele traiçoeiro diminutivo, aquele termo carregado de carinho destinado ao ouvido de um morto, servira de abre-te-sésamo para a caverna sem luz de sua infância. Lá estava o poeta viúvo e a filha precoce. Havia uma almofada em seu colo e ela, ano após ano, se enrolando e desenrolando, se mexendo contra ele, enxugando com beijos suas lágrimas de vergonha. Aquele era o coração dela, da filha que buscava compensar para o pai a perda da mulher que amava, sem dúvida em parte para aplacar sua própria perda agarrando-se ao pai que sobrara, mas também para suplantar aquela mulher no afeto desse homem, para preencher o espaço materno vago, proibido, mais completamente do que fora preenchido por sua mãe morta, porque ele tem de precisar dela, precisar de Mila viva, mais do que jamais precisou da mulher. Ela lhe mostraria novos abismos do querer, até ele querer a ela mais do que jamais imaginou que fosse querer o toque de qualquer mulher. Esse pai (depois de ter experimentado o poder de Mila, Solanka estava profundamente seguro do que havia acontecido) foi lentamente cortejado pela filha, seduzido milímetro a milímetro para um território não descoberto, para o seu crime nunca descoberto. Ali estava o grande escritor, *l'écrivain nobelisablé*, a consciência de seu povo, submetido àquelas mãozinhas terrivelmente hábeis mexendo nos botões de sua camisa, e em algum momento permitindo o não permissível, atravessando a fronteira da qual não havia volta e começando, atormentadamente, mas com ânsia, a participar. Assim um homem religioso era levado para sempre ao pecado mortal, forçado pelo desejo a renunciar a seu Deus e assinar o tratado do Diabo, enquanto a menina desabrochante, sua filha-demônio, o duende no coração da flor, sussurrava à fé as vertiginosas palavras mortais que o sugavam para baixo: isto não está acontecendo se a gente não disser que está, e nós não dizemos, dizemos?, Papi, então não está. E como nada estava acontecendo, nada estava errado. O poeta morto havia entrado naquele mundo de fantasia em que tudo é sempre seguro, onde o crocodilo nunca pega o Capitão Gancho e um menino pequeno nunca se cansa de seus brinquedos. Então Malik Solanka viu o verdadeiro eu de sua amante desvendado e disse: "Isto é um eco, não é, Mila, uma reprise. Você já cantou essa música antes". E imediatamente, silenciosamente, corrigiu-se. Não, não se lisonjeie. Não foi só uma vez. Você não é o primeiro, de jeito nenhum.

Shh, ela disse, pousando um dedo nos lábios dele. Shh, Papi, não. Não aconteceu nada naquele tempo e não está acontecendo agora. A segunda vez que usava o apelido incriminador vinha com uma qualidade nova, suplicante. Ela precisava disso, precisava que ele permitisse isso. A aranha pega em sua própria teia necrofílica, dependendo de homens como Solanka para muito, muito devagar trazer dos mortos o seu amante. Graças a Deus que não existe, que eu não tenho filhas, Malik Solanka pensou. E a miséria o sufocou. Nenhuma filha, e perdi também meu filho. Elián, o Ícone, voltara a Cárdenas, Cuba, com seu papai, mas eu não posso voltar para meu filho. Os lábios de Mila estavam de novo em seu pescoço, deslizando sobre seu pomo-de-adão, e sentiu uma suave sucção. A dor amainou. E mais alguma coisa também foi tomada. As palavras estavam sendo removidas dele. Ela estava puxando para fora e engolindo as palavras e nunca mais poderia dizê-las de novo, as palavras que descrevem a coisa que não existe, que a feiticeira-aranha em sua negra majestade nunca permitiria existir.

E se, Solanka conjeturou loucamente, ela estivesse se alimentando de sua fúria? E se do que ela tivesse mais fome era do que ele mais temia, da raiva duende dentro dele? Porque ela também era movida a fúria, sabia disso, pela imperativa fúria selvagem de sua necessidade escondida. Naquele momento de revelação, Solanka podia facilmente acreditar que essa bela, amaldiçoada menina, cujo peso se deslocava com tão sugestivo langor sobre seu colo, cujos dedos tocavam os pêlos de seu peito mais levemente que uma brisa de verão e cujos lábios mexiam suaves em seu pescoço, podia ser de fato a própria encarnação de uma Fúria, uma das três irmãs mortais, flagelos da humanidade. Fúria era sua divina natureza e a fervente ira humana, seu alimento favorito. Podia persuadir a si mesmo que por trás dos sussurros baixos, por baixo daqueles tons infalivelmente bem modulados, dava para ouvir os guinchos das Eríneas.

Mais uma página da história pregressa de Mila revelou-se. Ali estava o poeta Milo com seu coração fraco. Esse homem dotado, motivado, havia ignorado todos os conselhos médicos e continuado, com um excesso quase burlesco, a beber, fumar e estar com mulheres. A filha fornecera uma explicação de grandeza conradiana para essa atitude: a vida tem de ser vivida até não poder mais ser vivida. Mas quando os olhos de Solanka se abriram, viu uma imagem diferente do poeta, um retrato do artista que afoga no excesso o grave pecado, aquilo que deve sentir diariamente como a morte de sua alma, a sua condenação por toda a eternidade ao círculo mais agônico do Inferno. Então veio a última jornada, o vôo suicida de Papi Milo para o seu assassino xará. Isso agora também assumia para Malik Solanka sentido diferente do que Mila pretendera. Fugindo de um mal, Milo tinha ido encarar o que considerava um perigo menor. Para escapar da Fúria consumidora, sua filha, correu para o seu nome completo, não abreviado, para si mesmo. Mila, Solanka pensou, você provavelmente empurrou seu pai para a morte. E agora o que será de mim?

Sabia uma resposta assustadora para isso. Havia pelo menos um véu ainda entre eles, sobre a história dele, não dela. Desde o primeiro minuto dessa ligação ilícita, ele sabia que estava brincando com fogo, que tudo o que havia enterrado fundo dentro de si mesmo estava sendo mexido, os selos quebrados um a um, e que o passado, que já quase o destruíra uma vez, podia ter uma segunda chance para terminar o trabalho. Entre esta nova história não procurada e aquela velha, eliminada, ecoavam as desarticuladas ressonâncias. Essa questão do embonecamento e seu. A questão de se permitir existir. De não ter escolha senão. Da escravidão da infância quando. Da necessidade: esta é a mais inexorável daquelas. Do poder dos médicos para. Da impotência da criança diante de. Da inocência da criança sobre. Da culpa da criança, do seu erro, do seu erro mais grave. Acima de tudo, as frases que nunca podiam ser completadas, porque completá-las libertaria a fúria, e a cratera dessa explosão consumiria tudo em torno.

Ah, fraqueza, fraqueza! Ainda não podia recusá-la. Mesmo conhecendo Mila como agora conhecia, mesmo entendendo as verdadeiras capacidades dela e intuindo seu possível perigo, ele não podia mandá-la embora. Um mortal que faz amor com uma deusa está condenado, mas uma vez escolhido não pode evitar seu destino. Ela continuou a visitá-lo, toda embonecada, do jeitinho que ele a queria, e a cada dia havia progressos. A calota polar estava derretendo. Logo o nível do oceano ia subir demais e os dois com certeza se afogariam.

Hoje em dia, quando saía do apartamento, sentia-se como um ser antigo adormecido se levantando. Lá fora, na América, tudo era brilhante demais, barulhento demais, estranho demais. A cidade eclodira numa urticária de vacas dolorosamente trocadilhescas. No Lincoln Center, Solanka topou com Moozart e Moodame Butterfly. Diante do Beacon Theatre, havia se instalado um trio de divas de chifres e tetas: Whitney Muuston, Mooriah Cowrey e Bette Midler (A Bovina Miss M). Confuso com essa infestação de gado paronomástico, o professor Solanka sentiu-se de repente como um visitante de Lilliput-Blefuscu, ou da Lua, ou, para falar com franqueza, de Londres. Sentia-se alienado também pelo selos postais, pelo pagamento mensal, e não quinzenal, das contas de gás, eletricidade e telefone, pelas marcas desconhecidas de doces nas lojas (Twinkies, Ho-Hos, Ring Pops), pelas palavras "doces" e "lojas", pelos policiais armados nas ruas, pelas caras anônimas nas revistas, caras que todo americano de alguma forma reconhecia de imediato, pela letra indecifrável das canções populares que os ouvidos americanos conseguiam entender aparentemente sem esforço, pela pronúncia do final carregado de nomes como Farr*ar*, Harr*ell*, Cand*ell*, pelos *e*s abertos que transformavam *expression* em *axprassion*, *I'll get the check* [eu pago a conta] em *I'll gat the chack*, resumindo, pela simples imensidão de sua ignorância do engolfante *mêlée* da vida comum americana. As memórias de Little Brain enchiam as vitrinas das livrarias aqui como na Grã-Bretanha, mas isso não lhe dava alegria. Os escritores de sucesso no momento eram desconhecidos para ele. Eggers, Pilcher: soavam como itens de um menu de restaurante, não de uma lista de best-sellers.

Eddie Ford era visto muitas vezes sentado sozinho no portal vizinho quando o professor Solanka voltava para casa, os *webspyders* evidentemente ocupados com suas redes, e no fogo abafado do olhar que queimava lento do loiro centurião Malik Solanka imaginou ver o começo atrasado da suspeita. Nada era dito entre eles, porém. Os dois se cumprimentavam brevemente e ficavam nisso. Malik então entrava para o seu retiro de lambris e esperava sua deusa chegar. Tomava seu lugar na grande poltrona de couro que havia se transformado em seu lugar preferido de repouso e colocava no colo a almofada de veludo vermelho com a qual, até esse momento, continuava a proteger o que restava de seu decoro pesadamente comprometido. Fechou os olhos e escutou o tiquetaque do relógio antigo de viagem da lareira. E em algum momento Mila entrou silenciosamente, havia lhe dado a chave, e o que tinha de ser feito, que ela insistia não estar sendo feito absolutamente, foi feito com serenidade.

Naquele espaço encantado, durante as visitas de Mila, a norma era quase o completo silêncio. Havia murmúrios e sussurros, mas nada mais. Porém, nos últimos quinze minutos antes de ir embora, depois de saltar vivamente de seu colo, ela arrumava o vestido e trazia para ambos um copo de suco de cranberries ou uma xícara de chá verde, enquanto ia se arrumando para o mundo exterior, e Solanka podia brindá-la, se quisesse, com suas hipóteses sobre o país cujos códigos tentava desvendar.

Por exemplo, a teoria ainda não publicada do professor Solanka sobre as atitudes divergentes relativas ao sexo oral nos Estados Unidos e na Inglaterra (assunto trazido à baila pela tola decisão do presidente em começar se desculpando por uma coisa que devia ter afirmado com firmeza que não era da conta de ninguém) foi ouvida com interesse pela jovem encolhida em seu colo. "Na Inglaterra", ele explicou em seu estilo mais puritano, "a sucção heterossexual quase nunca é oferecida ou recebida antes do coito completo, penetrante, ocorrer, e algumas vezes nem então. Isso é considerado sinal de profunda intimidade. E também uma recompensa sexual por bom comportamento. É *raro*. Enquanto na América, com sua bem estabelecida tradição de, ah, 'amassos' adolescentes no banco de trás de vários automóveis-ícones, 'chupar', para usar o termo técnico, prepara o sexo 'completo' em posição de papai-mamãe na maior parte das vezes. Na verdade, é o meio mais comum de as meninas jovens preservarem a virgindade sem deixar de satisfazer os namorados.

"Em resumo, uma alternativa aceitável para trepar. Por isso, quando Clinton afirma que nunca fez sexo com aquela mulher, Moonica, a Bovina Miss L., todo mundo na Inglaterra acha que é um mentiroso descarado, enquanto todos os adolescentes (e grande parte dos pré e pós-adolescentes) da América entende que está dizendo a verdade, pela definição cultural destes Estados Unidos. O sexo oral é precisamente *não-sexo*. É o que permite à jovem voltar para casa e, com a mão sobre o coração, dizer aos pais (droga, deve ter permitido que você dissesse ao seu pai) que 'nunca fez' nada. Portanto, o Escorregadio Willy, Billy the Clint simplesmente papagaiou o que qualquer adolescente americano de sangue vermelho teria dito. Desenvolvimento retardado? O.k., pode ser, mas foi por isso que o impeachment do presidente falhou."

"Entendo o que está dizendo." Mila Milo concordou quando ele terminou e voltou para o lado dele, numa escalada inesperada e desarmante de sua rotina de fim de tarde, para remover a almofada de veludo vermelho de seu colo indefeso.

Nessa noite, estimulado por uma Mila sussurrante, ele retomou com novo fogo sua velha habilidade. Tem tanta coisa dentro de você esperando, disse ela. Dá para sentir, você está explodindo. Aqui, aqui. Ponha para funcionar, Papi. A fúria. O.k.? Faça bonecos tristes se está triste, bonecos loucos se está louco. A nova boneca ruim do professor Solanka. Precisamos de uma tribo de bonecos assim. Bonecos que digam alguma coisa. Você pode fazer isso. Eu sei que pode, porque você fez Little Brain. Me faça bonecos que venham da terra dela, daquele lugar louco do seu coração. Aquele lugar que não é um carinha de meia-idade debaixo de uma pilha de roupas velhas. Este lugar. O lugar para mim. Me apague, Papi. Me faça esquecer dela! Faça bonecos adultos, censurados para menores, bonecos censurados. Não sou mais criança, certo? Faça bonecos que me dêem vontade de brincar agora.

Ele finalmente entendeu o que Mila fazia por seus *webspyders* além de vesti-los de um jeito mais moderno do que seriam capazes sozinhos. A palavra "musa" grudava mais cedo ou mais tarde em quase toda mulher bonita vista ao lado de homens dotados, e nenhum líder da moda que tivesse auto-respeito e usasse um leque chinês nem morto ia querer ser visto sem uma delas, mas a maioria dessas mulheres era mais escusa que musa. A verdadeira musa era um tesouro sem preço, e Mila, Solanka descobriu, era capaz de ser genuinamente inspiradora. Momentos depois de sua potente incitação, as idéias de Solanka, há tanto congeladas e amaldiçoadas, começaram a queimar e a fluir. Ele saiu às compras e voltou para casa com crayons, papel, barro, madeira, estiletes. Seus dias agora seriam cheios, e a maioria das noites também. Agora, quando acordasse completamente vestido, o cheiro da rua não estaria em suas roupas, nem o cheiro de bebida forte empesteando seu hálito. Estaria acordado na bancada de trabalho com as ferramentas de sua obra na mão. Novas figurinhas estariam olhando para ele com olhos maliciosos, cintilantes. Um novo mundo estava se formando dentro dele, e tinha de agradecer a Mila pela inspiração divina: o sopro da vida.

Alegria e alívio corriam dentro dele em longos estremecimentos incontroláveis. Como aquele outro estremecimento ao final da última visita de Mila, quando a almofada deixou seu colo. O fecho que havia esperado como o viciado em que havia se transformado. A inspiração aplacou também outro problema crescente dentro dele. Havia começado a sentir medos por Mila, a formar a hipótese de um grande e perigoso egoísmo nela, um arco de ambição que a fazia ver os outros, ele inclusive, como meros degraus para sua própria jornada até as estrelas. Será que aqueles meninos brilhantes realmente precisavam dela? Solanka tinha começado a duvidar. (E chegou perto da seguinte pergunta: *E eu?*) Teve um vislumbre de uma nova encarnação possível para a sua boneca viva (na qual Mila era Circe e a seus pés sentava-se seu porco grunhindo), mas empurrou para o lado essa visão sombria. E também sua parceira mais feroz, a visão de Mila como Fúria, como Tisífone, Alecto ou Megera descida à terra em um manto de suntuosa carne. Mila se justificara. Havia fornecido o estímulo que o lançara de volta ao trabalho.

Na capa de couro de seu caderno, escreveu as palavras "Os Incríveis Reis Bonecos sem Cordões do Professor Kronos". E embaixo: "Ou A Revolta dos Bonecos Vivos". E depois: "Ou A Vida dos Césares Bonecos". Depois riscou tudo, menos duas palavras: "Reis Bonecos", abriu o caderno e, com grande pressa, começou a escrever a história-base do gênio demente que seria seu anti-herói.

Akasz Kronos, o grande, amoral ciberneticista de Rijk, ele começou, *criou os Reis Bonecos como resposta à crise terminal da civilização rijk, mas devido à profunda e incorrigível falha de seu* caráter, que o impedia de considerar a questão do bem geral, destinou-os a garantir a sobrevivência e a fortuna de ninguém menos que ele próprio.

Jack Rhinehart telefonou na tarde seguinte, parecendo tenso. "Malik, e aí? Ainda vivendo feito um guru numa caverna de gelo? Ou um proscrito em *Big Brother Não Está Vigiando Você*? Ou as notícias do mundo exterior ainda chegam aí de quando em quando? Já ouviu aquela do monge budista no bar? Ele vai até o clone de Tom Cruise que está com um batedor de coquetel na mão e diz: 'Me faça uma com tudo'. Escute: você conhece uma dona chamada Lear? Disse que foi sua *mulher*. Acho que *ninguém* merece o azar de ser casado com *aquela* beleza. Ela parece ter cento e dez anos de idade e é mais mal-humorada que uma cobra decepada. Ah, sobre o assunto esposas? Estou divorciado. Acabou sendo fácil. Simplesmente entreguei tudo pra ela."

Tudo era tudo mesmo, amplificou: o chalé em Springs, a fabulosa adega de vinhos e muitas centenas de milhares de dólares. "E tudo bem com você?", perguntou Solanka, atônito. "*Tudo, tudo*", grasnou Rhinehart. "Tinha de ver a Bronnie. Queixo no *chão*. Agarrou a oferta tão depressa que achei que ela ia ter uma hérnia. Então, dá pra acreditar?, ela *foi-se. Já era*. Foi Neela, cara. Não sei como dizer isso, mas ela soltou alguma coisa dentro de mim. Fez tudo ficar bem." A voz dele ficou juvenil-conspiratória. "Já viu alguém *parar o trânsito de verdade*? Quer dizer, cem por cento, sem dúvida, *parar o movimento de veículos motorizados* só com a presença? Ela tem esse poder. Desce de um táxi e cinco carros e dois caminhões de bombeiros guincham os freios e param. E dar de cara com o poste? Nunca acreditei que acontecesse fora das comédias de dois rolos de Mack Sennett. Agora vejo os caras fazendo isso todo dia. Às vezes, no restaurante." Rhinehart confidenciou, borbulhando de alegria: "Eu peço para ela ir até o banheiro e voltar, só para ficar vendo os homens nas outras mesas levarem chicotadas. Você é capaz de imaginar, Malik, meu tristemente celibatário amigo, o que é viver com *isso*? Quer dizer, *toda noite*?".

"Você sempre construiu mal suas frases", disse Solanka, estremecendo. Mudou de assunto. "E Sara? Voltou do túmulo? Em que cemitério se encontrou com ela?" "Ah, o de sempre", respondeu Rhinehart, seco. "Southampton." Sua ex-mulher, Solanka descobriu, com a idade de cinqüenta anos havia se casado com um dos homens mais ricos da América, o magnata alimentado a gado Lester Schofield III, agora com noventa e dois anos, e em seu recente aniversário de cinqüenta e sete anos entrara com um pedido de divórcio com base no adultério de Schofield com Ondine, uma modelo brasileira de vinte e três anos. "Schofield fez seus bilhões descobrindo que o que sobra de uma uva depois que se faz suco de uva constitui um grande banquete para uma vaca", disse Rhinehart, e mudou para o seu mais exagerado jeito de preto velho: "E aí sua coroa teve a mema idéia. Tá apertando ele bem, garanto. Vai acabar ela feito bezerra bem alimentada". Por toda a Costa Leste, parecia, as jovens estavam subindo no colo dos velhos, oferecendo aos moribundos o cálice envenenado de si mesmos e provocando nove tipos de devastação. Casamentos e fortunas afundavam diariamente nesses jovens rochedos. "Miz Sara deu entrevista", Rhinehart disse a Solanka, alegre demais, "em que anunciou sua intenção de picar o marido em três pedaços iguais, plantar uma parte em cada uma de suas propriedades principais e depois passar um terço do ano em cada uma, para expressar gratidão por seu amor. Sorte sua escapar da velha Sara quando era pobre, fio. Essa Noiva de Wildenstein? Essa Miz Patricia Duff? Elas não chega nem perto do Olimpo do Divórcio. Essa dona leva medalha de ouro, certeza. Fessor, ela bem que leu seu *Shakespeare*." Correram rumores de que a coisa toda era uma cínica operação trapaceira, em resumo, que Sara Lear Schofield tinha plantado o cisne brasileiro, mas nenhuma prova dessa conspiração foi encontrada.

Qual era o problema de Rhinehart? Se estava mesmo tão profundamente satisfeito quanto dizia com seu próprio divórcio e com *l'affaire* Neela, por que passava com tamanha velocidade da crueza sexual (que, de fato, não era muito seu estilo) para essa atrapalhada história de Sara Lear? "Jack", perguntou Solanka ao amigo, "você está bem mesmo, certo? Porque se..." "Estou ótimo", interrompeu Jack com sua voz mais retesada e seca. "Ô, Malik? Esse aqui é o mano Jack. Fica frio."

Neela Mahendra ligou uma hora depois. "Lembra? A gente se conheceu durante aquele jogo de futebol. Os holandeses dando uma surra na Sérvia." "Ainda chamam de Iugoslávia no futebol", disse Solanka, "por causa de Montenegro. Mas é claro que me lembro. Você não é fácil de esquecer." Ela nem deu sinal de perceber o cumprimento, recebendo o elogio como um mínimo: só o que lhe era devido. "Podemos nos encontrar? É sobre Jack. Tenho de falar com alguém. É importante." Ela queria dizer imediatamente, estava acostumada a fazer os homens, quando solicitados, abandonarem qualquer plano que tivessem. "Estou do outro lado do parque", disse. "Podemos nos encontrar na porta do Metropolitan Museum, digamos, em meia hora?" Solanka, já preocupado com o bem-estar do amigo, mais preocupado com o resultado desse telefonema, e, sim, muito bem, incapaz de resistir ao chamado da bela Neela, levantou-se para sair, mesmo tendo aquelas horas se tornado as mais preciosas de seu dia: as horas de Mila. Vestiu um sobretudo leve, não chovia mas estava nublado e fresco para a estação, e abriu a porta da frente do apartamento. Mila estava do lado de fora com a chave na mão. "Ah", disse, vendo o casaco. "Ah. Tudo bem." Naquele primeiro instante, tomada de surpresa, antes que tivesse tempo de se controlar, ele viu seu rosto nu, por assim dizer. O que havia ali, sem sombra de dúvida, era fome decepcionada. A fome vulpina de um animal a quem foi negada (ele tentou não pensar na palavra, mas a palavra se impôs) sua presa.

"Volto logo", disse sem convicção, mas ela já havia recuperado a compostura e deu de ombros. "Não tem importância." Saíram juntos pela porta do prédio e ele se afastou depressa, na direção da avenida Columbus, sem olhar em volta, sabendo que ela ia estar com Eddie no portal vizinho, enfiando raivosa uma língua sedenta pela garganta confusa e deliciada dele. Por toda parte havia cartazes de *A Cela* o novo filme de Jennifer Lopez. Nele, Lopez era miniaturizada e injetada no cérebro de um assassino serial. Soava como uma refilmagem de *Viagem Fantástica*, estrelado por Rachel Welch, mas e daí? Ninguém se lembrava do original. Tudo é cópia, eco do passado, pensou o professor Solanka. Uma canção para Jennifer: vivemos num mundo retrô e eu sou uma garota retrógrada.

11.

"No futuro, sin duda, ninguém más escuta o tipo de rádio esse que fala. Sabe o que yo creo? Talvez o rádio es que vai escutar *nós*. Nós o programa e as máquinas o público, dueñas de la estación, nós todos trabalhando para elas." "Olhaí. Não sei que merda de conversa de ficção científica o Speedy Gonzalez aí tá falando. O que acho é que ele andou vendo *Matrix* demais. Naonde que eu moro o futuro não chegou, não. Tá tudo na mesma, cara. É isso aí, a mesma merda igualzinha pra todo lado. Todo mundo na mesma casa de sempre, indo na mesma escola, se divertindo do mesmo jeito, procurando o mesmo... emprego. É só olhar. A gente recebe as mesmas contas, sai com as mesmas meninas, vai pras mesmas cadeias, ganha mal, fode mal e fica mal, tô certo? Como é que diz? Co-rrecto, señor. E o *meu* rádio? Vem com um botão de liga-desliga, tio, e eu desligo o babaca a hora que eu quiser." "Rapaz, esse está por fuera. O cara esse de ahora poco, está tán por fuera que só entiende quando está debaixo do nariz dele. Melhor ficar esperto, hermano. Tem máquina ahora que usa comida de combustível, tá sabendo? Nada de gasolina. Come comida de gente como yo e você. Pizza, chili dog, atum com queijo derretido, todo. Luego más Mr. Machine bai a estar pediendo mesa em restaurante. Bai ser así, me dá aí a melhor mesa. Ahora me diga que mudou? Se está comendo, está vivo, yo creo. O futuro aqui, cara, ahora, melhor cuidar do rabo. Logo logo Mr. Live Machine bai estar chegando p'a aquele emprego que bocê estaba falando, quiçá p'a sua linda namorada también." "Ei, ei, meu amigo latino paranóico, Ricky Ricardo, sei lá o seu nome, calma aí, Desi, o.k.? Isso aqui não é aquela Cuba comunista de onde você escapou no seu bote de borracha e conseguiu asilo na terra da liberdade..." "Sin ofensa ahora, por favor. Y digo por favor porque fui criado com educaçon, cierto? O hermano aqui, como chama?, señor Cleef Hoxtaboo ou Mr. No Good da 'Hood, bai ber a mãe dele nunca contou direito, mas bamos acabar bibiendo de ar aqui, por toda la zona do metrô, bamos falar claro." "Posso falar aqui? Licença? Eu tenho de ouvir isso tudo? estou aqui pensando, será que eles têm apresentador de TV gerado por computador agora? e tem ator que já morreu vendendo carro? Steve McQueen naquele carro?, então eu estou mais para o nosso amigo cubano? a tecnologia me assusta? E aí no futuro? tipo assim, alguém ainda vai pensar nas nossas necessidades? Sou uma atriz?, trabalho principalmente em comerciais? e tem essa grande greve da SAG? e durante meses agora não consigo ganhar um dólar? e isso não impede nem um comercial de ir pro ar? porque eles agora têm Lara Croft?, Jar Jar Binks? podem pegar Gable, Bogey, Marilyn ou Max Headroom, ou o HAL do 2001?" "Vou ter de interromper, minha senhora, porque o nosso tempo está acabando e eu sei que uma porção de gente se interessa muito por esse assunto. Não dá para culpar a tecnologia de ponta pelo problema que o seu sindicato arrumou para você. Você escolheu o socialismo, o sindicato fez a cama, agora deite nela. Meu palpite para o futuro? Não dá para voltar o relógio, então é deixar rolar e seguir o fluxo. Aceitar o novo. Aproveitar o tempo. De cabo a rabo."

Sentado nos degraus do grande museu, colhido por um súbito raio da luz baixa, dourado, ao entardecer, folheando o *Times* enquanto esperava Neela, o professor Malik Solanka se sentiu mais do que nunca como um refugiado num barquinho, colhido entre duas marés: razão e desrazão, guerra e paz, futuro e passado. Ou como um menino numa bóia de pneu que viu a mãe afundar na água escura e se afogar. E depois do terror e da sede e das queimaduras de sol veio o barulho, o bramido adversário incessante de vozes no rádio do táxi, afogando sua voz interior, impossibilitando o pensamento, a escolha, a paz. Como derrotar os demônios do passado se os demônios do futuro estavam todos à sua volta berrando a plenos pulmões? O passado estava emergindo, não havia como negar. Assim como Sara Lear, ali nas listas da TV estava a pequena Miss Pinch-ass de Krysztof Waterford-Wajda, de volta dos mortos. Perry Pincus (ela devia ter o quê?, quarenta anos agora?) havia escrito um livro contando tudo de seus anos de tiete dos intelectuais mais importantes, *Men with Pens* [Homens com penas], e Charlie Rose ia conversar com ela esta mesma noite. Ah, pobre Dubdub, pensou Malik Solanka. Essa é a moça com quem você queria assentar, e ela agora vai dançar em cima do seu túmulo. Se esta noite é Charlie ("Me diga com que você se preocupou nesse seu projeto, Perry. Sendo você própria uma intelectual, deve ter ficado seriamente apreensiva. Me conte como você superou esses escrúpulos"), amanhã será Howard Stern: "Garotas curtem escritores. E muitos escritores curtiram esta garota". Halloween, Walpurgisnacht, parecia realmente ter chegado cedo este ano. As bruxas estavam se reunindo para o sabá.

Mais outra história estava sendo meio contada atrás dele, outro conto de fadas de um estranho da cidade entrando em seu ouvido indefeso. "É, foi muito legal, meu bem. Não, sem problema, estou a caminho da reunião com a comissão, por isso estou ligando do celular. Consciente o tempo todo, mas dopada, claro. Então, *semiconsciente*. É, o bisturi corta o olho, mas com a anestesia você acha que é uma pluma. Não, não dói nada, e você não imagina o que tem no meu mundo visual agora. *Amazing grace* mesmo, uma boa. *Eu era cega, agora enxergo*. Isso mesmo. Olhe tudo isto aqui. Tanta coisa que eu perdia. Bom, pense um pouco. Ele é o rei do laser. Perguntei para uma porção de gente, você sabe, e todo mundo dizia sempre o mesmo nome. Um pouquinho seco só, mas passa dentro de uns dias, ele disse. O.k., te amo. Volto tarde. Fazer o quê. Não me espere." E é claro que ele se virou, e é claro que viu que a garota não estava sozinha, um homem lhe fazia carícias enquanto ela fechava o celular. Ela, gostando de ser acariciada, encontrou o olhar de Solanka e, vendo-se pega na mentira, sorriu com culpa e deu de ombros. Fazer o quê, como dissera ao telefone. O coração tem suas razões e somos todos escravos do amor.

Vinte para as dez em Londres. Asmaan devia estar dormindo. Cinco horas e meia a mais na Índia. É só virar o relógio de cabeça para baixo em Londres e se tem a hora da cidade natal de Malik Solanka, a Cidade Proibida do mar Arábico. Isso também estava voltando. A idéia encheu-o de horror: por aquilo em que podia se transformar a fúria há muito selada. Mesmo depois de todos esses anos, a fúria o definia, não havia perdido poder sobre ele. E se terminasse as frases dessa história não contada...? Essa questão ia ter de ficar para outro dia. Sacudiu a cabeça. Neela estava atrasada. Solanka baixou o jornal, tirou um pedaço de madeira e um canivete do Exército suíço do bolso do sobretudo e começou a esculpir com total concentração.

"Esse quem é?", a sombra de Neela Mahendra caiu sobre ele. O sol estava atrás dela e, silhuetada, ela parecia ainda mais alta do que ele lembrava. "É um artista", respondeu Solanka. "O homem mais perigoso do mundo." Ela espanou um lugar no degrau do museu e sentou ao lado dele. "Não acredito", respondeu. "Conheço um monte de homens perigosos e nenhum deles nunca criou uma obra de arte crível. Além disso, pode acreditar, nenhum deles era feito de madeira." Os dois ficaram sentados em silêncio um momento, ele esculpindo, ela simplesmente parada, oferecendo ao mundo a bênção de ali estar. Mais tarde, relembrando seus primeiros momentos juntos, Malik Solanka se detinha particularmente no silêncio e na calma, em como aquilo havia sido fácil. "Eu me apaixonei por você quando não estava dizendo nem uma palavra", disse a ela. "Como ia saber que era a mulher mais falante do mundo? Conheço uma porção de mulheres falantes e, juro mesmo, comparadas a você todas são feitas de madeira."

Depois de uns minutos, guardou a figura semi-acabada e se desculpou pela distração. "Não precisa se desculpar", ela disse. "Trabalho é trabalho." Levantaram-se para descer pela grande escadaria até o parque e, quando ela se levantou, um homem escorregou no degrau acima dela e rolou pesada e dolorosamente uma dúzia ou mais de degraus, passando pertinho de Neela ao cair. A queda foi detida por um grupo de meninas colegiais sentadas aos gritos em seu caminho. O professor Solanka reconheceu o homem, o mesmo que estava se amassando tão entusiasmado com a prevaricadora do celular. Procurou em volta Miss Celular, e depois de um momento localizou-a fuzilando a pé na direção norte, acenando para táxis fora de serviço que ignoravam seu braço furioso.

Neela usava um vestido de lenço de seda cor de mostarda até os joelhos. Tinha o cabelo preto torcido num coque apertado e os braços longos estavam nus. Um táxi parou e expeliu o passageiro para o caso de ela querer uma corrida. Um vendedor de cachorro-quente ofereceu o que ela quisesse, grátis: "Só quero é que coma aqui, moça, pra eu ficar olhando". Experimentando pela primeira vez o efeito de que Jack Rhinehart falara com uma efusão tão vulgar, Solanka se sentiu escoltando uma das mais importantes propriedades do Met pela Quinta Avenida assombrada. Não: a obra-prima em que estava pensando encontrava-se no Louvre. Com uma suave brisa soprando o vestido contra o corpo, ela parecia a Vitória Alada da Samotrácia, só que com a cabeça. "Nike", disse ele, alto, surpreendendo-a. "É disso que você me lembra", esclareceu. Ela franziu a testa. "Faço você pensar em roupa esportiva?"

A roupa esportiva certamente pensava nela. Assim que viraram no parque, um jovem com roupa de corrida se aproximou deles, definitivamente humilhado pelo poder da beleza de Neela. Incapaz de falar diretamente com ela de início, dirigiu-se a Solanka. "Meu senhor", disse, "por favor, não pense que estou querendo chegar na sua filha, quer dizer, não estou pedindo para sair com ela nem nada, só que ela é a coisa mais, tenho de dizer para ela", e finalmente virou-se para Neela, "tenho de te dizer, você é a coisa mais..." Um grande ruído trovejante no peito de Malik Solanka. Ia ser bom arrancar a língua desse jovem de dentro daquela boca carnuda e vil. Ia ser bom ver que aparência teriam aqueles braços musculosos separados do torso tão bem definido. Cortado? Estraçalhado? E se fosse cortado e estraçalhado em um milhão de pedaços? *E se eu comesse a porra do coração dele?*

Sentiu a mão de Neela Mahendra pousar levemente em seu braço. A fúria se aplacou tão depressa quanto havia surgido. O fenômeno, a imprevisível subida e descida de seu temperamento, foi tão rápido que Malik Solanka ficou tonto e confuso. Teria acontecido de fato? Teria estado realmente à beira de despedaçar membro a membro aquele sujeito híper em forma? E se assim fosse, como Neela havia dissipado sua raiva (a raiva que Solanka tinha de combater ficando às vezes horas no quarto escuro, fazendo exercícios respiratórios e visualizando triângulos vermelhos) com um mero toque? A mão de uma mulher podia realmente possuir tal poder? E se assim fosse (a idéia lhe veio sozinha e não havia como negá-la) não seria essa uma mulher para manter a seu lado e estimar pelo resto de sua assombrada vida?

Sacudiu a cabeça para limpar essas idéias e voltou a atenção para a cena que se desenrolava. Neela estava dando ao jovem corredor seu sorriso mais deslumbrante, um sorriso depois do qual era melhor morrer, porque o resto da vida seria, sem dúvida, uma grande decepção. "Ele não é meu pai", disse ao portador da roupa esportiva cego pelo sorriso. "É o amante que mora comigo." Essa informação caiu sobre o pobre sujeito como uma martelada, diante do que, para frisar o ponto, Neela Mahendra plantou na boca de Solanka, confusa, despreparada, mas mesmo assim grata, um longo e explícito beijo. "E sabe de uma coisa?", ela ofegou, buscando ar para desfechar o golpe de misericórdia. "Ele é absolutamente fantástico na cama."

"O que foi *isso*?", perguntou lisonjeado, mais que tomado, tonto, o professor Solanka quando o corredor foi embora parecendo que ia, ele próprio, se estripar com um bambu sem ponta. Ela riu com um grande ruído maldoso que fez até a risada rouca de Mila parecer refinada. "Percebi que você estava a ponto de explodir", disse. "E preciso de você aqui, agora, prestando atenção e não num hospital nem na cadeia." O que explicava cerca de oitenta por cento da coisa, Solanka pensou quando a cabeça parou de rodar, mas não traduzia completamente o sentido de tudo o que ela fizera com a língua.

Jack! Jack!, censurou a si mesmo. O assunto desta tarde era Rhinehart, seu camarada, seu melhor companheiro, e não a língua da namorada do amigo, por mais longa e ginasta que fosse. Sentaram-se em um banco perto do lago, e a toda volta deles homens passeando cachorros trombavam com árvores, praticantes de tai-chi perdiam o equilíbrio, patinadores batiam de frente e pessoas que estavam simplesmente caminhando entravam dentro do lago como se tivessem esquecido que estava ali. Neela Mahendra não dava o menor sinal de notar essas coisas. Um homem passou com um sorvete de casquinha que, devido à súbita mas completa perda de coordenação entre mão e boca, desviou-se totalmente da língua para entrar em contato, sujamente, com sua orelha. Um outro jovem começou, com toda a aparência de genuína emoção, a chorar copiosamente enquanto corria. Só a mulher de meia-idade afro-americana sentada no banco ao lado (quem eu estou dizendo que é de meia-idade? Provavelmente é mais nova que eu, Solanka pensou decepcionado) parecia imune a Neela enquanto abria caminho com os dentes num longo sanduíche de salada de ovo, anunciando seu prazer a cada bocado com altos *mmms* e *ahn-haans*. Enquanto isso, Neela mantinha os olhos pregados no professor Malik Solanka. "Beijo surpreendentemente bom, por sinal", disse. "Mesmo. Primeira classe."

Desviou os olhos para a água brilhante. "Jack e eu terminamos", continuou depressa. "Talvez ele já tenha contado para você. Faz um tempo que acabou. Sei que é muito seu amigo, e você tem de ser um bom amigo para ele neste momento, mas não posso ficar com um homem quando perco o respeito por ele." Uma pausa. Solanka não disse nada. Estava repassando o último telefonema de Rhinehart e ouvindo o que havia deixado passar: a nota elegíaca por baixo do exibicionismo sexual. O uso do tempo passado. A perda. Não pressionou Neela para saber a história. Deixe vir, pensou. Vai aparecer mais cedo ou mais tarde. "O que acha da eleição?", ela perguntou, fazendo um daqueles dramáticos desvios de conversa com os quais Solanka logo se acostumaria. "Vou dizer o que acho. Acho que os eleitores americanos têm com o resto do mundo o dever de não votar em Bush. É dever deles. Sabe o que odeio?", acrescentou. "Odeio quando as pessoas dizem que não há diferença entre os candidatos. Essa história de *Gush-and-Bore* é tão *antiga*. Me deixa maluca." Não era o momento, Solanka pensou, de confessar seus culpados segredos. Neela não estava de fato esperando resposta. "Nenhuma diferença?", ela gritou. "Que tal a *geografia*, por exemplo? Que tal, por exemplo, saber onde fica a minha pobre terra natal na droga do mapa do mundo?" Malik Solanka lembrou que George W. Bush havia sido tocaiado pela pergunta capciosa de um jornalista durante uma entrevista sobre política externa, um mês antes da convenção republicana: "Dada a crescente instabilidade da situação étnica de Lilliput-Blefuscu, podia nos apontar essa nação no mapa? E como é mesmo o nome da capital de lá?". Duas bolas curvas, dois *strikes*.

"Vou te contar o que *Jack* acha da eleição." Neela voltou ao assunto, a cor subindo ao rosto junto com o volume da voz. "O Novo Jack, Rhinehart da lista A das bolas pretas e brancas de Truman Capote, ele pensa o que os seus 'césares' nos seus 'castelos' quiserem que pense. Pule, Jack, e ele pula até o céu. Dance para nós, Jack, você dança tão bem, e ele mostra para todos os passos de trinta anos atrás que os brancos velhos tanto gostam, nadando, pegando carona, passeando o cachorro, fazendo o *mash*, a galinha tonta e a *locomotion* a noite inteira. Faça a gente rir, Jack, e ele conta piadas como um bobo da corte. Você deve conhecer as favoritas dele. 'Depois que o FBI fez o teste com o vestido de Monica, disseram que não conseguiam fazer uma identificação positiva da mancha porque todo mundo em Arkansas tem o mesmo DNA.' É, eles adoram essa, os césares. Vote republicano, Jack, seja pró-vida, Jack, leia o que diz a Bíblia sobre homossexualidade, Jack, e armas não matam gente, não é Jack, e ele: é, madame, gente é que mata gente. Bom cachorro, Jack. Agora role. Pegue. Sente e implore, porra. Implore, Jack, porque não vai ganhar nada, mas nós adoramos ver um rapaz negro de joelhos. Bom cachorro, Jack, agora corra e vá dormir no canil lá nos fundos. Ah, querido, podia dar um osso para o Jack, por favor? Ele foi um encanto. É, ela dá, ela é do sul." Ah, então Rhinehart tinha sido um mau menino, Solanka pensou, e adivinhou que Neela não estava absolutamente acostumada a ser enganada. Estava acostumada a ser o Flautista de Hamelin com filas de rapazes seguindo atrás dela para onde ela bem entendesse.

Ela se acalmou, enrolando-se de volta no banco, e fechou os olhos um instante. A mulher do banco ao lado terminou o sanduíche, inclinou-se para Neela e disse, "Ah, *largue* esse cara, meu bem. Risque o rabo *dele hoje mesmo*. Você não precisa de relação nenhuma com o poodle de estimação de ninguém." Neela virou-se para ela como quem cumprimenta uma velha amiga. "Na sua geladeira, a senhora tem leite com vida mais longa que essa relação", disse, séria.

"Agora vamos andar", ela ordenou, e Solanka se pôs de pé. Quando teve certeza de estarem fora do alcance, disse: "Escute, estou puta com Jack, isso é uma coisa, mas também estou preocupada. Ele está precisando de um amigo de verdade, Malik. Está numa grande confusão". Como Solanka havia adivinhado pelo telefonema, Rhinehart estava deprimido, e não só pelo colapso de seu caso amoroso embalado em caixa de leite perecível. O encontro com Sara Lear, que começara como uma entrevista para um artigo sobre os grandes divórcios do momento rebatera mal em Jack. Sara havia ficado contra ele e sua inimizade o atingira com força. Depois da perda da casa de Springs para Bronislawa, encontrara uma casa que era uma caixa de fósforos no meio de um campo de golfe lá para os lados de Montauk Point. "Você sabe que ele tem uma coisa com Tiger Woods", disse Neela. "Jack é competitivo. Não vai ficar feliz enquanto a Nike, a outra Nike, quero dizer", disse ela, corando com indisfarçado prazer, "a Nike que ele ainda não desagradou, começar a patrocinar seus jogos também, até botar o logotipo no chapéu dele." Depois que a oferta de Rhinehart para a casinha foi aceita pelo proprietário, duas coisas aconteceram em rápida sucessão. Na terceira visita de Rhinehart ao local, cuja chave o corretor tinha lhe entregado, a polícia apareceu para revistá-lo menos de dez minutos depois de ele chegar. Os vizinhos tinham denunciado invasão na propriedade, e o invasor era ele. Levou quase uma hora para convencer os guardas que não era um ladrão, mas um possível comprador. Uma semana depois, o clube de golfe deu bola preta a seu pedido de inscrição. O braço de Sara era longo. Rhinehart, para quem, como ele mesmo dizia, "ser preto não é mais problema", descobriu, do jeito mais difícil, que ainda era, sim. "Tem um clube lá que foi fundado só para os judeus poderem jogar golfe", disse Neela com desdém. "Aqueles velhos Wasps picam como vespas. Jack devia saber disso. Quer dizer: Tiger Woods pode ser mestiço, mas ele sabe que tem as bolas pretas."

"E isso não é o pior." Tinham chegado à Bathesda Fountain. Os tombos e acidentes de sempre continuavam à volta deles. Foram andando até chegar a um aclive gramado. "Sente", disse Neela. Ele se sentou. Neela baixou a voz. "Ele se envolveu com uns meninos malucos, Malik. Só Deus sabe por quê, mas ele quer mesmo ficar com eles, e são os branquinhos mais burros, mais malucos que você pode imaginar. Já ouviu falar de uma sociedade secreta, não deve nem existir, chamada S&M? Até o nome é uma piada de mau gosto. Solteiro e Macho. É, tá bom. Aqueles rapazes são muito, muito deformados. É como aquela história do signo do Crânio com os Ossos Cruzados que existe em Yale, certo?, só que essa não é de uma escola, e não coleciona lembranças. Coleciona garotas, jovens com certos interesses e capacidades. Você ia ficar perplexo de saber quantas, principalmente se soubesse os jogos que elas têm de jogar, e não estou falando de nenhum strip poker. Zíper, corte e beliscões. Selas, rédeas, arreios, elas devem ficar parecendo as carruagens do parque. Ou então, você sabe, 'me bate com o chicote, me amarra com fios, acho isso tudo tão excitante'. Menina ricas. Juro. Sua família tem um haras e então você fica excitada de ser tratada como cavalo? Eu não saberia dizer. Tanta coisa desejável é tão fácil para essa garotada..." — Neela não podia ser mais do que cinco anos mais velha que as meninas mortas, Solanka pensou — "... que elas não se excitam com nada. Têm de viajar cada vez mais longe para se animar com alguma coisa, mais longe de casa, mais longe da segurança. Os lugares mais loucos do mundo, as drogas mais loucas, o sexo mais louco. É isso, a minha análise barata. Menininhas ricas entediadas deixam meninos ricos e idiotas fazer coisas estranhas com elas. Meninos ricos e idiotas nem acreditam na sorte."

Solanka ficou pensando no fato de Neela usar a palavra "meninos" para descrever o que eram, afinal, membros de sua própria geração. A palavra parecia sincera em sua boca. Comparada com, digamos, Mila (Mila, seu segredo culpado) esta era uma mulher adulta. Mila tinha seus encantos, mas eles tinham raízes em sua libertinagem infantil, um ambicioso capricho nascido dessa mesma crise de resposta abafada, essa mesma necessidade de ir a extremos, além dos extremos, a fim de encontrar o que precisava em termos de excitação. Quando você se alimenta diariamente de fruto proibido, o que fazer para se excitar? Mila de sorte, Solanka pensou. Seu amigo rico não havia entendido o que podia fazer com ela e deixou que fosse embora. Se esses outros meninos ricos algum dia ficassem sabendo dela, até que ponto estaria disposta a ir, que tabus estava disposta a ignorar, podia ser a sua deusa, a rainha menina-mulher do seu culto oculto. Podia terminar no Midtown Tunnel com a cabeça esmagada. "A falta de afeto em ação", disse Solanka em voz alta. "A tragédia do isolamento. A vida não examinada dos sujeitos que têm suas *units*." Teve de explicar isso, e ficou contente de ouvir de novo a risada de Neela. "Não é de admirar que tantos desses gorilas tesudos, esses Stashes, Clubs e Horses, queiram estar lá dentro, não é?" Neela suspirou. "O problema é: por que Jack quer isso?"

O professor Malik Solanka sentiu o estômago apertar. "Jack participava dessa S&M?", perguntou. "Mas esses homens não..." "Ele ainda não é sócio", ela interrompeu, levada pela necessidade de repartir sua pesada carga. "Mas está batendo na porta, implorando para entrar, o idiota do filho-da-puta. E isso depois de toda a merda que saiu no jornal. Quando fiquei sabendo, não consegui mais ficar com ele. Vou te contar uma coisa que não estava em nenhum jornal", acrescentou, baixando ainda mais a voz. "Aquelas três meninas mortas? Não foram estupradas, não foram roubadas, certo? Mas fizeram alguma coisa com elas, e é isso que liga de fato os três crimes, só que a polícia não quer isso nos jornais por causa dos imitadores." Solanka estava começando a ficar realmente assustado. "O que aconteceu com elas?", perguntou com voz fraca. Neela cobriu os olhos com as mãos. "Foram escalpeladas", sussurrou, e chorou.

Ser escalpelada era continuar sendo um troféu, mesmo na morte. E como a raridade cria o valor, o escalpo de uma garota morta em seu bolso, ah, o mais repulsivo dos mistérios!, pode efetivamente garantir maior prestígio do que seria conferido pela mesma garota, viva e respirando, de braços dados com você num baile elegante, ou mesmo como parceira voluntária em qualquer experiência sexual que você possa inventar. O escalpo era indicador de dominação, e removê-lo, para ver essa relíquia como desejável, era valorizar o significante acima do significado. As garotas, Solanka começou a entender em seu revoltado horror, valiam mais mortas do que vivas para os assassinos.

Neela estava convencida de que os três namorados eram culpados. Convencida também de que Jack sabia muito mais do que estava revelando, mesmo a ela. "É como heroína", disse, enxugando os olhos. "Ele mergulhou tão fundo que não sabe mais sair, não *quer* mais sair, mesmo que seja destruído fica lá. O que me preocupa é saber o que ele está disposto a fazer, e a quem está disposto a fazer. *Eu* estava na lista do deleite daqueles babacas, ou o quê? Quanto aos assassinatos, quem sabe o porquê? Talvez os joguinhos sexuais tenham ido longe demais. Talvez seja alguma coisa maluca com sexo e poder que esses rapazes têm. Qualquer merda de irmandade de sangue masculina. Trepe com a menina e depois a mate, e faça isso com tanta inteligência que consiga escapar. Não sei. Talvez eu esteja só expressando um ressentimento de classe. Talvez só tenha assistido filmes demais. *Estranha compulsão. Festim diabólico.* Sabe? 'Por que fazer uma coisa dessas?' 'Porque nós podemos.' Porque eles querem mostrar os pequenos Césares que são. Como estão acima e além de tudo, como são sublimes, divinos. Não podem ser apanhados pela lei. É uma tal *merda* assassina, mas Mr. Cachorro Babão Rhinehart continua leal. 'Você não sabe porra nenhuma deles, Neela, são uns caras legais.' Besteira. Está tão cego que não percebe que vai ser arrastado junto quando eles caírem ou, pior ainda, que podem estar aprontando para ele. Jack cai no lugar deles e vai para a cadeira elétrica cantando louvores a eles. Jack Merda. Bom nome para aquele fodido daquele fraco. Neste exato momento, é isso que ele é para mim."

"Por que tem tanta certeza disso?", perguntou Solanka. "Desculpe, mas você está soando meio maluca também. Esses três homens foram interrogados, e não foram presos. E pelo que sei, cada um deles tem um sólido álibi para a hora da morte da namorada. Testemunhas, etcétera. Um foi visto em um bar, e mais não sei o quê, esqueci." Seu coração batia forte. Por um tempo que parecia uma eternidade, ele vinha se acusando desses crimes. Sabendo da desordem do próprio coração, da borbulhante tormenta incoerente, havia ligado isso à desordem da cidade, e chegado perto de se declarar culpado. Agora, aparentemente, a liberação estava próxima, mas o preço da inocência podia ser simplesmente a culpa de seu bom amigo. Uma grande turbulência encrespava-lhe o estômago, provocando náuseas. "E essa história do escalpo?", perguntou com esforço. "Como ficou sabendo de uma coisa dessas?"

"Ah, meu Deus", ela gemeu, deixando o pior vir à tona afinal. "Eu estava arrumando a porra do guarda-roupa. Sabe Deus por quê. Eu *nunca* faço esse tipo de coisa por homem nenhum. Arrume uma faxineira, entende? Não é para isso que eu *sirvo*. Eu gostava mesmo dele, acho que por uns cinco minutos ali me permiti... Bom, eu estava limpando para ele e encontrei, encontrei." Lágrimas de novo. Solanka pôs a mão em seu braço dessa vez, e ela virou-se, abraçou-o com força e soluçou. "Pateta", ela disse. "Encontrei as três. As porras das fantasias tamanho adulto. Pateta, Robin Hood e Buzz."

Confrontara Rhinehart e ele reagira mal, com violência. É, só de brincadeira. Marsalis, Andriessen e Medford iam vestir essas fantasias e espionar as namoradas de longe. É, tá bom, pode ter sido uma piada de mau gosto, mas isso não fazia deles assassinos. E eles não usaram as fantasias nas noites dos crimes, isso era besteira: notícia falsa. Mas estavam com medo, você não estaria, e pediram para Jack ajudar. "Ele continuou protestando a inocência deles, negando que esse precioso clube seja uma fachada para as práticas lascivas da classe privilegiada." Neela se recusara a esquecer o assunto. "Juntei tudo o que eu sabia, sabia mais ou menos, intuía e desconfiava, empilhei tudo na frente dele e disse que não ia desistir enquanto ele não contasse o que tinha para contar." Finalmente, Jack entrou em pânico e gritou: "Você acha que eu sou o tipo de homem que sai de noite e corta o tampo da cabeça das mulheres?". Quando ela perguntou o *que* ele queria dizer com isso, ele pareceu ficar apavorado e disse que tinha lido no jornal. O zunir da machadinha. O guerreiro vitorioso recolhendo seus despojos. Mas ela procurou na Internet os arquivos de todos os jornais da área de Manhattan e soube. "Não está lá."

Neela tinha se vestido para ficar bonita, não para se agasalhar, e a tarde havia perdido o brilho. Solanka tirou o casaco e o colocou sobre seus ombros trêmulos. À volta deles, as cores do parque estavam se apagando. O mundo se transformava em um lugar de tons negro e cinza. Roupas femininas (algo raro em Nova York, a estação havia sido de cores brilhantes) desbotavam para a monocromia. Debaixo de um céu metálico, o verde escorreu das árvores. Neela tinha de sair desse ambiente repentinamente fantasmagórico. "Vamos tomar um drinque", propôs, levantando-se, e no mesmo instante partiu em passos largos. "Tem um bar de hotel legal na 77", e Solanka correu atrás dela, ignorando os já familiares choques e catástrofes que ela deixava em sua trilha como os danos de um furacão.

Ela nascera em "meados dos anos 70", em Mildendo, capital de Lilliput-Blefuscu, onde sua família ainda morava. Eram *girmit-yas*, descendentes de um dos migrantes originais, seu bisavô, que assinara o acordo de contratação, um *girmit*, em 1834, ano seguinte ao da abolição da escravatura. Biju Mahendra, da pequena aldeia indiana de Titlipur, viajou com seus irmãos até esse duplo grão de poeira no remoto sul do Pacífico. Os Mahendra foram trabalhar em Blefuscu, a mais fértil das duas ilhas e centro da indústria canavieira. "Como indo-liliana", disse ela tomando seu segundo cosmopolitan, "o bicho-papão da minha infância era o Coolumber, que era grande, branco e falava não com palavras, mas com números e comia menininhas de noite se elas não fizessem a lição e lavassem as partes íntimas. Quando cresci, descobri que os 'coolumbers' eram os capatazes dos trabalhadores da cana-de-açúcar. O que fazia parte da história da minha família era um homem branco chamado Mr. Huge, Hughes, na verdade, acho, que era um 'diabo-da-tasmânia' e para quem meu bisavô e tios-avós não passavam de números na lista que conferia toda manhã. Meus ancestrais eram números, filhos de números. Só os nativos *elbee* eram chamados pelos sobrenomes verdadeiros. Levamos três gerações para recuperar nossos nomes de família dessa tirania numérica. Então, evidentemente, as coisas entre os *elbee* e nós já tinham dado muito errado. 'Nós comemos vegetais', minha avó costumava dizer, 'mas aqueles gordos daqueles *elbee* comem carne humana.' Na verdade, existe uma história de canibalismo em Lilliput-Blefuscu. Eles se ofendem quando se fala disso, mas é verdade. E para nós a mera presença de carne na cozinha já era impura. Porco soava como a comida do próprio diabo."

As palavras para bebida desempenhavam um papel perturbadoramente extenso em sua história pregressa. Em matéria de grogue, *yaqona*, *kava*, cerveja, e em poucas outras coisas mais, os indo-liliputianos e os *elbee* eram iguais. Ambas as comunidades sofriam de alcoolismo e dos problemas a ele associados. Seu pai era um grande beberrão, e ela gostava de ter escapado dele. Havia muito poucas bolsas de estudos para a América em Lilliput-Blefuscu, mas conquistou uma delas e caiu em Nova York imediatamente, como fazia todo mundo que precisava, e ali encontrou um lar longe do lar entre outros forasteiros que precisavam exatamente da mesmo coisa: um abrigo onde abrir as asas. Porém suas raízes a atraíam com força, e sofria muito do que chamava de "culpa do alívio". Tinha escapado do pai bêbado, mas sua mãe e irmãs não. E continuava também apaixonadamente ligada à causa de sua comunidade. "As manifestações são aos domingos", disse, pedindo um terceiro cosmopolitan. "Você vem comigo?" Já era quinta-feira e Solanka concordou inevitavelmente.

"Os *elbee* dizem que somos ambiciosos e queremos tudo e que vão acabar expulsos da própria terra. Nós dizemos que eles são preguiçosos e que se não fosse por nós iam ficar sentados sem fazer nada e morrer de fome. Enquanto nós, ou pelo menos aqueles de nós que comem ovos, somos os Big Endians, da Big Endia." Ela riu de novo, estimulada pela própria piada. "Logo vai haver problema." Era uma questão de terra, como tantas outras coisas. Embora os indo-liliputianos de Blefuscu fizessem toda a agricultura, fossem responsáveis pela maior parte das exportações do país, e portanto ganhassem a maior parte da moeda estrangeira, embora tivessem prosperado e cuidassem dos seus, construindo suas próprias escolas e hospitais, a terra em que ficava tudo isso pertencia aos "nativos" *elbee*. "Detesto essa palavra 'nativo'", protestou Neela. "Sou a quarta geração de indo-lilianos. Sou nativa também." Os *elbee* temiam um golpe, uma tomada revolucionária da terra pelos indo-lilianos, aos quais a constituição *elbee* ainda negava o direito de posse de terra em qualquer das duas ilhas. Os Big Endians, por seu lado, temiam a mesma coisa ao contrário. Temiam que quando expirassem seus contratos de cem anos ao longo da próxima década, os *elbee* simplesmente tomassem para si as terras aráveis agora valiosas, deixando os indianos, responsáveis por seu desenvolvimento, sem nada.

Mas havia uma complicação que Neela, a despeito de sua lealdade étnica e dos três cosmopolitans tomados em rápida seqüência, tinha a sinceridade de admitir. "Não é só uma questão de antagonismo étnico ou de quem é dono do quê", disse. "A cultura *elbee* realmente é diferente, e eu entendo que tenham medo. São coletivistas. A posse da terra não é de indivíduos, mas dos grandes chefes *elbee* em nome de todo o povo *elbee*. Então nós, Big Endians-wallahs aparecemos com nossa prática de bons negócios, clareza empresarial, comércio de livre mercado e mentalidade de lucro. E o mundo agora fala a nossa língua, não a deles. É a era dos números, não é? Então nós somos números e os *elbees* são palavras. Somos matemáticos e eles são poesia. Estamos ganhando e eles estão perdendo: e é claro que têm medo de nós, é como uma luta dentro da própria natureza humana, entre o que é mecânico e utilitário em nós e a parte de nós que ama e sonha. Todos tememos que a coisa fria, maquinal, da natureza humana possa destruir nossa magia e nossa música. Então a batalha entre os indo-lilianos e os *elbee* é também a batalha do espírito humano e, droga, com meu coração eu provavelmente estou do outro lado. Mas o meu povo é o meu povo e justiça é justiça e, depois que você se matou durante quatro gerações e ainda é tratado como cidadão de segunda classe, tem o direito de ficar bravo. Se for preciso eu volto. Luto ao lado deles, se precisar, ombro a ombro. Não estou brincando, vou mesmo." Ele acreditava. E estava pensando: como é que na companhia dessa mulher apaixonada que eu mal conheço me sinto tão completamente à vontade?

A cicatriz era herança de um sério acidente de carro numa rodovia perto de Albany, em que quase perdera o braço. A própria Neela admitia que dirigia "como uma *maharani*". Os outros usuários da rua que tratassem de ficar fora de seu imperioso caminho supralegal. Na regiões em que ela e seu carro se tornavam conhecidos, como em Blefuscu, ou nas imediações de sua elegante faculdade da Nova Inglaterra, os motoristas, quando viam Neela Mahendra vindo, muitas vezes abandonavam os veículos e saíam correndo. Depois de uma série de pequenos acidentes e por-poucos, ela experimentou o desengraçadíssimo Grande Acidente. Sua sobrevivência era um milagre (e uma iminência). A preservação de sua beleza sufocante era uma surpresa ainda maior. "Assumo a cicatriz", disse. "É sorte eu ter isto aqui. E me lembra de uma coisa que não posso esquecer."

Em Nova York, felizmente, não lhe era necessário dirigir. Com sua atitude altiva ("minha mãe sempre me disse que eu era uma rainha, e eu acreditei") preferia ser levada, embora fosse um terrível piloto de banco de trás, cheia de gemidos e suspiros. Seu rápido sucesso na produção de televisão permitiu-lhe contar com um serviço de carros, cujos motoristas logo se acostumaram com seus freqüentes gritos de medo. Ela não tinha nenhum senso de direção também e assim, o que era notável num habitante de Nova York, nunca sabia onde ficava nada. Suas lojas favoritas, restaurantes e clubes noturnos preferidos, a localização dos estúdios de gravação e das salas de montagem que usava regularmente: podiam ficar em qualquer parte. "Ficam onde o carro pára", disse a Solanka durante o quarto drinque, toda olhos arregalados de inocência. "É incrível. Estão sempre ali. Bem na frente da porta do carro."

O prazer é a mais doce das drogas. Neela Mahendra se encostou nele no compartimento de couro preto e disse: "Estou me divertindo tanto. Nunca imaginei que podia ser tão fácil ficar ao seu lado, você parecia tão formal na casa de Jack, assistindo àquele jogo idiota." Sua cabeça pendeu para o ombro dele. Estava de cabelo solto agora, e ele cobria grande parte do rosto dela, vendo dali onde Solanka estava. Ela deixou as costas da mão direita roçarem devagar as costas da mão esquerda dele. "Às vezes, quando bebo demais, ela aparece para brincar, a outra, e eu não posso fazer nada. Ela domina e pronto." Solanka estava perdido. Ela pegou a mão dele nas suas e beijou a ponta de seus dedos, selando um pacto não dito. "Você também tem cicatrizes", disse, "mas não fala delas. Eu te conto todos os meus segredos e você não diz nem uma palavra. Penso: por que esse homem nunca fala do filho? É claro que Jack me contou, acha que não perguntei? Asmaan, Eleanor, isso eu sei. Se eu tivesse um menininho, ficava falando dele o tempo inteiro. Você não deve nem ter a foto dele. Penso: esse homem deixou a mulher de muitos anos, mãe do filho dele, e nem o amigo sabe por quê. Penso: ele parece um bom homem, um homem gentil, não um bruto, portanto deve haver uma boa razão, quem sabe se eu me abrir ele me conte, mas, *baba*, você continua quieto. E aí eu penso: aí está esse indiano, indiano da Índia, não indo-liliano como eu, filho da terra mãe, mas ao que parece isso também é assunto proibido. Nascido em Bombaim, mas sobre seu local de nascimento ele cala. Qual é seu estado familiar? Irmãos, irmãs? Pais vivos, mortos? Ninguém sabe. Ele nunca volta para visitar? Parece que não. Nenhum interesse. Por quê? A resposta deve ser: mais cicatrizes. Malik, acho que você teve mais acidentes do que eu, e talvez tenha sido ainda mais ferido ao longo do caminho. Mas se você não fala, o que eu posso fazer? Não tenho nada para dizer a você. Só posso dizer que estou aqui, e se os seres humanos não podem te salvar, então nada pode. É só isso que estou dizendo. Fale, não fale, depende de você. Eu estou me divertindo e agora é a outra que está aqui, portanto quieto, não sei por que os homens têm de falar sempre tanto quando é óbvio que ninguém precisa de palavras. Ninguém precisa disso agora."

12.

QUE SOBREVIVA O MAIS APTO:
A VINDA DOS REIS BONECOS

Akasz Kronos, o grande, cínico ciberneticista do Rijk, criou os Reis Bonecos como reação à crise terminal da civilização rijk, mas devido à falha de seu caráter que o impossibilita de levar em conta o bem geral, usou-os para garantir a sobrevivência e a fortuna de ninguém menos que ele próprio. Naquela época, as calotas polares de Galileu-1, planeta onde ficava Rijk, estavam nos últimos estágios de derretimento (uma grande porção de mar aberto havia sido avistada no pólo norte), e, por mais altos que fossem os diques construídos, não estava longe o momento em que seria eliminada a glória de Rijk, essa alta cultura situada na mais baixa das terras, que estava vivendo justamente a mais rica e prolongada idade de ouro de sua história.

O Rijk entrou em declínio. Seus *artistas* pousaram os pincéis para sempre, pois como podia a arte, que dependia, como o bom vinho, do juízo da posteridade, como podia a arte ser criada se a posteridade fora cancelada? A *ciência* também fracassou diante do desafio. O sistema solar de Galileu ficava num *"quadrante escuro"*, perto da borda de nossa galáxia, uma área misteriosa em que brilhavam poucos outros sóis, e apesar do alto nível de desenvolvimento tecnológico, o Rijk jamais conseguiu localizar um planeta alternativo onde se estabelecer. Um corte transversal da sociedade rijk foi enviado, criogenicamente congelado, no *Max-H*, uma espaçonave controlada por computador programada para despertar sua preciosa carga caso um planeta adequado entrasse no campo de seus sensores. Quando a espaçonave apresentou defeito e explodiu algumas milhas espaço adentro, as pessoas desanimaram. Naquela sociedade tão aberta, arejada e razoável, começaram a aparecer *pregadores* do tipo fogo-e-enxofre, que colocavam a culpa da catástrofe iminente no ateísmo da cultura rijk. Muitos cidadãos caíram sob o feitiço desses homens novos e estreitos. Enquanto isso, o mar continuava a subir. Quando um dique apresentava vazamento, a água jorrava com tamanha violência que condados inteiros submergiam antes que se pudesse completar os reparos. A economia entrou em colapso. O desrespeito à lei aumentou. As pessoas se trancaram em casa à espera do fim.

O único *retrato* de Akasz Kronos que sobreviveu mostra um homem com uma cabeça de cabelos prateados fartos e compridos emoldurando um rosto macio, redondo, surpreendentemente infantil, dominado por uma boca vermelho-escura como um arco de Cupido. Está usando uma túnica cinzenta que vai até o chão, com bordados de ouro nos punhos e pescoço, por cima de uma camisa branca de babados e colarinho alto: a própria imagem do gênio digno. Mas os olhos são loucos. Se examinarmos o escuro em torno Akasz Kronos, podemos ver finos filamentos brancos flutuando das pontas de seus dedos. Só depois de muito estudo se nota a pequena figura cor de bronze do boneco de um homem no canto inferior esquerdo da foto, e mesmo assim leva algum tempo até nos darmos conta de que o boneco se libertou do controle do bonequeiro. O homúnculo está de costas para o seu criador, partindo para forjar o próprio destino, enquanto Kronos, o criador abandonado, se despede não só de sua criação mas também de seu bom senso.

O professor Kronos era não apenas um grande cientista mas um empresário de maquiavélica ousadia e habilidade. Quando as terras do Rijk submergiram, ele tranqüilamente mudou seu centro de operações para duas pequenas ilhas-montanhas que formavam a nação primitiva mas independente de Babúria, nas antípodas de Galileu. Ali negociou e assinou um tratado vantajoso com o governante local, o Mogol. Os baburianos mantinham a posse de seu território, mas Kronos detinha os direitos de uso dos pastos das altas montanhas, pelo qual concordou pagar o que pareceu ao Mogol um aluguel realmente muito alto: anualmente, um par de sapatos de madeira para cada homem, mulher e criança de Babúria. Além disso, Kronos encarregou-se da defesa de Babúria contra o ataque que certamente viria quando as terras de Rijk afundassem debaixo das águas que subiam. Para isso, recebeu o título de *Salvador Nacional* e o de *droit de seigneur* sobre todas as novas noivas das ilhas. Feito o acordo, Kronos procedeu à criação das obras-primas que resultariam em sua destruição, a chamada *Dinastia Monstruosa dos Césares Bonecos*, também conhecida como *Os Bonecos Reis sem Fio do Professor Kronos*.

Sua amante, Zameen, a beleza legendária do Rijk e única cientista que Kronos considerava seu par, recusou-se a acompanhá-lo a seu mundo antípoda. Seu lugar era com seu povo, disse ela, e morreria com eles se assim o destino decretasse. Akasz Kronos abandonou-a sem pensar duas vezes, preferindo talvez a multiplicidade sexual disponível no outro lado do mundo.

Os cordões partidos do retrato de Kronos são puramente metafóricos. As formas de vida artificiais do professor não tinham cordões desde o começo. Andavam e falavam: tinham *"estômagos"*, sofisticados centros de combustível que podiam processar comida e bebida normais, com *sistemas de back-up* com bateria solar que lhes permitiam ficar alertas e trabalhar por muito mais tempo do que qualquer ser humano de carne e osso. Eram mais rápidos, mais fortes, mais inteligentes, "melhores" do que seus hospedeiros antípodas e humanos, Kronos disse a eles. "Vocês são reis e rainhas", ensinou a suas criaturas. "Portem-se bem. São os senhores agora." Deu-lhes até o poder de se reproduzir. Cada *cyborg* recebia a própria planta, de forma que podia, teoricamente, se recriar à própria imagem infinitamente. Mas no programa central Kronos colocou uma Premissa Diretiva: os *cyborgs* e suas réplicas eram obrigados a obedecer a toda ordem que desse, até mesmo concordar com a própria destruição, se ele achasse isso necessário. Vestiu-os com boas roupas e deu-lhes a ilusão da liberdade, mas eram seus escravos. Não lhes deu nomes. Havia *números de sete dígitos* gravados em seus pulsos, e assim se identificavam.

Não havia duas criações kronianas iguais. Cada uma recebia traços de personalidade nitidamente delineados: o *Filósofo Aristocrata; a Mulher-Menina Promíscua; a Primeira Ex-Esposa Rica* (uma vaca)*; a Tiete Envelhecida; o Motorista do Papa; o Encanador Submarino; o Zagueiro Traumatizado; o Golfista de Bolas Pretas; as Três Garotas de Sociedade; os Playboys; a Criança de Ouro e Sua Mãe Ideal; a Editora Enganosa; o Professor Furioso, a Deusa da Vitória* (uma *cyborg* de excepcional beleza modelada segundo a amante abandonada de Kronos, Zameen de Rijk)*; os Corredores; a Mulher do Celular; o Homem do Celular; as Aranhas Humanas; a Mulher Que Tinha Visões; o Astro Anunciante*; e até um *Fazedor de Bonecos*. E além de personalidades, poderes, fraquezas, hábitos, lembranças, alegrias, paixões, deu-lhes um *sistema de valores* pelo qual nortear a vida. A grandeza de Akasz Kronos, que foi também sua queda, pode ser julgada por isto: as virtudes e os vícios que inculcou em suas criaturas não eram inteiramente, nem apenas, suas. Voltado para si mesmo, oportunista, inescrupuloso, ainda assim permitiu que suas formas de vida cibernéticas tivessem certo grau de independência ética. A possibilidade de idealismo era permitida.

Leveza, rapidez, exatidão, visibilidade, multiplicidade, coerência: esses eram os seis altos valores kronosianos, mas em vez de gravar definições únicas desses princípios nos programas *default* dos *cyborgs*, ofereceu a suas criações uma série de múltiplas escolhas. Assim, *"leveza"* podia ser definido como "fazer com leveza o que é na realidade uma tarefa pesada", isto é, graça; mas também podia ser "tratar com frivolidade o que é sério", ou mesmo "tornar leve o que é grave", ou seja, a amoralidade. E *"rapidez"* podia ser "fazer depressa tudo o que for necessário", em outras palavras, eficiência; porém, se a ênfase fosse colocada na segunda parte da frase, resultaria em uma espécie de crueldade. *"Exatidão"* podia tender para "precisão" ou "tirania", *"visibilidade"* podia ser "clareza de ação" ou "busca de atenção", *"multiplicidade"* podia ser ao mesmo tempo "abertura de cabeça" e "duplicidade", e *"coerência"*, o mais importante dos seis, podia significar tanto "confiabilidade" como "obsessão", a coerência de (podemos usar aqui nossos próprios modelos de mundo em prol da facilidade de comparação) Bartleby Scrivener, que preferia não, ou de Michael Kohlhaas, com sua inexorável e abaladora busca de retificação. Sancho Pança é coerente no sentido "confiável" da palavra, mas por outro lado também o é o errático, o obsessivo, o louco pela cavalaria Quixote. E observe também a coerência trágica do Agrimensor, anelando eternamente o que não pode obter, ou de Ahab à procura da baleia. Essa é a coerência que destrói o coerente, pois os Ahabs perecem, enquanto os incoerentes, os Ishmaels, sobrevivem. "A plenitude de um eu vivo é inexprimível, obscura", disse Kronos a suas ficções mecânicas. "Nesse mistério está a liberdade, que é o que dei a vocês. Nessa obscuridade está a luz."

Por que ele permitiu a seus Reis Bonecos tal liberdade psicológica e moral? Talvez porque o cientista e o acadêmico nele não conseguissem resistir ao desejo de ver como essas novas formas de vida resolveriam a batalha que ruge dentro de toda criatura sensível, entre luz e sombra, coração e mente, espírito e máquina.

De início, os Reis Bonecos serviram Kronos bem. Produziam os sapatos que pagavam os aluguéis das terras, cuidavam do gado e lavravam o solo. Ele os vestira todos com roupas da corte, mas suas longas saias de brocado e uniformes formais logo ficaram sujos e rasgados, e eles próprios fizeram para si novas roupas, mais adequadas a seus trabalhos. Como a calota de gelo continuava a derreter e o nível das águas subia, prepararam-se para defender seu novo lar cada vez menor contra o previsto *ataque rijk*. Mas agora já haviam aprendido a modificar seus próprios sistemas sem a ajuda de Kronos e acrescentavam novas habilidades a cada dia. Uma dessas inovações permitia-lhes usar a aguardente local como *combustível de vôo*. Levando consigo garrafas de coquetel em caso de quererem reabastecer, a força aérea *cyborg* levantava vôo sem necessidade de aviões, e os artefatos rijk que chegavam eram capturados e destruídos em *spydernets*, gigantescas armadilhas de teias de metal que estendiam no céu. *Debaixo da água* também colocavam armadilhas aracnídeas semelhantes (haviam modificado seus "pulmões" para uso submarino e podiam, portanto, sabotar e fazer furos por baixo de toda a frota de Rijk). A chamada *Batalha dos Antípodas* foi vencida, e os céus e mares silenciaram. No lado extremo de Galileu-1, as águas da enchente cobriram Rijk. Se Akasz Kronos sentiu alguma compaixão quando seus compatriotas se afogaram, ele não registrou.

Depois da vitória, porém, as coisas mudaram. Os Reis Bonecos retornaram da guerra com um novo senso de valor individual, até de "direitos". Para colocá-los na linha, Kronos anunciou um urgente escalonamento de manutenção e reparo. Muitos *cyborgs* deixaram de comparecer a suas consultas na oficina dele, preferindo, no caso dos que haviam sofrido danos em batalha, viver com suas incapacidades, os servomecanismos danificados e os circuitos parcialmente queimados. Grupos de Reis Bonecos passaram a ser secretos, conspiradores, reservados. Kronos desconfiava que estavam se reunindo em segredo para conspirar contra ele e ouviu rumores de que nessas reuniões dirigiam-se uns aos outros não pelo número, mas por novos nomes que haviam escolhido para si. Tornou-se tirânico e quando uma das Três Garotas da Sociedade foi insolente diante dele, fez dela um exemplo, voltando contra ela seu temido *"master blaster"*, que provocava o apagamento instantâneo e irreversível de todos os programas, em outras palavras, a morte cibernética.

A execução era contraprodutiva. A discórdia cresceu mais depressa do que antes. Muitos *cyborgs,* foram para a clandestinidade, construindo em torno de seus esconderijos sofisticados escudos antivigilância, que nem mesmo Kronos conseguia penetrar com facilidade, e mudavam-se com freqüência, de forma que, quando o professor quebrava uma defesa, os revolucionários já haviam desaparecido atrás de outra. Não se pode afirmar com precisão quando o Fazedor de Bonecos, que Akasz Kronos havia criado à sua própria imagem e imbuído de muitas de suas características, aprendeu a sobrepujar a Premissa Diretiva. Mas logo depois dessa conquista foi o professor Akasz Kronos quem desapareceu. Não mais a salvo de suas criações, teve de se esconder, enquanto a *revolução peekay* saía triunfante para a luz do dia, saudada com vivas por todos os *cyborgs* de Babúria.

As ditas *últimas palavras* de Kronos só existem na forma de uma mensagem eletrônica a seu usurpador, o *cyborg* Fazedor de Bonecos. É um texto incoerente e confuso, autojustificativo e cheio de acusações de ingratidão, de ameaças e maldições. Porém, há boa razão para supor que esse texto seja forjado, talvez obra do próprio Fazedor de Bonecos. A criação de um "Kronos louco", cuja imagem sadia era ele, convinha perfeitamente aos propósitos do *cyborg*; e tal é o apetite da história pelo melodramático que essa versão foi amplamente aceita. (O único retrato de Kronos é notável, como já observamos, pelos olhos loucos do cientista.) Nos últimos tempos, a descoberta de fragmentos dos diários do professor Kronos lançou nova luz sobre seu estado mental. Desses fragmentos, emerge um Kronos muito diferente, cuja autenticidade parece indiscutível: a caligrafia claramente pertence ao professor. "Os deuses também mataram os titãs que os fizeram", escreve Kronos. "Aqui a vida artificial meramente espelha a realidade. Pois o homem nasce acorrentado, mas busca em toda a parte a liberdade. Eu também tinha cordões. Adorava meus bonecos, sabendo que, como filhos, eles poderiam me abandonar um dia. Mas não podem me deixar para trás. Eu os fiz com amor, e meu amor está dentro de cada um deles, em seus circuitos e plásticos. Em sua madeira." Porém esse Kronos tão despido de amargura parece bom demais para ser verdade. O professor, mestre da dissimulação, podia estar tramando sua vingança por trás dessa cortina de fatalismo.

Depois do desaparecimento de Kronos, uma delegação de RB liderada pelo Fazedor de Bonecos e por sua amante, a Deusa da Vitória, assumiu o lugar do cientista na comemoração anual seguinte do *Dia dos Sapatos* e informou ao Mogol que o contrato do professor devia ser considerado sem valor. Desde então, os *peekays* e os baburianos deviam viver nas ilhas gêmeas como iguais. Antes de deixar a presença do Mogol, em vez de andar para trás (como ditava o protocolo, costume que nem Kronos tinha ousado ignorar), a Deusa da Vitória lançou o desafio que ainda reverbera entre as duas comunidades: *"Que sobreviva o mais apto".*

Dias depois, uma pequena e castigada embarcação anfíbia aportou sem ser vista num canto arborizado da ilha Norte de Babúria. Zameen de Rijk escapara à destruição de sua civilização perdida e conseguira, enfrentando obstáculos gigantescos, chegar à ilha refúgio do homem que a abandonara à morte. Teria vindo para renovar seu amor ou para vingar o abandono? Ali estava como amante ou como assassina? Sua fantástica semelhança com a amante *cyborg* do Fazedor de Bonecos, a Deusa da Vitória, significava que os Reis Bonecos a ela se submetiam sem questionar, acreditando que era sua nova rainha. O que aconteceria quando as duas mulheres se confrontassem? Como o Fazedor de Bonecos reagiria à versão "real" da mulher que amava? Como ela, a mulher real, reagiria a esse avatar mecânico de seu antigo amante? O que os novos inimigos dos Reis Bonecos, os antípodas, em cujo território eles agora impunham tal domínio, achariam dela? Como ela lidaria com eles? E o que teria realmente acontecido ao professor Kronos? Se estava morto, como havia morrido? Se vivo, quanto de seu poder restaria? Havia sido genuinamente derrotado ou seu desaparecimento seria algum tipo de trama demoníaca? Tantas perguntas! E por trás delas o enigma maior de todos. Kronos havia oferecido aos Reis Bonecos uma opção entre seus eus originais, mecânicos, e pelo menos algumas das ambigüidades da natureza humana. Qual seria a escolha deles: a sabedoria ou a fúria? A paz ou a fúria? O amor ou a fúria? A fúria do gênio, da criação, ou a do assassino ou tirano, a louca fúria estridente que não deve nunca ser nomeada?

A continuação da história entre as deusas gêmeas e o duplo professor, da busca de Zameen pelo desaparecido Akasz Kronos, e da luta pelo poder entre as duas comunidades de Babúria aparecerá neste site em boletins regulares. Clique nos links para maiores informações sobre os RB ou nos ícones abaixo para as respostas às 101 FAQs, para ter acesso à interatividade e para conhecer a variedade de *produtos RB* disponíveis para PRONTA entrega, AGORA. Aceitamos todos os cartões de crédito.

13.

Quando jovem, no começo dos anos 1960, Malik Solanka devorou os romances de ficção científica do que mais tarde foi reconhecido como a idade de ouro do gênero. Fugindo da feia realidade da vida, encontrou no fantástico (em suas parábolas e alegorias, mas também em seus vôos de pura invenção, em suas fantasias espiraladas, circulares) um mundo alternativo incessantemente metamórfico no qual sentia-se instintivamente em casa. Assinou as legendárias revistas *Amazing* e *F&SF*, comprava todos os exemplares que seu dinheiro permitia da série de FC Victor Gollancz de capa amarela e quase memorizou os livros de Ray Bradbury, Zenna Henderson, A. E. van Vogt, Clifford D. Simak, Isaac Asimov, Frederik Pohl e C. M. Kornbluth, Stanislaw Lem, James Blish, Philip K. Dick e L. Sprague de Camp. A ficção científica e a fantasia científica da idade de ouro eram, na opinião de Solanka, o melhor veículo popular já imaginado para o romance de idéias e de metafísica. Aos vinte anos, sua obra de ficção preferida era uma história chamada "Os nove bilhões de nomes de Deus", em que um mosteiro tibetano se propõe a contar os nomes do Todo-

Poderoso, acreditando ser essa a única razão para a existência do universo, e compra um computador de ponta para apressar o processo. Técnicos experientes vão ao mosteiro para ajudar os monges a montar e pôr para funcionar a grande máquina. Acham a idéia de listar os nomes bem risível e se preocupam com a maneira como os monges vão reagir quando o trabalho for terminado e o universo continuar. Então, uma vez acabado o trabalho deles, os técnicos vão embora discretamente. No avião para casa, calculam que o computador já deve ter terminado o trabalho. Através da janela, olham para o céu da noite lá fora, onde (Solanka nunca esqueceu esta frase) "uma a uma, silenciosamente, as estrelas começavam a se apagar".

Para um leitor desses, e admirador, no cinema, da ficção científica intelectualizada de *Fahrenheit 451* e *Solaris*, George Lucas era uma espécie de anticristo e o Spielberg de *Encontros imediatos* um garoto brincando na caixa de areia dos adultos, enquanto os filmes do *Exterminador do Futuro* e, acima de tudo, o poderoso *Blade Runner* mantinham acesa a chama sagrada. E agora era a vez dele. Naqueles dias de verão pouco confiáveis, o professor Malik Solanka trabalhou como um possesso no mundo dos Reis Bonecos, tanto nos bonecos como em suas histórias. A história do cientista louco Akasz Kronos e de sua bela amante, Zameen, ocupava sua cabeça. Nova York dissolveu-se no pano de fundo. Ou melhor, tudo o que lhe acontecia na cidade, cada encontro ao acaso, cada jornal aberto, cada pensamento, cada sentimento, cada sonho, alimentava sua imaginação como se tivesse sido fabricado para se encaixar na estrutura que ele já havia inventado. A vida real começara a obedecer aos ditames da ficção, fornecendo precisamente o material bruto de que precisava para transmutar com a alquimia de sua arte renascida.

Akasz ele tirou de *aakaash*, a palavra hindi para "céu". Céu como Asmaan (em urdu), como a pobre Sky Schuyler, como os grandes deuses celestes: Urano-Varuna, Brahma, Javé, Manitu. E Kronos era o grego, o devorador dos filhos, o Tempo. Zameen era terra, o oposto do céu, que abraça o céu no horizonte. Akasz ele enxergou com clareza desde o início, retratando todo o arco de sua vida. Zameen, porém, o surpreendeu. Em sua história de um mundo que se afoga, não esperava que uma deusa da terra, mesmo tendo como modelo Neela Mahendra, ocupasse um papel central. Mas ela inegavelmente estava ali, e aparecendo assim havia enriquecido a trama. Sua presença parecia prefigurada, embora ele não tivesse planejado nada. Neela-Zameen de Rijk/Deusa da Vitória: três versões da mesma mulher enchiam seus pensamentos, e ele entendeu que havia finalmente encontrado a sucessora para a famosa criação de sua juventude. "Alô a Neela", disse a si mesmo, "e, finalmente, adeus a Little Brain."

O que queria dizer também adeus às suas tardes com Mila Milo. Mila sentira imediatamente a mudança nele, intuindo isso quando o viu sair para o encontro com Neela nos degraus do Met. Ela sabia o que eu queria antes mesmo de eu ousar admitir isso para mim mesmo, Solanka reconheceu. Provavelmente foi ali mesmo que acabou tudo entre nós. Mesmo que não tivesse acontecido nenhum milagre, mesmo que Neela não tivesse tão imprevisivelmente me escolhido, Mila viu o bastante. Ela tem verdadeira beleza própria, e orgulho, e não vai ficar na sombra de ninguém. Depois de uma noite sem fim de surpresas ao lado de Neela em um quarto de hotel do outro lado do parque (noite cuja maior surpresa era simplesmente estar acontecendo), ele voltou para a rua Setenta e encontrou Mila ostensivamente agarrada ao belo e burro Eddie Ford no portal vizinho. Eddie, um dos guardiões da natureza, brilhando de alegria por haver reconquistado a guarda do único corpo com o qual se importava. O olhar que Eddie deu a Solanka por cima do ombro de Mila era impressionantemente articulado. Dizia: Cara, você não tem mais privilégio de acesso a este endereço. Entre você e esta dama existe agora uma corda de veludo vermelho e sua licença está cancelada, nem pense em vir nesta direção, a menos, claro, que queira que eu escove seus dentes usando sua coluna vertebral como escova.

Na tarde seguinte, porém, ela estava na porta dele. "Me leve para algum lugar grande e caro. Quero me vestir e comer quantidades industriais de comida." Comer era a reação normal de Mila à depressão, beber sua resposta à raiva. Triste era talvez melhor do que louca, Solanka pensou sem generosidade. Melhor para ele, pelo menos. Para compensar esse pensamento egoísta, ele ligou para um dos lugares novos comentados no momento, um bar-restaurante de tema cubano em Chelsea chamado Gio em honra de Doña Gioconda, uma velha diva cuja estrela estava brilhando muito naquele verão de Buena Vista e em cuja lânguida trilha de fumaça de voz toda a velha Havana retornava à vida, elegante, rebolante, sedutora, amorosa. Solanka conseguiu a mesa com tanta facilidade que comentou o fato com a mulher que fazia as reservas. "A cidade parece uma cidade-fantasma agora", ela concordou, distante. "Cidade dos Derrotados, isso sim. Até as nove horas."

"Você me deixou e estou morrendo", Gioconda cantava no sistema de som do restaurante quando Solanka e Mila entraram, "mas dentro de três dias eu volto da tumba. Não vá ao meu enterro, idiota, eu estarei dançando com um homem melhor que você. Ressurreição, ressurreição, eu vou fazer de tudo para você saber quando." Mila traduziu as palavras para Solanka. "Perfeito", acrescentou. "Está ouvindo, Malik? Porque se eu pudesse pedir uma faixa, seria essa. Como dizem no rádio, a mensagem está nas palavras. 'Ah, você achou que podia me quebrar, e é verdade que estou em pedaços agora, mas dentro de três dias vão me acordar, de longe você vai me ver agradecendo. Ressurreição, ressurreição, uma nova vida a qualquer dia agora'."

No bar, ela virou um *mojito* depressa e pediu outro. Solanka percebeu que ia ser mais difícil do que previra. Ao final do segundo copo, ela foi para a mesa, pediu todos os pratos mais temperados do menu e falou tudo que queria. "Você é um homem de sorte", disse, mergulhando no guacamole do elogio, "porque evidentemente é um otimista. Tem de ser, porque é tão fácil para você jogar as coisas fora. Seu filho, sua mulher, eu, tudo. Só um otimista maluco, um idiota Pollyanna ou Pangloss de miolo mole joga fora o que é mais precioso, o que é tão raro e que satisfaz seu desejo profundo, o que você e eu sabemos que não dá nem pra dizer o nome ou olhar de frente sem as persianas fechadas e a luz apagada, você tem de pôr uma almofada no colo para esconder isso até chegar alguém com inteligência para saber o que fazer, alguém cujo desejo indizível por acaso acontece de se encaixar perfeitamente no seu. E agora, agora que chegamos lá, que as defesas caíram e a desculpa acabou e estamos mesmo naquele quarto que nunca nos permitimos acreditar que pudesse existir para nenhum de nós dois, o quarto invisível do nosso maior medo, bem no momento em que descobrimos que não é preciso ter medo naquele quarto, que temos o que quisermos enquanto quisermos, e talvez, quando tivermos nos saciado, acordemos e vejamos que somos pessoas vivas de verdade, que não somos títeres dos nossos desejos, mas só esta mulher, este homem, e que podemos parar com os jogos, abrir as persianas, acender as luzes e sair para a rua da cidade de mãos dadas... *aí* é que você resolve caçar uma puta qualquer no parque e, pelo amor de Deus, alugar um quarto. Otimista é um homem que desiste de um prazer impossível porque tem certeza de encontrar outro virando a esquina. O otimista acha que seu pau tem mais juízo do que... ah, não tem importância. Eu ia dizer 'que essa menina', querendo dizer, idiotamente, eu. Eu, por sinal, sou pessimista. O que acho é que não só o raio não cai duas vezes no mesmo lugar como geralmente não cai nem uma. Então foi o que bastou para mim, o que aconteceu entre nós, aquilo foi de *verdade*, e você, você só, droga, droga. Eu podia ter ficado com você, você não percebeu, não? Ah, não muito, só uns trinta, quarenta anos, mais do que você tem, talvez. Em vez disso, vou casar com Eddie. Sabe como é, dizem que a caridade começa em casa."

Respirando pesado, ela fez uma pausa e dedicou-se ao carnaval de comida que estava à sua frente. Solanka esperou. Logo haveria mais. Estava pensando. Não pode casar com ele, não pode, mas esse conselho não podia mais dar. "Você está dizendo para si mesmo que o que a gente fez foi errado", disse ela. "Eu te conheço. Está usando a culpa para se livrar. E agora pensa que pode me largar e dizer para si mesmo que era a coisa mais correta a fazer. Mas o que a gente fez não foi errado", e os olhos dela se encheram de lágrimas. "Nada errado. Estávamos só consolando as nossas terríveis sensações de perda. A história da boneca foi só um jeito de chegar lá. O quê, você acha mesmo que eu trepava com meu pai, imagina que eu esfregava a bunda no colo dele e arranhava o mamilo dele e lambia o lindo pescoço do coitado? É isso que você está dizendo para você mesmo para justificar o fato de que vai pular fora, ou foi por isso que entrou? Isso é que era excitante, ser o fantasma do meu pai? Professor, você é que é doente. Estou repetindo. O que a gente fez não foi errado. Foi um jogo. Um jogo sério, perigoso, talvez, mas jogo. Achei que tinha entendido isso. Achei que você podia ser aquela criatura impossível, um homem sexualmente sábio que podia me dar um lugar seguro, um lugar para ser livre e para libertar você também, um lugar onde pudéssemos liberar todo o veneno, a raiva e a dor acumulados, só deixar sair e nos livrar disso, mas acontece, professor, que você é só mais um idiota. Por falar nisso, Howard Stern falou de você hoje."

Era uma guinada que ele não esperava, um giro rápido contra o fluxo de tráfego emocional. Perry Pincus, entendeu com um súbito peso. "Então ela conseguiu. E o que disse?" "Ah", respondeu Mila, falando por cima do cordeiro coberto com molho verde, "contou um bocado de coisas." Mila tinha excelente memória e muitas vezes era capaz de reproduzir conversas inteiras quase literalmente. A Perry Pincus que ela mostrava agora com o mesmo prazer ferino de um jovem Bernhardt, de uma Stockard Channing à mão, era porém, com toda a probabilidade, admitiu Solanka de coração apertado, de uma fidelidade extremamente confiável. "Às vezes, essas chamadas grandes mentes masculinas são casos exemplares de um desenvolvimento pateticamente interrompido", dissera Perry a Howard e a sua imensa platéia. "Veja o caso desse sujeito, Malik Solanka, *não* uma grande mente, desistiu da filosofia e foi para a televisão, e já vou dizendo de cara que ele é um dos que eu nunca, entende? Não está no meu currículo. Qual o problema dele, certo? *Bom*. Vou dizer uma coisa para você, o quarto desse Solanka, e não esqueça que estamos falando aqui de um aluno do King's College, Cambridge, Inglaterra, formigava de bonecas, isso mesmo, bonecas. Quando vi isso, fui embora mais que depressa. Deus me livre que ele me tomasse por uma boneca e me cutucasse a barriga até eu dizer *Ma-mãe*. Me desculpe, mas eu nunca gostei de boneca nem quando era pequena, e eu sou mulher. O quê? Não, não. Gay não me incomoda. Claro. Sou da Califórnia, Howard. Claro. Aquilo não era gay. Era... gu-gu. Era, como eu posso dizer?, *pegajoso*. De brincadeira, eu ainda mando brinquedos de pano para ele no Natal. O urso-polar da Coca-Cola. Isso mesmo. Ele nunca acusa o recebimento, mas sabe de uma coisa? Também nunca devolveu nenhum. Homens. Quando a gente conhece os seus segredos, é difícil não rir."

"Fiquei pensando se devia contar para você", confidenciou Mila, "mas aí pensei foda-se ele, sem luvas de pelica." Doña Gio ainda estava cantando, mas o grito das Fúrias momentaneamente cobriu-lhe a voz. As deusas esfomeadas se agitavam em torno da cabeça dos dois, alimentando-se da raiva deles. A entrevista de Pincus rugia dentro de Solanka, e a expressão de Mila mudou. "Shh", disse ela. "Tudo bem, desculpe, mas por favor dá para parar de fazer esse barulho? Vão mandar a gente embora daqui e eu ainda nem comi a sobremesa." Era evidente que o rugido havia escapado para a sala. As pessoas estavam olhando. O proprietário-gerente, um sósia de Raul Julia, vinha atravessando a sala. Um copo se quebrou na mão de Malik Solanka. Formou-se um fluxo confuso de vinho e sangue misturados. Foi preciso ir embora. Apareceram curativos, a ajuda de um médico recusada, a conta trazida com pressa e paga. Lá fora, havia começado a chover. A fúria de Mila se aplacou, atropelada pela dele. "E a mulher do Howard?", ela perguntou no táxi para casa. "Parecia basicamente uma ninfomaníaca velha brincando de jogo da verdade. Você é uma pessoa mais velha, deve saber como é a vida. Pontas soltas por todo lado, e de vez em quando elas rebatem na sua cara. Esqueça ela. Não quer dizer nada para você, nunca quis, e com a quantidade de carma ruim que ela está acumulando, não gosto do que está à espera dela. Chega de gritar em público! Credo. Você às vezes assusta. Você sempre parece que não faz mal a uma mosca e de repente vira esse Godzilla da lagoa negra que parece que vai arrancar o pescoço de um *Tyrannosaurus rex*. Tem de controlar isso, Malik. Venha de onde vier, tem de mandar isso embora."

"O Islã pode limpar sua alma da sujeira da raiva", interrompeu o motorista do táxi, "e revelar que a ira sagrada move montanhas." E acrescentou, mudando de língua quando outro carro chegou inaceitavelmente perto do seu táxi. "Ei, americano! Homossexual ateu estuprador do bode de estimação da sua mãe!"

Solanka começou a rir, a horrível risada sem alegria do alívio: soluços duros, dolorosos, torturantes. "Olá de novo, Amado Ali", tossiu. "Bom ver você em forma."

Uma semana depois, um tanto surpreendentemente, Mila telefonou e convidou-o para "conversar sobre uma outra coisa". Seu jeito era amigável, direto, excitado. Reequilibrara-se depressa, Solanka deslumbrou-se, aceitando o convite. Era sua primeira visita ao minúsculo apartamento de Mila num quarto andar sem escada, que ele achou que tentava muito ser um apartamento tipicamente americano, mas que fracassava totalmente: pôsteres de Latrell Sprewell e Serena Williams pendurados incomodamente de cada lado da estante de chão ao teto gemendo debaixo de volumes de literatura sérvia e leste-européia nas línguas originais, e em traduções inglesas e francesas: Kis, Andric, Pavic, um pouco do anticonvencional Klokotrizans e, do período clássico, Obradovic e Vuk Stefanovic Karadzic, além de Klima, Kadaré, Nádas, Konrad, Herbert. Não havia fotos de seu pai à vista. Solanka notou a omissão significativa. Uma foto em preto-e-branco emoldurada de uma jovem com vestido de estampa floral acinturado abriu um sorriso para Solanka. A mãe de Mila, parecendo irmã mais nova de Mila. "Olhe como ela está contente", disse Mila. "Foi o último verão antes de saber que estava doente. Tenho agora exatamente a mesma idade que ela tinha quando morreu, portanto é um pesadelo a menos para pensar. Essa barreira eu passei. Durante anos achei que não ia conseguir." Ela queria fazer parte desta cidade, deste país, nesta época, mas os velhos demônios europeus guinchavam em seus ouvidos. Sob um aspecto, porém, Mila era, sem nenhuma reserva, parte de sua geração americana. O computador era o ponto focal de seu quarto: o Mac Power Book, o mais velho desktop Macintosh empurrado para o fundo da mesa de trabalho, o scanner, o gravador de CDs, o sistema de áudio conjugado, o seqüenciador musical, o Zip drive para back-ups, os manuais, as prateleiras de CD-ROMs, de DVDs, e uma porção de outras coisas que Solanka não conseguia identificar com facilidade. Até a cama parecia secundária. Certamente ele nunca conheceria seus prazeres. Ela o trouxera ali, entendeu, para deixar tudo aquilo para trás. Era mais um exemplo de seu sistema de signos invertidos. O pai morto era a pessoa mais importante de sua vida. Portanto, nenhuma foto do pai visível. Solanka agora nada mais era que o professor vizinho. *Ergo*, convite para tomar café em seu quarto.

Claro que ela havia preparado um discurso e estava num estado de grande prontidão, fervendo por dentro. Quando lhe deu a caneca de café, o ramo de oliveira obviamente planejado estava ofertado. "Como sou um tipo superior de ser humano", disse Mila, com um traço de seu velho humor, "como posso me elevar acima da tragédia pessoal e funcionar num plano superior, e também porque acho que você é ótimo no que faz, falei com os meninos sobre seu novo projeto. As figuras de ficção científica tão legais que você está inventando: o ciberneticista maluco, a idéia do planeta que se afoga, os *cyborgs* versus os comedores de flor-de-lótus do outro lado do mundo, a luta de morte entre o simulacro e o real. A gente quer conversar com você sobre a construção de um site. Temos uma apresentação, você vai ter uma idéia do que é possível. Pra dizer só uma coisa, eles inventaram um jeito de comprimir material de vídeo que chega perto da qualidade de DVD on-line, e daqui a uma geração vai ficar pelo menos igual. Está na frente de qualquer coisa que você possa conseguir com outros. Você não faz idéia da velocidade das coisas agora, todo ano é a idade da pedra do ano seguinte. O potencial criativo, o que dá para fazer com uma idéia agora. Os melhores sites são inesgotáveis, as pessoas ficam voltando sempre, como um mundo que se inventa pra elas morarem. Claro, precisa acertar o mecanismo de venda e de entrega, tem de ser fácil comprar o que você oferece, mas a gente está indo bem nisso também. O negócio é facilitar pra *você*. Você já tem a história e os personagens. Que a gente adora. Então, para manter o controle do conceito, você tem de elaborar um guia master, parâmetros de desenvolvimentos dos personagens, sins e nãos para a storyline, as leis do seu universo imaginário. Dentro desse quadro, tem uma porção de meninos brilhantes que vão adorar criar todo tipo de coisa, não dá nem pra dizer, eles inventam uma mídia nova todo dia. Se der certo, claro, a velha mídia vem correndo, livros, discos, TV, cinema, musical, sei lá.

"Adoro esses caras. Estão sempre com fome, podem pegar uma idéia e ir com ela, tipo assim, até a quinta dimensão, e você só tem de deixar eles fazerem a coisa acontecer pra você, você é o rei absoluto, nada acontece se você não quiser. Você senta e diz sim, não, sim, sim, não... pare, pare." Ela fez gestos tranqüilizadores, prementes, com ambas as mãos. "Escuta só. Tem de me ouvir, pelo amor de Deus, você me deve isso. Malik, você sabe como estava infeliz, como está infeliz com toda a saga de Little Brain. Sou eu aqui, certo? Malik, *eu sei disso*. É o que estou dizendo para você. Desta vez você não perde o controle. Desta vez você tem um veículo melhor do que *existia* quando você inventou Little Brain, e ele fica sob seu controle totalmente. É a sua chance de endireitar o que deu errado antes e, se funcionar, não vamos ser ingênuos a respeito, o retorno financeiro será muito, muito grande. Nós achamos que isto aqui pode ser gigantesco se for feito direito. Sobre Little Brain, por sinal, não concordo cem por cento com a sua posição, porque você sabe que eu acho ela ótima, e as coisas estão mudando, todo o conceito de propriedade das idéias é muito diferente agora, é muito mais cooperativo. Você tem de ser um pouco mais flexível, só um pouquinho mais, certo? Deixar os outros entrarem no seu círculo mágico de vez em quando. Você ainda é o mágico, mas deixe todo mundo brincar também com a sua varinha de vez em quando. Little Brain? Deixe ela voar, Malik, deixe ela ser o que é. Já está adulta agora. Solte. Ainda pode amar Little Brain. Ainda é sua filha."

Ela estava de pé, os dedos voando sobre o laptop, pedindo a ajuda do computador. Pérolas de transpiração sobre o lábio superior. Cai o sétimo véu, Solanka pensou. Completamente vestida como estava em sua roupa esportiva diurna, era como se estivesse finalmente nua diante dele. *Furia*. Esse era o eu que ela nunca havia mostrado inteiramente, Mila como Fúria, a engolidora do mundo, o eu como pura energia transformadora. Nessa encarnação, era simultaneamente aterrorizante e maravilhosa. Nunca resistia a uma mulher quando jorrava sobre ele desse jeito, deixando sua abundância fluvial dominá-lo. Era isto que ele procurava nas mulheres: ser dominado, vencido. Essa inexorabilidade gangética, mississipiana, cujo decréscimo, sabia com tristeza, era o que havia dado errado em seu casamento. A dominação não dura para sempre. Por mais assombroso que seja o contato inicial, no fim a amada nos deslumbra menos. Ela simplesmente domina, e ainda mais adiante estrada abaixo, subdomina. Mas desistir de sua necessidade de excesso, da coisa imensa, da coisa que o fazia se sentir como um surfista na neve, rolando sobre a crista da frente da avalanche! Dizer adeus a essa necessidade seria também aceitar que estava, em matéria de desejo, concordando em morrer. E quando os vivos concordam consigo mesmos que estão mortos, começa a sombra da fúria. A sombra da fúria da vida, recusando-se a morrer antes de seu devido tempo.

Estendeu o braço para Mila. Ela empurrou seu braço. Tinha os olhos brilhando: já havia se recuperado dele e ressurgira como uma rainha. "É isso o que podemos ser um para o outro agora, Malik. É pegar ou largar. Se disser não, nunca mais falo com você. Se subir para bordo, vamos trabalhar feito loucos por você e não vou guardar mágoa nenhuma. Este mundo novo é a minha vida, Malik, é a coisa do meu tempo, crescendo junto comigo, aprendendo o que eu aprendo, se transformando quando eu me transformo. É onde me sinto mais viva. Aqui, dentro da eletricidade. Eu disse para você: precisa aprender a jogar. Jogar sério, esse é o meu negócio. É o coração do que está acontecendo, e eu sei fazer isso, e se você pode me dar o material que preciso para trabalhar, então, baby, isso para mim é melhor do que o que eu estava esperando debaixo da almofada no seu colo. Bom como era, não me leve a mal. Bom como sem dúvida era. O.k., terminei. Não responda. Vá para casa. Pense bem. Deixe a gente fazer a apresentação completa. É uma decisão importante. Vá com calma. Decida quando estiver pronto. Mas que seja logo."

    A tela do computador explodiu para a vida. Imagens rolaram diante dele como comerciantes de bazar. Isso era a tecnologia piranha, mascateando seus bens, Solanka pensou. Como num clube noturno na penumbra, girando para ele. Laptop como *lap-dancer*. O sistema de som despejou sobre ele ruído de alta definição como uma chuva de ouro. "Não preciso pensar nada", disse. "Vamos fazer. Vamos em frente."

14.

Eleanor telefonou e o ritmo emocional de Solanka subiu um tom. "Você sabe gerar amor, Malik", disse-lhe a esposa. "Só não sabe o que fazer com ele quando está na sua frente." Mas ainda nenhuma raiva naquela voz melíflua. "Eu estava pensando, foi tão maravilhoso estar apaixonada por você. Estava sentindo sua falta, quem sabe, então estou contente de ter encontrado você em casa. Vejo a gente em todo lugar aonde vou, não é uma bobagem?, vejo a gente se divertindo tanto. Nosso filho é tão especial. Todo mundo que conhece Asmaan acha isso. Morgen acha que ele é o melhor do mundo, e você sabe o que Morgen acha de criança. Mas ele adora Asmaan. Todo mundo adora. E, você sabe, ele sempre pergunta: 'O que papai vai dizer? O que papai vai achar?' Você está sempre nos pensamentos dele. E nos meus. Então eu só queria dizer isso, que nós dois amamos muito você."

Asmaan pegou o telefone. "Quero falar com papai. Alô, papai. Tô com nariz entupido. Por isso que eu tava chorando. Por isso que Olive não está aqui." *Por isso que* era *então. Então Olive não está aqui.* Olive era a ajudante da mãe, que Asmaan adorava. "Fiz um desenho pa você, papai. É a mamãe e eu. Vou mostar. É vemelho, amaelo e banco. Fiz um desenho po vovô. Vovô morreu. Por isso que ele ficou doente um tempão. Vovó não morreu ainda. Ela tá legal. Talvez ela morre amanhã. Eu vou na estola, papai. Por isso que eu vou numa boa estola logo. Amanhã eu não vou! Não. Oto dia. É um jadim-da-infância. Não gande. Por isso que eu tenho de ficar mais gande pa gande. Hoje eu não vou lá! Hmm. Tem pesente pa mim, papai? Um pesente com um efelante gande dento. É! Com efelante gande. Bom, tchau!"

De madrugada, ele acordou sozinho na cama, despertado por uma agonia no assoalho do andar de cima. Alguém seguramente levantava cedo ali. Todos os sentidos de Solanka pareciam estar em alerta vermelho. Sua audição estava tão monstruosamente aguçada que conseguia ouvir os bipes da secretária eletrônica do andar de cima, a água jorrando do regador da vizinha nas jardineiras das janelas e nos vasos de flores internos. Uma mosca pousou em seu pé descoberto e ele deu um pulo da cama, como se tivesse sido tocado por um fantasma, e ficou no meio do quarto, nu, bobo, cheio de medo. Era impossível dormir. A rua já estava rugindo. Tomou uma longa ducha quente e resolveu que precisava entrar na linha. Mila tinha razão. Tinha de controlar aquilo. Um médico, tinha de ver um médico e tomar o remédio adequado. Como é que Rhinehart o chamava brincando? Um ataque do coração esperando para acontecer. Bom, delete *coração*. Havia transformado em um ataque iminente. Seu mau humor podia ter sido cômico um dia, mas não era mais uma piada. Não tinha feito nada ainda, mas podia fazer a qualquer momento. A fúria podia não tê-lo levado ainda ao terreno do irreversível, mas levaria, sabia que levaria. Já tinha medo de si mesmo, e logo logo assustaria todo mundo. Não precisava abandonar o mundo; o mundo se afastaria dele. Ia se transformar naquela pessoa que os outros atravessam a rua para evitar. E se Neela o deixasse zangado? E se num momento de paixão ela tocasse o alto de sua cabeça?

Ali, no início do terceiro milênio, havia uma pronta medicação para lidar com a irrupção do ultrajante e do incipiente na vida adulta. Houve um tempo em que se ele rugisse como um bruxo em público, podia ser queimado como o diabo ou ser jogado no East River carregado de pedras para flutuar como uma bruxa. Houve um tempo em que no mínimo teria sido colocado no pelourinho e apedrejado com frutas podres. Agora tudo o que precisava era pagar a conta depressa e sair. E todo bom americano sabia o nome de meia dúzia de eficientes medicamentos controladores do humor. Era uma nação para a qual a recitação diária do nome de marcas farmacêuticas, Prozac, Halcion, Seroquil, Numscul, Lobotomine, era como um *koan* zen ou a afirmação de um tipo extravagante de patriotismo: *juro fidelidade à droga americana*. Então o que estava acontecendo com ele era eminentemente evitável. Portanto, a maioria das pessoas diria, era seu dever evitar isso, para parar de ter medo de si mesmo, parar de ser um perigo para os outros, começar a voltar para a sua vida. Para Asmaan, a Criança Dourada. Asmaan, o céu, que precisava da proteção do amor do pai.

Sim, mas a medicação era uma névoa. Uma neblina que você engolia e que engolfava sua mente. A medicação era um andaime e você tinha de sentar nele enquanto o mundo continuava girando à sua volta. Era uma cortina de boxe transparente, como em *Psicose*. As coisas ficavam opacas: não, não, não estava certo. O que ficava opaco era você. O desprezo de Solanka por essa era de médicos voltou à tona. Você quer ser mais alto? Tudo o que tem a fazer é ir ao médico alto e deixar que ele ponha extensões de metal em seus ossos. Para emagrecer, tem o médico magro, o médico bonito para embelezamento, e assim por diante. Era isso que havia? Era isso? Somos apenas carros agora, carros que podem ir sozinhos ao mecânico e ser consertados como bem se entende? Personalizados, com bancos de pele de leopardo e som *surround*? Tudo nele batalhava contra a mecanização do humano. Não era exatamente para confrontar isso que estava criando seu mundo imaginário? O que podia um médico de cabeça lhe dizer que já não soubesse? Médicos não sabiam nada. Só queriam dominar você, como um cachorro, ou cobrir sua cabeça como um falcão. Médicos queriam colocá-lo de joelhos e quebrá-lo, e assim que você começava a usar aquelas muletas químicas que lhe davam, nunca mais andaria com suas duas pernas de novo.

À sua volta toda o eu americano estava se reconcebendo em termos mecânicos, mas em toda parte escapava ao controle. Esse eu conversava constantemente sobre si mesmo, mal tocando em qualquer outro tópico. Uma indústria de controladores, de curandeiros, cujo papel era aumentar ou "preencher" o trabalho de outros curandeiros, havia surgido para lidar com seus problemas de desempenho. Redefinição era o modo de operação básico dessa indústria. A infelicidade era redefinida como falta de condicionamento físico, desespero como uma questão de bom alinhamento da coluna. Felicidade era comer melhor, distribuir os móveis mais racionalmente, era uma técnica de respiração profunda. Felicidade era egoísmo. Dizia-se ao eu desgovernado para ser seu próprio mecanismo diretivo, um eu desenraizado era instruído a lançar raízes em si mesmo continuando simplesmente a pagar pelos serviços de novos guias, cartógrafos dos estados alterados da América. Evidentemente, as velhas indústrias de controle ainda estavam disponíveis, ainda cuidando de seus casos mais familiares. O candidato a vice-presidente pelo partido democrático culpava o cinema pelo mal-estar nacional e, por outro lado, louvava a Deus. Deus devia estar mais perto do centro da vida do país. (Mais perto?, Solanka pensou. Se o Todo-Poderoso chegasse um pouquinho mais perto da presidência, estaria morando no final da avenida Pennsylvania e faria a droga do trabalho sozinho.) George Washington foi exumado para ser um soldado de Jesus. Não há moralidade sem religião, George trovejou, pálido e terroso em seu túmulo, segurando sua machadinha. E no país de Washington a cidadania que se considerava insuficientemente devota disse, quando perguntada, que mais de noventa por cento dela votaria num judeu ou num homossexual para presidente, mas só quarenta e nove por cento votariam num ateu. Louvado seja o Senhor!

Apesar de toda a conversa, de todo o diagnóstico, da nova consciência, as comunicações mais poderosas feitas por esse novo eu nacional, muito articulado, eram desarticuladas. Porque o problema real era o dano não da máquina, mas do coração desejoso, e a linguagem do coração estava se perdendo. Um excesso desse dano do coração era a questão, não o tônus muscular, nem a comida, nem o feng shui, nem carma, nem a falta de Deus, nem Deus. Este era o Jitter Bug que deixava as pessoas loucas: excesso não de comodidades, mas de suas esperanças riscadas e frustradas. Aqui na América do Boom, a manifestação de vida real dos fabulosos reinos do ouro de Keats, aqui neste pote pesado de dobrões do fim do arco-íris, as expectativas humanas alcançaram seus níveis mais altos na história humana e também, portanto, as decepções humanas. Quando incendiários tocavam fogo no Ocidente, quando um homem pegava uma arma e começava a matar estranhos, quando uma criança pegava uma arma e começava a matar amigos, quando blocos de concreto atingiam a cabeça de jovens ricas, essa decepção para a qual a palavra "decepção" era fraca demais tornava-se o motor da expressividade calada dos assassinos. Esse era o único assunto: o esmagamento dos sonhos em uma terra onde o direito de sonhar era a pedra fundamental da ideologia nacional, o cancelamento pulverizador da possibilidade pessoal em um tempo em que o futuro estava se abrindo para revelar panoramas de tesouros inimagináveis, cintilantes como nenhum homem ou mulher jamais sonhara antes. Nas chamas atormentadas e nas balas angustiadas, Malik Solanka ouvia uma pergunta crucial, ignorada, não respondida, talvez irrespondível, a mesma pergunta estrondosa e perturbadora do grito de Munch, que ele acabara de fazer a si mesmo: isto aqui é tudo o que existe? O que é *isto*? *Isto é tudo*? As pessoas estavam despertando como Krysztof Waterford-Wajda e entendendo que suas vidas não lhes pertenciam. Seus *corpos* não lhes pertenciam e o corpo de ninguém pertencia a ninguém tampouco. Não viam mais razão para não atirar.

Aqueles que os deuses destruiriam, eles enlouqueciam primeiro. As Fúrias pairavam sobre Malik Solanka, sobre Nova York e a América, e guinchavam. Nas ruas lá embaixo, o tráfego, humano e inumano, guinchava de volta seu raivoso assentimento.

De banho tomado e um pouco mais assentado, Solanka lembrou que ainda não telefonara para Jack. Deu-se conta de que não estava com vontade de ligar. O Jack revelado por Neela o decepcionara e enervara, o que em si não devia importar. Certamente Jack já teria ficado decepcionado com ele muitas vezes, até mesmo zangado por seu famoso temperamento "solankerista". Amigos deviam superar tais obstáculos, mas Solanka não pegou o telefone. Bom, então era um mau amigo também, acrescente-se isso à sua já longa ficha de acusações. Neela estava entre os dois agora. Era isso. Não importa que tivesse rompido a relação com Jack antes de qualquer coisa entre ela e Solanka ter começado. O que interessava era como Jack ia receber isso, e ia receber isso como traição. E se fosse sincero consigo mesmo, Solanka admitiu silenciosamente, ele também considerava aquilo traição.

Além disso, Neela agora também era um obstáculo entre ele e Eleanor. Havia saído de casa por uma razão aparente e uma subjacente: o fato horrorizante da faca no escuro e, abaixo da superfície do casamento, a erosão daquilo que um dia o dominara. Era difícil desistir do desejo furioso e recém-aceso por aquela velha chama mais calma e suave. "Tem de haver alguém", dissera Eleanor. E agora havia, havia. Neela Mahendra, a última grande aposta emocional de sua vida. Além dela, se a perdesse, como provavelmente perderia, via um deserto, lentas dunas brancas deslizando para o túmulo arenoso. Os perigos da empresa, acentuados pelas diferenças de idade e formação, pelo dano nele e pelo capricho nela, eram consideráveis. Como uma mulher que todos os homens desejam resolve que um é o bastante? Perto do fim da primeira noite dos dois, ela dissera: "Eu não estava pensando nisto. Não sei se estou pronta para isto". Queria dizer que havia começado tão intensamente e tão depressa que se assustara. "O risco pode ser grande demais." Ele torcera a boca com amargura um pouco excessiva. "Imagino qual de nós dois", perguntou, "está assumindo o maior risco emocional." Ela não teve o menor problema com essa questão. "Ah, é você que está", respondeu.

Wislawa voltou ao trabalho. Simon Jay, com sua fala mansa, telefonou para Solanka da fazenda para dizer que ele e a mulher haviam acalmado a zangada faxineira, mas um telefone de contrição da parte de Solanka poderia ajudar. Gentil como era, Mr. Jay não deixou de apontar que o contrato estabelecia que o apartamento tinha de ser devidamente mantido. Solanka rilhou os dentes e fez o telefonema. "O.k., eu vai, como não?", Wislawa concordou. "Sorte sua que eu tem coração grande." Seu trabalho era ainda menos satisfatório do que antes, mas Solanka não disse nada. Havia um desequilíbrio de poder no apartamento. Wislawa entrava como uma rainha, como uma Deusa da Vitória que tivesse cortado seus cordões e, depois de algumas horas vagando pelo dúplex como um monarca em sua marcha real, sacudindo o espanador como um lenço real, partia com uma expressão de desdém na cara ossuda. Os que antes serviam agora são senhores, Solanka pensou. Assim como em Galileu-1, também em Nova York.

Seu mundo imaginário o absorvia cada vez mais. Desenhava furiosamente, modelava em barro, esculpia madeiras flexíveis. Acima de tudo, escrevia furiosamente. A tropa de Mila Milo começara a tratá-lo com uma espécie de surpresa reverência: quem haveria de pensar, pareciam dizer, que um velho pateta ia aparecer com um supermaterial desses? Até o lento e ressentido Eddie adotava a nova atitude. Solanka, desprezado por sua própria faxineira, ficou muito tocado pelo respeito dos jovens e decidiu provar que era digno dele. Neela ocupava suas noites, mas trabalhava longas horas durante o dia. Três ou quatro horas de sono provaram ser o bastante. Seu sangue parecia correr com mais força nas veias. Isto, pensou, preocupado com sua imerecida boa sorte, era renovação. A vida tinha inesperadamente lhe dado uma boa cartada, e ia tirar o máximo proveito dela. Era hora de um estirão longo, concentrado, talvez até curativo, daquilo que Mila chamava de jogo sério.

A história-base dos acontecimentos em Galileu-1 ganhara uma proliferativa vida própria. Nunca antes Solanka havia precisado, nem querido, entrar em tamanhos detalhes. A ficção o tinha em suas garras, e as figurinhas em si começaram a parecer secundárias: não fins em si mesmas, mas meios. Ele, que tivera dúvidas sobre a chegada do admirável mundo novo da eletrônica, estava assombrado com as possibilidades oferecidas pela nova tecnologia, com sua preferência formal por transições colaterais e seu relativo desinteresse pela progressão linear, tendência que já havia gerado nos usuários um interesse maior na variação do que na cronologia. Essa libertação do relógio, da tirania do que aconteceu depois, era estimulante, permitindo-lhe desenvolver idéias em paralelo, sem se preocupar com seqüências ou causalidade passo a passo. Os links agora eram eletrônicos, não narrativos. Tudo existia ao mesmo tempo. Isso era, Solanka compreendeu, um exato espelho da experiência divina do tempo. Até o advento dos hyperlinks só Deus era capaz de ver simultaneamente passado, presente e futuro. Os seres humanos viviam aprisionados no calendário de seus dias. Agora, porém, tal onisciência estava ao alcance de todos com o mero toque do mouse.

Quando o website entrou no ar, os visitantes puderam passear à vontade entre os diferentes storylines e temas do projeto: Zameen de Rijk em busca de Akasz Kronos; Zameen versus a Deusa da Vitória; a História dos Dois Fazedores de Bonecos; Mogol, o Baburiano; a Revolta dos Bonecos Vivos I: a Queda de Kronos; a Revolta dos Bonecos II (Desta Vez é a Guerra): a Humanização das Máquinas versus a Mecanização dos Humanos; a Batalha dos Duplos; Mogol Captura Kronos (ou o Fazedor de Bonecos?); a Retratação do Fazedor de Bonecos (ou de Kronos?); e o grand finale, a Revolta dos Bonecos Vivos III: a Queda do Império Mogol. Cada um deles, por sua vez, levava a nova página, mergulhando cada vez mais fundo no mundo multidimensional dos Reis Bonecos, oferecendo jogos, trechos de vídeo para assistir, salas de bate-papo e, naturalmente, coisas para comprar.

O professor Solanka ficou enlouquecido horas sem fim com a meia dúzia de dilemas éticos dos Reis Bonecos. Ficou ao mesmo tempo fascinado e revoltado pela personalidade emergente de Mogol, o Baburiano, que se mostrou um poeta competente, um astrônomo bamba, um construtor de jardins apaixonado, mas também um soldado de fúria sangrenta como Coriolano, o mais cruel dos príncipes. E ao mesmo tempo ficou entusiasticamente siderado com as possibilidades (intelectuais, simbólicas, confrontacionais, mistificatórias, até sexuais) de jogos de sombras entre os dois conjuntos de duplos, os encontros entre "real" e "real", "real" e "duplo", "duplo" e "duplo", que demonstrava bem-aventuradamente a dissolução de fronteiras entre as categorias. Descobriu-se habitando um mundo que preferia muito àquele que havia fora de sua janela, e assim passou a entender o que Mila Milo queria dizer quando dizia que ali é que se sentia mais viva. Ali, dentro da eletricidade, Malik Solanka emergia da sua meia-vida de exilado em Manhattan, viajava diariamente a Galileu-1 e começava, mais uma vez, a viver.

Desde as observações censuradas de Little Brain para Galileu Galilei, questões de conhecimento e poder, submissão e desafio, fins e meios atormentavam Solanka. "Momentos Galileu", essas dramáticas ocasiões em que a vida pergunta ao vivente se ele sustenta perigosamente a verdade ou prudentemente abjura dela, cada vez mais lhe pareciam próximos do cerne do que consistia ser humano. *Cara, eu não aceitava essa história sentado. Eu começava uma porra de uma revolução, eu.* Quando o professor da verdade era fraco e o defensor da mentira era forte, seria melhor pender para a força maior? Ou, ficando firme contra ela, se consegue descobrir uma força mais profunda em si mesmo e depõe-se o déspota? Quando os soldados da verdade comandavam mil navios e queimavam as torres sem topo da mentira, deviam ser vistos como libertadores ou eles próprios, ao usar as armas do inimigo contra o próprio inimigo, se transformavam nos desprezíveis bárbaros (ou mesmo em baburianos) cujas casas haviam incendiado? Quais eram os limites da tolerância? Até que ponto, em busca do certo, podemos ir antes de atravessar a linha, de chegar aos antípodas de nós mesmos e de nos tornarmos errados?

Perto do clímax da história-base de Galileu-1, Solanka encaixou um momento definidor desses, Akasz Kronos, fugitivo de suas próprias criações, era capturado em avançada velhice pelos soldados de Mogol e levado acorrentado à corte baburiana. Nesse tempo, os Reis Bonecos e os baburianos já estavam em guerra havia uma longa geração, presos a um empate tão debilitante quanto a Guerra de Tróia, e o antigo Kronos, como criador dos *cyborgs*, era o culpado de todas aquelas ações. Sua explicação sobre a chegada de suas criaturas à autonomia foi rejeitada pelo Mogol com um grunhido de descrença. Seguiu-se, nas páginas que Solanka escreveu, uma longa disputa entre os dois homens sobre a natureza da própria vida: vida como fruto de um ato biológico, e vida trazida à luz pela imaginação e capacidade dos viventes. Vida era "natural", mas podia-se dizer que o "não-natural" estava vivo? Era o mundo imaginado necessariamente inferior ao orgânico? Kronos ainda era um gênio criativo apesar de sua queda e de sua longa e penosa vida clandestina, e defendia orgulhosamente os *cyborgs*: todas as definições de existência sensível os confirmavam como formas de vida plenamente desenvolvidas. Como o *Homo faber*, eram usuários de ferramentas. Como o *Homo sapiens*, raciocinavam e envolviam-se em debates morais. Podiam cuidar de seus males e reproduzir sua espécie, e ao se desprenderem dele, seu criador, haviam se libertado. O Mogol rejeitava esses argumentos imediatamente. Uma lavadora de pratos quebrada não virava ajudante de cozinha, dizia. Da mesma forma, um boneco vagabundo continuava sendo um boneco, um robô renegado continuava sendo um robô. Não era uma direção correta para levar a discussão. Ao contrário, Kronos é que devia abjurar de suas teorias e fornecer às autoridades baburianas os dados tecnológicos necessários para controlar as máquinas *peekay*. Se recusasse, o Mogol acrescentou, mudando o teor da conversa, evidentemente seria torturado e, se necessário, esquartejado membro a membro.

A "abjuração de Kronos", sua declaração de que as máquinas não tinham alma, enquanto os humanos eram imortais, foi saudada pelo povo baburiano, profundamente religioso, como uma grande vitória. Armados com informações fornecidas pelo cientista alquebrado, o Exército antípoda desenvolveu novas armas, que paralisavam os neurossistemas dos *cyborgs* e deixavam-nos inoperantes. (O termo "matar" estava proibido: o que não era vivo não podia ser morto.) As forças *peekay* se retiraram em desordem, e a vitória baburiana parecia garantida. O Fazedor de Bonecos *cyborg* estava entre os caídos. Egoísta demais ("coerente" demais) para criar qualquer réplica de si mesmo, o Fazedor de Bonecos ainda era único. Assim, seu personagem desapareceu com sua eliminação. A única pessoa que podia recriá-lo era Akasz Kronos, cujo destino era obscuro. Talvez o Mogol o matasse, mesmo depois de sua abjeta rendição. Talvez fosse cegado como Tirésias e recebesse a permissão, para sua maior humilhação, de vagar pelo mundo, tigela de esmolas na mão, "falando a verdade em que nenhum homem acreditaria", enquanto ouvia por toda parte histórias do colapso de suas grandes empresas, dos grandes Reis Bonecos kronosianos, os *cyborgs* sensíveis de Rijk, as primeiras máquinas a atravessar a fronteira entre entidades mecânicas e seres vivos, reduzidos a pilhas de lixo inútil. E mesmo que ninguém agora acreditasse na verdade que ele próprio havia renegado, ele próprio não tinha outra escolha senão aceitar a realidade que a catástrofe de sua covardia, que a sua falta de fortaleza moral, havia provocado.

Na décima primeira hora, porém, a maré virou. Os Reis Bonecos se reagruparam sob uma nova liderança, dupla. Zameen de Rijk e sua contrapartida *cyborg*, a Deusa da Vitória, juntaram forças, como os gêmeos Rani de Jhansi levantando-se contra a opressão imperialista, ou como Little Brain em uma nova encarnação, duplamente perigosa, liderando sua prometida revolução. As duas usaram uma combinação de seu brilho científico para construir escudos eletrônicos contra as novas armas baburianas. Então, com Zameen e a Deusa à frente, o Exército *peekay* começou uma grande ofensiva e investiu sobre a cidadela de Mogol. Assim começou o Cerco de Babúria, que não terminaria por uma geração ou mais...

No mundo da imaginação, no cosmos criativo que havia começado com a simples criação de bonecos e depois proliferado para essa besta multiarmada, multimídia, não era preciso responder a perguntas. Muito melhor era encontrar maneiras interessantes de reformulá-las. Nem era necessário terminar a história. Na verdade, era vital para as pretensões a longo prazo do projeto que a história tivesse condições de efetuar desdobramentos quase infinitos, com novas aventuras e temas sendo enxertados a intervalos regulares, bem como novos personagens para pôr à venda sob a forma de boneco, brinquedo e robô. A história-base era um esqueleto que periodicamente criava novos ossos, a estrutura de uma besta ficcional capaz de constante metamorfose, que se alimentava de todo farrapo que conseguia encontrar: a história pessoal de seu criador, fiapos de fofocas, conhecimento profundo, assuntos atuais, alta e baixa cultura, e a dieta mais nutritiva de todas, ou seja, o passado. O saque do reservatório mundial das velhas histórias e da história antiga era inteiramente legítimo. Poucos usuários da web tinham familiaridade com os mitos, ou mesmo com os fatos, do passado. Tudo o que era preciso era dar ao velho material uma virada nova, contemporânea. A transmutação era tudo. O website dos Reis Bonecos entrou on-line e imediatamente conquistou e manteve um alto nível de visitantes. Os comentários jorraram e o rio da imaginação de Solanka alimentou-se em mil fontes. Começou a inchar e crescer.

Como o trabalho nunca assentava, nunca deixava de ser uma obra em progresso, mas permanecia na condição de perpétua revolução, era inevitável um certo grau de confusão. As histórias dos personagens e lugares, até seus nomes, às vezes mudavam à medida que a visão de seu universo fictício clareava e entrava em foco para Solanka. Certas possibilidades de storyline resultaram mais fortes do que ele havia inicialmente percebido, e foram muito ampliadas. A mais importante foi a linha Zameen/Deusa da Vitória. Na concepção inicial, Zameen era simplesmente uma beldade, não uma cientista. Depois, porém, quando Solanka, levado por Mila Milo, tinha de admitir, entendeu que Zameen podia ser importante para a fase climática da história, voltou atrás e acrescentou muito material à sua vida inicial, transformando-a numa igual de Kronos na ciência, assim como em seu superior sexual e moral. Outros caminhos resultaram becos sem saída e foram descartados. Por exemplo, numa das primeiras versões da história-base, Solanka imaginou que a figura "galileana" capturada pelo Mogol era o *cyborg* Fazedor de Bonecos, não o desaparecido Akasz Kronos. Nessa versão, a renúncia do Fazedor de Bonecos a ser chamado de "forma de vida", sua confissão de inferioridade, tornou-se um crime contra si mesmo e contra sua raça. Depois, o Fazedor de Bonecos escapava da prisão baburiana e quando a máquina de propaganda de Mogol espalhava a notícia de sua "abjuração" com o objetivo de minar-lhe a liderança, o *cyborg* negava acaloradamente as acusações, anunciando não ser o prisioneiro em questão e que seu avatar humano, Kronos, é que era o real traidor da verdade. Embora tenha descartado essa versão, Solanka manteve um certo carinho por ela e sempre pensava se não teria errado. No fim, aproveitando o gosto da web pelas variações, acrescentou ao site a história eliminada, como uma versão alternativa possível para os fatos.

Os nomes Babúria e Mogol também foram acrescentados depois. Mogol, evidentemente, vinha de "Mughal", e Babur foi o primeiro dos imperadores mughal. Mas o Babur em quem Malik Solanka estava pensando não era um velho rei morto. Era o chefe escolhido da abortada parada-demonstração "indo-liliana" de Nova York, a quem, na opinião de Solanka, Neela Mahendra dedicara excessiva atenção. A parada começara chinfrim e terminara em confusão. No canto noroeste da Washington Square, sob os olhares vagamente interessados de diversos vendedores de refrescos, mágicos ambulantes, monociclistas e batedores de carteira, cem homens, se tanto, e um punhado de mulheres de origem indo-liliputiana se reuniram, engrossados por amigos, amantes e esposos americanos, membros dos grupelhos esquerdistas de sempre, representantes das "correntes de solidariedade" de outras comunidades da diáspora indiana no Brooklyn e em Queens, e os inevitáveis turistas de manifestações. Mais de mil no total, diziam os organizadores, cerca de duzentos e cinqüenta, disse a polícia. A manifestação paralela dos *elbees* teve ainda menos gente e se dispersou descaradamente sem marchar. Porém, grupos de homens *elbee* insatisfeitos e bem lubrificados apareceram em Washington Square para provocar os homens indo-lilianos e proferir insultos sexuais às mulheres. Houve tumulto. A NYPD — parecendo surpresa com o fato de que um evento tão pequeno pudesse ter gerado tanto barulho, chegou um pouco atrasada. Quando a multidão fugiu dos policiais, ocorreram vários esfaqueamentos, nenhum deles fatal. Em instantes, a praça esvaziou-se de manifestantes, a não ser por Neela Mahendra, Malik Solanka e um gigante sem cabelo que, despido até a cintura, segurava um megafone em uma mão e na outra um pau de bandeira com o novo pavilhão açafrão e verde da pretendida "República de Filbistão", sendo FILB a sigla de "Free Indian Lilliput-Blefuscu" [Indianos Livres de Lilliput-Blefuscu], e o resto foi acrescentado porque soava como uma palavra "nativa". Esse era Babur, o jovem líder político que tinha vindo das suas ilhas distantes para falar na manifestação e que parecia agora tão desamparado, tão despido de propósito quanto de cabelos, tão inexpressivo que Neela Mahendra correu para seu lado, deixando Solanka onde estava. Quando viu Neela se aproximar, o jovem gigante largou o pau da bandeira, que lhe bateu na cabeça ao cair. Cambaleou, mas é preciso admitir que teve a bravura de continuar de pé.

Neela era toda solicitude, acreditando, evidentemente, que dando a Babur o pleno benefício de sua beleza podia compensar sua longa e inútil viagem. E Babur realmente iluminou-se, e depois de alguns momentos começou a falar com Neela como se ela fosse a enorme e significativa reunião pública que esperava. Falou de atravessar um Rubicão, falou de *sem concessões* e *sem rendição*. Agora que a duramente conquistada constituição havia sido anulada e a participação indo-liliana no governo de Lilliput-Blefuscu fora tão vergonhosamente interrompida, disse ele, só medidas extremas serviriam. "Os direitos nunca são dados por aqueles que os detêm", declamou, "mas sim tomados pelos necessitados." Os olhos de Neela ficaram brilhantes. Ela mencionou seu projeto de televisão e Babur concordou gravemente com a cabeça, vendo que dava para salvar alguma coisa do entulho do dia. "Venha", disse, pegando o braço dela. (Solanka observou a facilidade com que ela enganchou o braço no braço de seu conterrâneo.) "Venha. Temos de discutir essas coisas durante muitas horas. Tem muita coisa que precisa ser feita urgentemente." Neela foi com Babur sem dar nem uma olhada para trás.

Essa noite, Solanka ainda estava em Washington Square na hora de fechar, sentado num banco, arrasado. Quando o carro de patrulha estava lhe ordenando que fosse embora, seu celular tocou. "Desculpe muito, meu bem", disse Neela. "Ele estava tão infeliz, e esse é o meu trabalho, nós tínhamos mesmo de conversar. Mas não preciso explicar nada. Você é um homem inteligente. Deve ter entendido tudo. Precisa conhecer Babur. É tão apaixonado que dá medo, e depois da revolução pode ser até presidente. Ah, pode esperar um pouquinho, meu bem? É a outra linha." Ela falava da revolução como inevitável. Com um profundo rumor de alarme, Solanka, esperando, lembrou a declaração de guerra dela mesma. *Luto ao lado deles se precisar, ombro a ombro. Não estou brincando, luto mesmo.* Olhou as manchas de sangue que secavam na praça escurecida, provando, ali em Nova York, o poder da fúria que se acumulava no extremo oposto do mundo: uma fúria grupal, nascida de prolongada injustiça, ao lado da qual seu temperamento imprevisível era uma coisa de patética insignificância, algo que se permitia, talvez, um indivíduo privilegiado interessado demais em si mesmo. E com tempo demais nas mãos. Não podia desistir de Neela por essa raiva mais alta, antípoda. Volte, queria dizer. Volte para mim, querida, por favor não vá. Mas ela estava de volta ao telefone e sua voz tinha mudado. "É Jack", disse. "Ele morreu. Com a cabeça explodida e uma confissão na mão." Você viu a Vitória Alada sem cabeça, Solanka pensou, inerte. Já ouviu falar do Cavaleiro sem Cabeça. Desista por meu amigo sem cabeça, Jack Rhinehart, a Derrota sem Asas, sem Cavalo.

PARTE TRÊS

15.

Nada fazia sentido. O corpo de Jack foi encontrado no edifício Spassky Grain, um local em construção em Tribeca, na esquina de Greenwich com N Moore, cujos empreiteiros haviam sido alvo do fogo do sindicato por empregar fura-greves. Ficava a quinze minutos a pé do apartamento de Jack na rua Hudson, e aparentemente ele foi até lá com uma arma carregada na mão, atravessou o Canal (ainda cheio de gente apesar da hora tardia) sem chamar nenhuma atenção, depois invadiu o local desejado, tomou o elevador até o quarto andar, posicionou-se diante de uma janela que dava para o poente com uma bela vista do luar sobre o rio, colocou o cano da arma na boca, puxou o gatilho e foi cair no chão áspero, inacabado, derrubando a arma, mas de alguma forma ainda segurando o bilhete de suicida. Tinha bebido muito? Jack Daniel's e Coca-Cola, uma mistura absurda para um enófilo como Rhinehart. Quando foi encontrado, seu terno e sua camisa estavam cuidadosamente dobrados no chão, e ele usava apenas meias e cueca, a qual, por alguma razão, ou talvez por acaso, estava de trás para frente. Tinha escovado os dentes fazia pouco tempo.

Neela decidiu levar a coisa a fundo e contou aos detetives tudo o que sabia: as fantasias no armário de Jack, suas suspeitas, tudo. Podia se ver implicada, uma vez que esconder informação era crime sério, mas a polícia tinha peixes maiores para pescar e, além disso, os dois oficiais que foram a seu apartamento da rua Bedford para entrevistar Neela e Malik Solanka tinham já seus problemas diante dela. Quebravam lápis, um pisava no pé do outro, derrubavam enfeites, começavam a falar ao mesmo tempo, calando-se envergonhados logo em seguida, e a nada disso Neela dava a menor atenção. "A questão é a seguinte", concluiu quando os dois detetives bateram as cabeças concordando, ansiosos, "esse pretenso suicídio não cheira bem."

Malik e Neela sabiam que Jack possuía uma arma, embora nunca a tivessem visto. Era da fase Hemingway-negra, época de caça-e-pesca, que antecedera a fase Tiger Woods. Agora, como o pobre Ernest, o mais feminino dos grandes escritores machos americanos, destruído por sua incapacidade de ser a figura Papa-macho e artificial que tinha escolhido habitar, Jack tinha saído caçando a si mesmo, a maior presa de todas. Ao menos era isso que queriam que acreditassem. Olhando mais de perto, porém, essa versão dos fatos ficava cada vez menos convincente. O prédio de Jack tinha um porteiro, que o tinha visto sair sozinho por volta de sete da noite, sem levar nenhum volume e vestido para uma noite na cidade. Uma segunda testemunha, uma senhora robusta de boina, que estava esperando táxi na calçada, apresentou-se voluntariamente atendendo ao apelo da polícia para dizer que tinha visto um homem que correspondia à descrição de Jack entrar em um utilitário esportivo preto, grande, de vidro fumê. Pela porta, ela enxergou rapidamente pelo menos dois outros homens, e neste ponto foi bem clara: ambos com grandes charutos na boca.

Um veículo idêntico foi visto rodando na rua Greenwich logo depois da hora da morte. Dias depois, a análise dos dados técnicos daquilo que já estava sendo chamado provisoriamente de cena do crime revelou que o dano à porta temporária de acesso ao edifício Spassky Grain não fora feito pela arma de Rhinehart. Nenhum instrumento capaz de quebrar uma porta muito sólida (de madeira, reforçada por moldura metálica) fora encontrado junto ao corpo. Além disso, havia fortes suspeitas de que o dano à porta não fora o meio de entrada ao local. Alguém possuía uma chave.

O próprio bilhete de suicídio era instrumento para determinar a inocência de Jack. Rhinehart era famoso pela polida precisão de seu texto. Raramente cometia um erro de sintaxe e nunca, nunca, errava na ortografia. No entanto, em suas últimas palavras havia solecismos da pior espécie. "Desde o meu tempo de correspondente de guerra", dizia o bilhete, "sempre tive uma tendência meia violenta. Às vezes, no meio da noite eu quebro o fone. Horse, Club e Stash são inocentes. Eu matei as meninas deles pq elas não quizeram trepar comigo, talvez pq eu sou de Cor." E, por fim, dolorosamente: "Digam pra Nila que eu amo ela. Sei que fodi com tudo, mas amo ela de verdade." Quando chegou sua vez de ser entrevistado pela polícia, Malik Solanka afirmou enfaticamente que, mesmo escrito na caligrafia forte e inconfundível de Jack, o bilhete não podia ser obra sua. "Ou foi ditado por alguém com um nível de linguagem muito inferior ao de Jack, ou ele emburreceu deliberadamente seu estilo para mandar um recado. Vocês não percebem? Ele disse até o nome dos três assassinos."

Quando ficou provado que Keith "Club" Medford, o último amante da finada Lauren Klein, era filho do rico construtor e terror dos trabalhadores sindicalizados, Michael Medford, dono, entre outras, da companhia que estava realizando a transformação do edifício Spassky Grain em uma mistura de lofts de alta classe e residências em estilo urbano, e que Keith, que havia sido encarregado de organizar a festa da noite de inauguração, possuía as chaves, ficou claro que os assassinos haviam cometido um erro sem volta. A maior parte dos assassinos é burra, e uma vida de privilégios não impede a loucura. Até as escolas mais caras produzem imbecis mal-educados, e Marsalis, Andriessen e Medford eram jovens idiotas, arrogantes e semi-alfabetizados. E assassinos também. Diante dos fatos acusadores, Club foi o primeiro a confessar. A resistência de seus companheiros cedeu horas depois.

Jack Rhinehart foi enterrado no coração do Queens, a trinta e cinco minutos de carro do bangalô que comprara para sua mãe e irmã ainda solteira em Douglaston. "Uma casa com vista", brincava. "Se você for até o fim do quintal e se debruçar com tudo para a esquerda, dá para perceber o quê?, um *sopro* do Som." Sua vista agora seria para sempre a poluição urbana. Neela e Solanka pegaram um carro para ir até lá. O cemitério era lotado, sem árvores, sem conforto, úmido. Os fotógrafos circulavam em torno do pequeno grupo de presentes como uma mancha de poluição flutuando na beirada de um poço escuro. Solanka havia esquecido que haveria interesse da mídia no funeral de Jack. Assim que ocorreram as confissões, e a história do Clube S&M se tornou o escândalo de verão da sociedade, o professor Solanka perdeu o interesse na dimensão pública dos eventos. Estava de luto por seu amigo Jack Rhinehart, o grande, valente jornalista, que fora tragado pelo glamour e pela riqueza. Ser seduzido pelo que mais se abomina é um duro destino. Perder a mulher que se ama para o melhor amigo talvez fosse ainda mais duro. Solanka havia sido um mau amigo para Jack, mas era destino de Jack ser traído. Suas preferências sexuais, que nunca impusera a Neela Mahendra, mas que indicavam que nem mesmo Neela teria sido suficiente para ele, acabaram levando-o para as más companhias. Ele foi leal a homens que não mereciam sua lealdade, convenceu-se da inocência deles (e que esforço deve ter sido para um investigador e denunciador natural como ele, que brilho de ilusionismo deve ter precisado empregar!) e conseqüentemente ajudou a escudá-los da lei, e sua recompensa foi ser morto por eles numa desajeitada tentativa de fazê-lo bode expiatório: ser sacrificado no altar do invencível egomaníaco orgulho deles.

Um cantor gospel foi contratado para entoar uma seleção de spirituals e coisas mais contemporâneas como despedida: *Fix Me, Jesus* seguida do tributo de Puff Daddy a Notorious BIG, *Every Breath You Take (I'll Be Missing You)*; depois veio *Rock My Soul (In the Bosom of Abraham)*. A chuva parecia iminente, mas demorava. O ar estava úmido, como se estivesse cheio de lágrimas. Ali estavam a mãe e a irmã de Jack, e também Bronislawa Rhinehart, a ex-mulher, ao mesmo tempo arrasada e sexy, de véu e vestido preto curto, na última moda. Solanka acenou para Bronnie, com quem nunca conseguia encontrar o que dizer, e murmurou palavras vazias à família do morto. As mulheres Rhinehart não pareciam tristes, mas sim furiosas. "O meu Jack", disse a mãe brevemente, "acabava com esses branquelos em nove segundos." "O meu Jack", acrescentou a irmã, "não precisava de chicote nem de corrente pra se divertir." Estavam zangadas com o homem que amavam por causa do escândalo, mas ainda mais zangadas por ter se colocado no caminho do mal, como se tivesse feito o que fez para magoá-las, para deixá-las com a dor eterna de sua perda. "O meu Jack", disse Solanka, "era um homem muito bom, e se agora estiver bem em algum lugar posso dizer que está contente de se livrar dos seus erros." Jack estava bem ali, junto delas, claro. Jack no caixão do qual nunca se levantaria. Solanka sentiu um punho fechar em torno do coração.

Com o olho da tristeza, Solanka retratou Jack deitado em um belo loft enquanto o mundo inteiro murmurava sobre seu corpo e os fotógrafos circulavam como espuma. Ao lado de Jack, estavam deitadas as três garotas mortas. Livre do medo de seu envolvimento nessas mortes, Solanka lamentava por elas também. Ali jaz Lauren, que ficara com medo do que era capaz de fazer aos outros e deixar os outros fazerem com ela. Bindy e Sky haviam tentado mantê-la dentro de seu círculo encantado de prazer e dor, mas falharam, e ela selou seu destino ameaçando os membros do clube com a vergonha de uma exposição pública. Ali jaz Bindy, a primeira a compreender que a morte da amiga não tinha sido um assassinato ao acaso, mas uma execução a sangue-frio: compreensão que foi sua sentença de morte. E ali jaz a Urbana Sky, a atleta sexual e pau-pra-toda-obra, a mais arrojada das três condenadas, a mais desinibida sexualmente, cujos excessos masoquistas (agora meticulosamente detalhados pela imprensa deliciada) alarmavam até mesmo seu amante sádico, Brad, o Horse. Sky, que se acreditava imortal, que nunca pensou que alguém fosse pegá-la, porque ela era a imperatriz do mundo deles, eles faziam tudo o que ela mandava, e cujos níveis de tolerância, cujos limiares eram os mais altos que qualquer um deles jamais tivesse visto. Ela sabia dos assassinatos e ficou loucamente excitada com eles, murmurando no ouvido de Marsalis que não tinha intenção de dar o alarme contra um homem desses, e cochichou para Stash e Club, cada um na sua vez, que adoraria substituir suas amigas mortas do jeito que quisessem, era só dizer, baby, e pronto. Explicou também aos três homens, em sensuais encontros separados, que as mortes os ligava para sempre, que haviam passado o ponto de retorno e que seu contrato de amor estava assinado com o sangue das amigas. Sky, a rainha vampira. Ela morreu porque os assassinos ficaram com tanto medo de sua fúria sexual que não puderam deixá-la viva.

Três garotas escalpeladas. Publicamente falava-se de vodu e de fetichismo, e acima de tudo da gelada crueldade dos crimes, mas Solanka preferia ponderar sobre a morte do coração. Essas jovens, tão desesperadamente desejosas de desejo, só tinham conseguido encontrá-lo nos limites extremos do comportamento sexual humano. E esses três rapazes, para quem o amor passou a ser uma questão de violência e posse, de fazer ao outro e de receber do outro, haviam chegado à fronteira entre amor e morte, e sua fúria desgastara essa fronteira, a fúria que não conseguiam articular, nascida daquilo que eles, que tinham tanto, jamais tinham sido capazes de adquirir: o menor, o comum. A vida real.

Em mil, dez mil, cem mil conversas horrorizadas zunindo sobre o morto como moscas em busca do fedor, a cidade discutia os assassinatos nos mais mínimos detalhes. *Matavam uns a menina dos outros!* Lauren Klein havia sido levada por Medford para uma última grande noite na cidade. Ela o mandou para casa, como ele planejara, por causa de uma discussão que havia provocado deliberadamente perto do fim da noite. Poucos minutos depois, telefonou para ela fingindo ter tido um acidente de carro ao virar a esquina. Ela saiu correndo para ajudá-lo e encontrou seu Bentley do ano sem um arranhão esperando com a porta aberta. *Pobre menina. Pensou que ele queria pedir desculpas.* Chateada com a mentira, mas não alarmada, ela entrou e foi golpeada repetidamente na cabeça por Andriessen e Marsalis, enquanto Medford tomava margaritas em um bar próximo, anunciando em voz alta que estava afogando as tristezas porque a puta da sua mulher não queria trepar, fazendo o atendente pedir que se calasse ou fosse embora e garantindo assim que sua presença seria lembrada. *E escalpelar depois. Devem ter forrado com plástico para não manchar o carro. E o corpo jogado feito lixo na rua.* A mesma técnica funcionou com Belinda Candell.

Com Sky, porém, foi diferente. Como era de seu feitio, ela tomou a iniciativa, sussurrando seus planos para a noite no ouvido de Bradley Marsalis na mesa do último jantar. Hoje não, ele disse, e ela deu de ombros. "O.k. Vou chamar Stash ou Club e ver se estão a fim de se divertir." Furioso, ofendido, mas obrigado a seguir o plano, Brad despediu-se dela na porta do hall e telefonou minutos depois, dizendo: "O.k., você venceu, mas não aqui. Me encontre no quarto". (O quarto era a suíte de hotel cinco estrelas à prova de som que o Clube S&M mantinha reservada o ano inteiro para usar com seus membros mais barulhentos. Revelou-se que Bradley Marsalis havia feito a reserva com vários dias de antecedência, o que era prova de premeditação.) Sky nunca chegou ao quarto. Um grande utilitário esportivo parou ao seu lado e uma voz que ela reconheceu disse: "Oi, princesa. Suba. O Horse pediu para a gente te dar uma carona".

Vinte, dezenove, dezenove, Solanka contou. A idade delas somava só três anos mais que a idade dele.

E Jack Rhinehart, que sobrevivera a uma dúzia de guerras apenas para morrer miseravelmente em Tribeca, que escrevia tão bem sobre coisas que importavam, e com tanto estilo sobre coisas que não, e cujas últimas palavras foram, deliberadamente ou por necessidade, ao mesmo tempo pungentes e vazias? A história de Jack também foi toda exposta. O roubo de sua arma por Horse Marsalis. O convite a Jack para a cerimônia de posse no Clube S&M. *Você conseguiu, cara. Está dentro.* Mesmo ao chegarem ao edifício Spassky Grain, Rhinehart ainda não fazia idéia de que estava perto da morte. Provavelmente pensava na cena de orgia de *De olhos bem fechados*, imaginando garotas nuas de máscara sobre pedestais, esperando pela picada de seu doce chicote. Solanka estava chorando. Ouviu os assassinos insistirem que, como parte do ritual, Rhinehart tinha de beber um copo cheio de Jack e Coca, o coquetel dos meninos mimados, em alta velocidade. Ouviu quando mandaram Jack se despir e inverter a cueca, em nome da tradição do clube. Como se estivesse sendo amarrada sobre seus próprios olhos, Solanka sentiu a venda que usaram em Jack (e depois removeram). Suas lágrimas encharcaram a seda imaginária. *O.k., Jack, está pronto. Isso vai ser um tiro.* — O que está haven-

do, cara, o que é? — Abra a boca, Jack. *Escovou os dentes como a gente mandou? Muito bem. Diga Aah, Jack. Isso vai ser de matar, cara.* Como deve ter sido pateticamente fácil atrair aquele homem bom, fraco, para a própria morte. Com que boa vontade ele embarcou no próprio carro funerário e fez seu curto e último passeio. *Senhor, embale minha alma,* cantou o cantor. Adeus, Jack, Solanka disse silenciosamente para o amigo. Vá para casa. Eu visito você.

Neela levou Malik de volta para a rua Bedford, abriu uma garrafa de vinho tinto, fechou as cortinas, acendeu muitas velas perfumadas e desrespeitosamente escolheu um CD de Bollywood com clássicos dos anos 50 e começo dos 60, música do passado proibido dele. Era um aspecto de sua profunda sabedoria emocional. Em tudo o que se referia a sentimentos, Neela Mahendra sabia o que funcionava. *Kabhi méri gali aaya karó.* A canção provocantemente romântica soou na sala escurecida. *Apareça e venha me ver um dia.* Não falavam desde que deixaram o túmulo. Ela o puxou para um tapete cheio de almofadas e deitou a cabeça dele entre seus seios, lembrando-o, sem uma palavra, que a felicidade continuava existindo, mesmo em meio à dor.

Ela falava de sua própria beleza como de algo um pouco separado de si mesma. Algo que simplesmente tinha "aparecido". Não era resultado de nada que tivesse feito. Não se orgulhava disso, era grata pelo dom que recebera, cuidava muito dele, mas sobretudo pensava em si mesma como uma entidade desencarnada que vivia por trás dos olhos desse alienígena excepcional que era seu corpo: olhando o mundo por meio de seus grandes olhos, manipulando seus longos membros, meio incapaz de acreditar na própria sorte. Seu impacto nos arredores (limpadores de janela caídos de pernas tortas em várias calçadas com os baldes na cabeça, carros patinando, o perigo para açougueiros de machadinha na mão quando ela ia comprar carne) era um fenômeno de cujos resultados, apesar de toda a sua aparente indiferença, ela estava consciente com muita agudeza e precisão. Até certo ponto era capaz de controlar "o efeito". "Não sabe como desligar", dissera Jack, e era verdade, mas podia amenizar a coisa com a ajuda de roupas largas (que detestava) e chapéus de abas largas (que, por detestar sol, adorava). O mais impressionante é que podia intensificar a resposta que o mundo lhe dava fazendo ajustes de sintonia fina no tamanho do passo, na inclinação do queixo, da boca, da voz. Em sua intensidade máxima, ameaçava reduzir toda uma vizinhança em terra arrasada, e Solanka pediu que ela parasse, quando mais não fosse pelo efeito que estava provocando no corpo e na alma dele. Ela gostava de elogios, descrevia a si mesma como uma "garota que exigia alta manutenção" e às vezes estava disposta a concordar que essa compartimentalização de si mesma em "forma" e "conteúdo" era uma útil ficção. A descrição de seu ser sexual como "a outra" que aflorava periodicamente para caçar e não admitia negativas era um hábil artifício, o jeito de uma pessoa tímida se iludir na direção da extroversão. Permitia-lhe colher as recompensas de sua excepcional presença erótica sem se abalar com a desajeitada paralisia social que a infernizara quando jovem e gaga. Astuta demais para falar diretamente do forte senso de certo e errado que silenciosamente norteava todas as suas ações, preferia citar a bomba sexual dos cartoons Jessica Rabbit. "Sou muito má", gostava de ronronar afetando timidez. "Fui desenhada assim."

 Apertou-o contra si. O contraste da ligação com Mila era notável. Com Mila, Solanka havia se permitido mergulhar na doentia sedução do inominável, do não permitido, enquanto com Neela, quando se enrolava nele, o que acontecia era o contrário, tudo ficava nomeável e era nomeado, tudo era permissível e permitido. Não era uma mulher-menina, e o que estava descobrindo com ela era a alegria adulta do amor sem interdições. Pensou em seu vício por Mila como uma fraqueza. Esta nova ligação dava a sensação de força. Mila o acusara de otimismo, e tinha razão. Neela era a justificativa do otimismo. E estava muito grato, sim, por Mila ter encontrado a chave das portas de sua imaginação. Mas se Mila Milo havia destravado as comportas contra enchente, Neela Mahendra era a própria enchente.

Nos braços de Neela, Solanka sentia que estava começando a mudar, sentia os demônios internos que tanto temia ficar cada dia mais fracos, sentia a raiva imprevisível ceder à miraculosa previsibilidade deste novo amor. Façam as malas, Fúrias, pensou, não moram mais neste endereço. Se tivesse razão e a origem da fúria estivesse na soma de decepções de sua vida, havia encontrado um antídoto que transformava o veneno em seu oposto. Pois a fúria podia ser êxtase também e o amor de Neela era a pedra filosofal que permitia a alquimia transmutatória. A raiva brotava do desespero, porém Neela era a esperança realizada.

A porta para seu passado continuava fechada, e ela tivera a graça de não tentar abri-la por enquanto. Tinha considerável necessidade de privacidade pessoal e psicológica. Depois de passarem a primeira noite em um quarto de hotel, ela havia insistido em usar sua cama para os encontros, mas deixou claro que não era para ele passar a noite. Seu sono era cheio de pesadelos, e não queria o conforto da presença dele. Preferia lutar sozinha com as ilusões de seus sonhos. Sem alternativa, Solanka aceitou esses termos e começou a se acostumar a combater as ondas de sono que habitualmente rolavam sobre ele ao final do ato amoroso. Disse a si mesmo que também achava melhor assim. Afinal era, de repente, um homem muito ocupado.

Dia a dia a conhecia melhor, explorando-a como se fosse uma cidade nova na qual houvesse alugado um espaço e esperasse comprar alguma coisa. Ela não se sentia inteiramente à vontade com a idéia. Assim como ele, era uma criatura instável e ele estava se transformando em seu meteorologista pessoal, prevendo seu clima, na forma de tempestades esmagadoras, sobre as praias douradas do amor. Às vezes gostava de ser vista em detalhes tão microscópicos, adorava ser compreendida sem falar, ter suas necessidades atendidas sem precisar expressá-las. Em outras ocasiões isso a incomodava. Ele via uma nuvem em sua testa e perguntava: "Qual é o problema?". Ela respondia com um ar exasperado, "Ah, nada. Pelo amor de Deus! Você acha que sabe ler meus pensamentos, mas está sempre errado. Se tiver de dizer alguma coisa, eu digo. Não precisa sair correndo atrás de problemas". Tinha investido muito esforço na construção de uma imagem de força e não queria que o homem que amava visse suas fraquezas.

Remédios, ele logo descobriu, eram um problema para Neela também e isso era mais uma coisa que tinham em comum: os dois estavam decididos a combater seus demônios sem entrar no vale das bonecas. Então, quando estava deprimida, quando precisava brigar consigo mesma, ela se recolhia, não queria vê-lo nem explicar por quê, e ele tinha de entender, ser suficientemente adulto para deixá-la ser o que precisava ser. Em resumo, talvez pela primeira vez em sua vida, exigiam que ele agisse de acordo com a idade que tinha. Neela era uma mulher hipersensível e às vezes admitia que devia ser um pesadelo estar a seu lado, ao que ele respondia: "É, mas tem suas compensações". "Espero que sejam grandes", ela respondia, parecendo sinceramente preocupada. "Se não fossem, eu seria bem burro, não seria?" Ele sorria, ela relaxava e chegava mais perto. "Está certo", consolava-se. "E você não é."

Era dona de uma imensa desenvoltura corporal, e na realidade ficava mais contente nua que vestida. Mais de uma vez teve de lembrá-la de se vestir quando batiam na porta. Mas ela queria guardar alguns segredos, proteger seu mistério. Seus freqüentes recolhimentos em si mesma, o hábito de se resguardar de ser vista muito intensamente tinham a ver com essa consciência bem antiamericana (e positivamente inglesa) do valor da reserva. Ela insistia que não tinha a ver com o fato de amá-lo ou não, coisa que fazia profunda e perturbadoramente. "Olhe, é evidente", respondia quando ele perguntava por quê. "Você pode ser muito criativo com seus bonecos, websites e tudo, mas no que me diz respeito sua única função é subir na minha cama toda vez que eu mando e satisfazer todos os meus caprichos." Diante dessa imperiosa determinação, o professor Malik Solanka, que toda a vida desejara ser um objeto sexual, sentiu-se absurdamente satisfeito.

Depois de fazer amor, ela acendeu um cigarro e foi sentar na janela, nua, fumando, mesmo sabendo que ele detestava fumaça de tabaco. Sorte dos vizinhos, ele pensou, mas ela desprezava considerações desse tipo e qualificava como coisa burguesa, abaixo de seu nível. Voltou de cara limpa para a pergunta que ele fizera. "O negócio", disse, "é que você tem coração. Uma qualidade rara num sujeito hoje. Veja Babur, por exemplo: um homem incrível, brilhante mesmo, mas completamente apaixonado pela revolução. Gente de verdade são só números para ele. Com a maior parte dos caras é status, dinheiro, poder, golfe, ego. Jack, por exemplo." Solanka detestou a menção laudatória do portador da bandeira de corpo liso da Washington Square, sentiu uma dura pontada de culpa ao vencer na comparação com o amigo morto e explicitou isso. "Está vendo", ela se deslumbrou, "você não se limita a sentir. Você até fala sobre isso. Puxa. Finalmente um homem com quem vale a pena ficar." Solanka teve a sensação de que ela estava disfarçadamente gozando dele, mas não conseguiu identificar a piada com precisão. Sentiu-se meio bobo, mas ficou com o afeto que havia na voz dela. Poção Amorosa Número Nove. Era o bálsamo curativo.

Havia uma insistente presença da Índia por toda parte no apartamento da rua Bedford, à maneira excessiva da diáspora: as músicas de filmes, as velas e o incenso, o calendário de Krishna com as ordenhadeiras, *dhurries* no chão, pintura da escola Company, o narguilé enrolado em cima de uma estante de livros como uma cobra verde empalhada. O alter-ego bombainense de Neela, pensou Solanka, vestindo a roupa, provavelmente gostaria de uma simplicidade californianamente minimalista, pesadamente ocidentalizada... mas chega de Bombaim. Neela também estava se vestindo, enfiando seu costume preto mais "aerodinamicamente" justo, feito de alguma fibra sem nome da era espacial. Precisava ir ao escritório, apesar da hora tardia. A fase de pré-produção do documentário sobre Lilliput estava quase no fim, e logo estaria partindo para os antípodas. Ainda havia muito a fazer. Pode ir se acostumando, Solanka pensou. Essa necessidade de se ausentar é tanto profissional quanto pessoal. Estar com essa mulher é também aprender a estar sem ela. Neela amarrou os cordões do voador branco de rua (tênis com rodinhas embutidas na sola) e saiu depressa, o longo rabo-de-cavalo preto balançando atrás dela. Solanka ficou na calçada olhando ela se afastar. O "efeito", notou, quando o habitual cataclismo começou, funcionava quase tão bem no escuro quanto no claro.

Foi até a loja de brinquedos FAO Schwarz e mandou pelo correio um elefante para Asmaan. Logo os últimos vestígios da velha fúria se dissipariam com a nova felicidade e ele recobraria confiança para reentrar na vida do filho. Para isso, porém, ia ter de enfrentar Eleanor e fazer com que encarasse o fato que ainda se recusava a aceitar. Ia ter de enterrar o fim como uma faca em seu coração bom e amoroso.

Telefonou a Asmaan para dizer que haveria uma surpresa. Grande animação. "O que tem dento? Que que diz? Que que Morgen vai dizer?" Eleanor e Asmaan haviam passado férias com os Franz em Florença. "Não tinha páia, não. Tem rio, mas não dá pa nadá. Quando eu quêce vou voltar lá e nadá no rio. Não fiquei com medo, pai. Por isso que Morgen e Lin ficaram guitando." *Gritando*. "Mamãe não. Mamãe não guitou. Ela falou não tenha medo, Morgen. Lin é legal. Mamãe também, muito. Eu acho. Ele tava com um pouco de medo. O Morgen. Um pouquinho. Será que queria fazer eu dar risada? Acho que sim. Sabe, pai, que que ele falou? Fomos ver as estátuas, mas Lin não podia ir. Por isso que ela chorou. Ela ficou em casa. Não a nossa casa, mas. *Ai caramba*." Solanka demorou para entender que isso queria dizer *I can't remember* [não me lembro]. "A gente ficou lá. É. Foi bom. Fiquei sozinho no quarto. Gostei. Ganhei arco e flecha. Eu gosto de você, papai, você vai chegar hoje? Sábado, terça-feira? Eu quero. Tchau."

Eleanor assumiu. "É, foi difícil. Mas Florença estava linda. Como vai?" Ele pensou um minuto. "Bem", disse. "Estou bem." Ela pensou um minuto. "Não devia prometer para ele que vai voltar, se não vai", disse, pescando informações. "Qual é o problema?", ele perguntou, mudando de assunto. "Qual é o problema com *você*?", ela rebateu. Foi o que bastou. Ele já ouvira o tom provocador na voz dela e ela na dele. Desequilibrado pelo que acabara de entender, Solanka cometeu o erro de recorrer ao texto de Neela: "Ah, pelo amor de Deus! Você acha que sabe ler meus pensamentos, mas está sempre errada. Se eu tiver de dizer alguma coisa, digo. Não precisa sair correndo atrás dos problemas". Vindo de Neela, aquilo soara bem autêntico, mas na boca dele soou apenas como bravata. Eleanor reagiu com escárnio. "Pelo amor de Deus?", repetiu. "Agora você deu para falar assim?" Seu tom era mais seco, mais irritado, belicoso. Morgen e Lin, Solanka pensou. Morgen, que tinha se dado ao trabalho de telefonar para lhe passar um pito por abandonar a mulher, e cuja mulher havia informado Solanka que sua atitude a havia aproximado do marido mais do que nunca antes. Humm. Morgen, Eleanor e Lin em Florença. *Por isso é que ela estava chorando.* A fala de Asmaan não deixava dúvidas. *Porque ela estava chorando.* Por que ela estava chorando, Morgen? Eleanor? Podiam esclarecer isso? Podia me explicar, Eleanor, por que seu novo amante e a mulher estavam discutindo na frente do meu filho?

A fúria dele estava passando, mas todo mundo parecia estar extremamente mal-humorado. Mila estava se mudando. Eddie alugou uma van de uma companhia chamada Van-Go e estava transportando sem reclamar seus objetos do quarto andar, enquanto ela ficava na rua fumando um cigarro, bebendo uísque irlandês do gargalo da garrafa e xingando. Estava com o cabelo vermelho agora, mais espetado que nunca: até a cabeça parecia furiosa. "O que é que está olhando?", gritou para Solanka quando percebeu que ele a observava da janela de seu estúdio do segundo andar. "Tudo o que quiser de mim, professor, não está disponível. Entendeu? Sou uma pessoa comprometida, vou me casar e você não vai querer irritar o meu noivo." Havia bebido quase a garrafinha toda de Jameson, mas ele cometeu a imprudência de descer à rua para falar com ela. Estava se mudando para o Brooklyn, ia morar com Eddie em um lugar pequeno em Park Slope, e os *webspyders* tinham aberto um escritório lá. O site dos Reis Bonecos estava para entrar no ar, e as coisas iam muito bem. "Não se preocupe, professor", disse Mila, fora de foco. "Os negócios vão muito bem. É só você que eu não agüento."

Eddie Ford desceu a escada do prédio carregando um monitor. Quando viu Solanka, trancou a cara teatralmente. Era uma cena que vinha querendo representar fazia tempo. "Ela não quer falar com você, cara", disse, pousando o monitor no chão. "Tá entendendo? Miss Milo não tem porra nenhuma pra conversar com você. Tá compreendendo? Se quiser falar com ela, ligue para o escritório e marque hora, porra. Mande um e-mail. Se aparecer na casa dela, caralho, vai ter de se entender comigo. Você e a senhorita aqui não têm mais nenhuma relação pessoal. Mantenha distância, porra. Quer saber o que eu acho? Acho que ela é uma santa, porra, de ainda querer fazer negócio com você. Eu não sou do tipo bonzinho. Pra mim é só cinco minutos. Trezentos segundos só eu e você, e já deu para o que quero, cacete. É isso aí. Tá entendendo, professor? Tá ligado? Tá escutando bem?" Solanka baixou a cabeça, calado, e virou-se para ir embora. "Ela me contou que você deu em cima dela", Eddie gritou. "Você não passa de uma porra de um velho triste e doente." Ela não contou para você, Eddie, o quanto deu em cima de mim? Ah, deixe pra lá.

"Ah, professor." No corredor diante do prédio, topou com o encanador, Schlink. Ou melhor, Schlink estava esperando por ele, sacudindo um papel e cheio de palavras. "Tudo bem no apartamento? Privada funcionando? Zo. O que Schlink conzerta fica conzertado." Sacudia a cabeça e sorria furiosamente. "Senhorr talvez não lembra", continuou. "Falei sincero com senhorr, ahn?, contou história da minha vida. E senhorr fez gozaçon. Talfez podia fazer filme, senhorr disse, com minha história. Mas não era sincero. Estava fazendo piada, eu tem certeza. Tanta pose, professor, tanto nariz errguido, seu merrda." Solanka ficou muito chocado. "É", insistiu Schlink. "Eu pode dizer isso, sim. Vem aqui especial pra dizer isso pra senhorr. Sabe, professor, segui sua conselho, essa conselho que pra senhorr era só brincadeira, e graças a Deus meu iniciativa dá certo. Contrrato de filme! Veja senhorr mesmo, aqui, preto no branco. Veja aqui, nome de estúdio. Veja aqui, acerto financeiro. É, comédia, veja só. Vida inteira sem *humor* agorra todo mundo vai rir de mim. Billie Crrystal em papel principal, já aceitou, gosta muito. Vai ser sucesso, hein? Fica pronto logo. Estréia no primavera. Muito barrulho. Muito sucesso. Grande fim de semana de estréia. Espere só pra ver. O.k., até logo, professor babaca, e muito obrigado por título. *Jewboat*. HA, ha, ha, HA."

16.

O verão inadequado terminou da noite para o dia, como um fracasso da Broadway. A temperatura caiu como uma guilhotina; o dólar, porém, subiu às nuvens. Por toda parte, nas academias, galerias, escritórios, nas ruas e na Bolsa de Valores, nos grandes estádios esportivos e centros de entretenimento da cidade, as pessoas estavam se preparando para a nova estação, se aquecendo para entrar em ação, flexionando os corpos, as mentes e os guarda-roupas, colocando-se em suas marcas. Hora do show no Olimpo! A cidade era uma corrida. Meros ratos não precisavam se preocupar de entrar na competição de alta intensidade. Era um acontecimento importante, um concurso de primeira linha, uma copa mundial. Era uma competição de proa, cujos vencedores seriam deuses. Não havia segundo lugar: "Perdedor, não". Nenhuma medalha de prata, nem de bronze, e a única regra era a vitória ou nada.

As ondas aéreas estavam cheias de atletas nesse outono olímpico: os desprestigiados chineses bebedores de sangue de tartaruga, a boca de Marion Jones murmurando num microfone o resultado positivo do teste de nandrolone do marido de Marion Jones, Michael Jordan correndo por um telefone e batendo recordes. Aquilo que Jack Rhinehart chamava de Olimpo dos Divórcios estava esquentando também. Lester, o marido-antiguidade da ex-esposa de Solanka, Sara Lear Schofield, morreu durante o sono antes do último dia do julgamento, mas não antes de riscá-la de seu testamento. A dolorosa batalha verbal entre Sara, a supermodelo brasileira Ondine Marx e os filhos adultos dos outros casamentos de Schofield acabou por tirar das primeiras páginas os Crimes do Matador do Concreto. Sara emergiu como a grande vencedora dessas hostilidades verbais preliminares. Ela divulgou cópias de excertos dos diários particulares de Schofield para provar que o morto havia detestado intensamente todos os seus filhos e jurado que nunca deixaria para nenhum deles nem mesmo o preço do pedágio da ponte de Triborough. Também contratou investigadores particulares para levantar tudo sobre Ondine, única beneficiária do último testamento de Schofield, ardorosamente contestado. Detalhes da promiscuidade bissexual da modelo e de sua afinidade com melhorias cirúrgicas inundaram a imprensa. "Ela não faz o meu tipo, mas parece que é boa de cama", comentou Sara, ácida. A história da dependência de drogas e de seu sórdido passado no cinema pornô também foi bastante divulgada. E, o melhor de tudo, os Pinkerton desenterraram sua ligação secreta com um belo paraguaio descendente de um criminoso de guerra nazista. Essas revelações levaram o departamento de imigração a investigar a ex-modelo, e corriam rumores sobre o iminente cancelamento de seu green card. Eu ainda sou soldado raso aqui, mas Sara Britpack comandava batalhões, pensou Malik Solanka com uma espécie de admiração. Eu sou só um rosto na multidão, mas ela é uma rainha.

PlanetGalileo.com, o projeto dos Reis Bonecos, sua última grande tentativa, adquiriu aliados poderosos. Os *webspyders* espalharam bem sua teia. Patrocinadores e financiadores estavam loucos para participar desse importante novo lançamento do criador da legendária Little Brain. Grandes acordos de produção, distribuição e marketing já estavam arranjados com jogadores-chave: Mattel, Amazon, Sony, Columbia, Banana Republic. Havia um universo de brinquedos em estudo, desde bonequinhos de pano até robôs em tamanho natural com voz e luzes intermitentes, sem falar das fantasias especiais de Halloween. Havia jogos de tabuleiros e quebra-cabeças, nove tipos de espaçonaves e neutralizadores de *cyborgs*, maquetes do planeta Galileu-1 e, para os fanáticos, de seu sistema solar inteiro também. As vendas antecipadas do livro *Revolta dos Bonecos Vivos* chegaram perto dos índices febris de quebra de recordes do fenômeno Little Brain. Um jogo da Playstation estava para ser lançado e já era pesadamente comercializado; uma nova linha de roupas com a etiqueta Galileu estava pronta para aparecer durante a Semana da Moda *7th on Sixth*; e alimentado pelo temor de uma greve geral de atores e autores na primavera seguinte, um filme de grande orçamento estava a ponto de ser aprovado. Bancos competiam entre si para emprestar o dinheiro, fazendo as taxas de juros de grandes empréstimos cair dia a dia. O mais importante provedor de Internet chinês pediu para conversar. Mila, como líder dos *webspyders*, trabalhava noite e dia, com excepcionais resultados. As relações com Solanka, porém, continuavam congeladas. Evidentemente, ela ficou muito mais zangada com o fora que levou do que deixou transparecer de início. Mantinha Solanka muito bem informado dos acontecimentos e orientou-o para se preparar para uma blitz da mídia, porém, no que dizia respeito a contato humano, parecia haver uma cerca de arame farpado nas pontes de Manhattan e Brooklyn, com versões duplicadas de Eddie Ford com três cabeças de guarda em ambas.

No mundo eletrônico, Solanka e os *webspyders* trabalhavam muito próximos horas e horas todos os dias. Fora isso, eram estranhos. E aparentemente era assim que tinha de ser.

Felizmente, Neela ainda estava na cidade, embora a razão de sua presença contínua fosse perturbadora e a perturbasse muito. Tinha havido um golpe em Lilliput-Blefuscu, liderado por um certo Skyresh Bolgolam, comerciante *elbee* nativo, cujos navios haviam fracassado e que, como era de esperar, detestava os prósperos comerciantes indo-lilianos com paixão tal que podia ser chamada de racista, se não fosse evidentemente baseada na inveja profissional e no ressentimento pessoal. O golpe parecia espetacularmente desnecessário. Pressionado pelos bolgolamitas, o presidente liberal, Golbasto Gue, que havia feito aprovar um programa de reforma constitucional destinado a dar aos indo-liliputianos direitos eleitorais e de propriedade iguais, havia sido obrigado a voltar atrás e jogar fora a nova constituição semanas depois de ter sido aprovada. Bolgolam, porém, desconfiou de um ardil e no começo de setembro marchou para o Parlamento liliputiano no centro da cidade de Mildendo, acompanhado por duzentos rufiões armados, e tomou como reféns cerca de cinqüenta parlamentares indo-lilianos e funcionários políticos, além do próprio presidente Gue. Ao mesmo tempo, os esquadrões de valentões bolgolamitas atacaram e prenderam membros importantes da liderança indo-liliana. As estações de rádio e televisão do país e a principal central telefônica foram tomadas. No Aeródromo Internacional de Blefuscu, as pistas foram bloqueadas, assim como as vias marítimas do porto de Mildendo. O principal servidor de internet da ilha, Lillicon, foi fechado pelo bando de Bolgolam. Alguma atividade limitada de e-mails, porém, continuava ocorrendo.

O paradeiro do amigo de Neela daquela manifestação de Nova York era desconhecido. Mas, à medida que as notícias foram se espalhando para fora de Lilliput, apesar das mordaças de Bolgolam, confirmou-se que Babur não estava entre os reféns mantidos no Parlamento nem na cadeia. Se não tivesse sido morto, devia estar na clandestinidade. Neela resolveu que essa era a alternativa mais provável. "Se tivesse morrido, esse bandido desse Bolgolam teria divulgado a notícia, tenho certeza. Só para desmoralizar ainda mais a oposição." Solanka a viu muito pouco durante esses dias de pós-golpe, uma vez que, devido à diferença de fuso horário de treze horas, ela ficava tentando, sempre nas horas mortas, fazer contato via World Wide Web e links telefônicos via satélite com o que era agora o Movimento de Resistência Filbistani (o FRM, ou "Fremen"). Ela também se empenhava em pesquisar modos e maneiras de entrar ilegalmente em Lilliput-Blefuscu a partir da Austrália ou de Bornéu, acompanhada por uma pequena equipe de câmeras. Solanka começou a se preocupar seriamente com sua segurança e, apesar da importância histórica dos assuntos que atualmente ocupavam a atenção dela, também pela felicidade que ele recentemente havia descoberto. Subitamente ciumento de seu trabalho, ele alimentava ressentimentos imaginários, dizia a si mesmo que estava sendo dispensado e ignorado. Pelo menos a sua ficcional Zameen de Rijk, ao chegar secretamente a solo baburiano, estava à procura de seu homem (embora seu intento não fosse claro, ele admitia). Surgiu uma possibilidade muito mais terrível. Talvez Neela estivesse procurando um homem em Lilliput, além de uma matéria jornalística. Agora que o manto da história havia caído nos ombros inadequados daquele portador de bandeira sem pêlos e de peito nu que ela tanto admirava, não seria possível Neela começar a pensar nesse musculoso Babur como uma proposição muito mais atraente do que um sedentário comerciante de contos e brinquedos em plena meia-idade? Por qual outra razão ela iria arriscar a vida se esgueirando em Lilliput-Blefuscu à procura dele? Só por um documentário? Ha! Soava falso. Havia um pretexto, por assim dizer. E Babur, seu nascente desejo por Babur, era o texto.

Uma noite, bem tarde, e só depois de ele ter solicitado muito, Neela veio visitá-lo na Rua 70 Oeste. "Achei que não ia me convidar nunca", ela disse rindo ao chegar, tentando, com o tom leve, dissipar a pesada nuvem de tensão que havia no ar. Ele não conseguiu contar a verdade: que, no passado, a presença de Mila no prédio vizinho o inibira. Os dois estavam tensos e exaustos demais para fazer amor. Ela havia trabalhado em suas coisas e ele passara o dia falando com jornalistas sobre a vida em Galileu-1, um trabalho enervante e esgotante, durante o qual conseguia ouvir o tom de falsidade na própria voz, sabendo também que uma segunda camada de falsidade seria acrescentada pela reação dos jornalistas às suas palavras. Solanka e Neela assistiram a Letterman sem falar. Desacostumados às dificuldades de relacionamento, não haviam forjado nenhuma linguagem para lidar com problemas. Quanto mais longo o silêncio entre eles, mais feio ficava. Então, como se a sensação má explodisse de dentro de suas cabeças, assumindo forma física, ouviram um grito penetrante. E o som de algo se espatifando. Um segundo depois, ruído forte de freios. E, durante um longo tempo, nada.

Saíram à rua para investigar. O hall do prédio de Solanka tinha uma porta interna que geralmente só podia ser aberta com chave, mas a moldura de metal estava agora empenada e a fechadura não encaixava. A porta externa, que dava para a rua, nunca ficava trancada. Era preocupante, mesmo na nova Manhattan, mais segura. Se houvesse perigo lá fora, em teoria poderia entrar. Mas a rua estava quieta e vazia, como se ninguém tivesse ouvido nada. Com certeza, mais ninguém havia saído para ver o que estava acontecendo. E apesar do alto ruído, não havia nada no pavimento, nenhum vaso de planta quebrado. Neela e Solanka olharam em torno, intrigados. Suas vidas tinham sido tocadas por outras, que desapareceram. Era como se tivessem ouvido uma briga entre fantasmas. A janela do apartamento que havia sido de Mila estava escancarada, porém, e quando olharam para cima a silhueta de um homem apareceu e fechou-a com firmeza. As luzes então se apagaram. Neela disse: "Deve ter sido ele. Como se a tivesse deixado escapar da primeira vez, mas conseguido pegá-la na segunda". E o ruído de algo se quebrando?, perguntou Solanka. Ela sacudiu a cabeça, entrou e insistiu em chamar a polícia. "Se eu estivesse sendo assassinada e meus vizinhos não fizessem nada, ia ficar muito decepcionada, você não ia?"

Dois oficiais vieram vê-los uma hora depois, tomaram seus depoimentos, saíram para investigar e não voltaram mais. "Era de esperar que voltassem e contassem o que aconteceu", protestou Neela, frustrada. "Eles devem saber que estamos aqui sentados, morrendo de preocupação, no meio da noite." Solanka estalou a língua, deixando aparecer seu ressentimento. "Acho que simplesmente não entenderam que deviam prestar contas a você", disse, sem tentar esconder o tom cortante da voz. Ela se virou para ele, sua igual na agressão. "O que você tem, afinal?", perguntou. "Cansei de fingir que não estou do lado de um urso com dor de cabeça." E assim começou o triste parafuso humano da recriminação e contra-recriminação, o velho e mortal jogo de acusações: você disse, não, você é que disse, foi você, não, foi você, escute o que eu vou dizer: estou *muito* cansado *disso*, porque você precisa receber tanto e dá tão pouco, não é mesmo? pois escute aqui: eu podia te dar todo o conteúdo de Fort Knox e de Bergdorf Goodman que não ia bastar, e o que quer dizer isso, se é que eu posso saber?, você sabe muito bem o que isso quer dizer. Ah. Certo. Ah, o.k. então, é isso. Claro, se é isso que você quer. O que *eu* quero? É isso que você está me forçando a dizer. Não, é o que você está morrendo de vontade de cuspir em cima de mim. Meu Deus do *céu* pare de colocar palavras na minha boca. Eu devia saber. Não, eu é que devia saber. Bom, nós dois devíamos saber. O.k. então. O.k.

Bem nesse momento, quando os dois estavam se encarando como gladiadores ensangüentados, dando e recebendo os golpes que logo deixariam seu amor morto no chão desse Coliseu emocional, o professor Malik Solanka viu uma coisa que emudeceu o açoite de sua língua. Um grande pássaro preto pousou no telhado da casa, as asas lançando uma grande sombra sobre a rua. A Fúria chegou, pensou ele. Uma das três irmãs veio me pegar afinal. Não foi grito de medo o que ouvimos: foi o chamado da Fúria. O barulho de algo se espatifando na rua (um som explosivo, como o de um bloco de concreto atirado de uma grande altura com força inimaginável) não era de vaso nenhum. Era o som de uma vida partida.

E quem sabe o que poderia ter acontecido e do que ele teria sido capaz nas garras da fúria retornada, se não fosse Neela, se ela não estivesse a seu lado, uma cabeça mais alta que ele em seus saltos altos, olhando para baixo como uma rainha, como uma deusa, para sua cabeça cheia de longos cabelos brancos? Ou se ela não tivesse tido a sabedoria de perceber o terror que inundou seu rosto macio, redondo, infantil, o medo tremendo nos cantos de sua boca-arco-de-cupido? Ou se no último de todos os instantes ela não tivesse encontrado a inspirada ousadia, o brilho emocional de quebrar o último tabu que ainda havia entre eles, entrando em território desconhecido com toda a coragem de seu amor, para provar, acima de qualquer dúvida, que o amor deles era mais forte que a fúria, estendendo um longo braço com cicatriz e começando, com grande deliberação, e pela primeiríssima vez em sua vida, a despentear os cabelos proibidos dele, os longos cabelos prateados que nasciam do alto de sua cabeça?

O encanto se quebrou. Ele riu alto. Um grande corvo negro abriu as asas e voou pela cidade, para cair morto minutos depois junto à estátua de Booth no parque Gramercy. Solanka entendeu que sua cura, sua recuperação daquele raro estado, estava completa. As deusas da ira haviam partido. O domínio sobre ele romperase afinal. Muito veneno foi drenado de suas veias e muita coisa que estivera trancada durante tempo demais se liberava. "Quero te contar uma história", disse. E Neela, tomando sua mão, puxou-o para o sofá. "Conte, por favor, mas acho que já sei."

No final do filme de ficção científica *Solaris*, história de um planeta coberto por um oceano que funciona como um único cérebro gigante capaz de ler a mente dos homens e tornar seus sonhos realidade, o herói espaçonauta se vê de volta a sua casa, afinal, na varanda de sua dacha russa há muito perdida, com os filhos correndo alegres ao redor e a mulher falecida de volta à vida, a seu lado. Quando a câmera recua, infindavelmente, impossivelmente, vemos que a dacha está em uma minúscula ilha no grande oceano de Solaris: uma ilusão ou, talvez, uma verdade mais profunda do que a verdade. A dacha diminui até virar um ponto e desaparecer, e o que nos fica é a imagem de um poderoso, sedutor oceano de memória, imaginação e sonho, onde nada morre, onde o que você precisa está sempre à sua espera numa varanda ou correndo para você num gramado vivo, com gritos de crianças e braços abertos felizes.

Me conte. Acho que já sei. Neela, com a sabedoria de seu coração, adivinhara por quê, para o professor Solanka, o passado não era uma alegria. Quando assistiu a *Solaris*, ele achou a última cena horripilante. Conhecera um homem assim, pensou, um homem que vivia dentro de uma ilusão de paternidade, preso num erro cruel sobre a natureza do amor paterno. Conhecia uma criança assim também, pensou, correndo para o homem que ocupava o papel de pai, mas esse papel era uma mentira, uma mentira. Não havia pai. Não era um lar feliz, esse. A criança não era ela mesma. Nada era o que parecia.

Bombaim voltou como uma enchente, sim, e Solanka se viu vivendo lá mais uma vez, ou pelo menos na única parte da cidade que realmente o pegava, um pequeno retalho do passado de onde era possível conjurar infernos inteiros, seu condenado Yoknapatawpha, seu maldito Malgudi, que dera forma a seu destino e cuja memória havia suprimido por meia existência. A Vila Methwold: era mais que suficiente para o que precisava. E, particularmente, um apartamento no bloco chamado Noor Ville, no qual durante longo tempo foi criado como menina.

De início, não era capaz de encarar a própria história, só conseguia pensar nela tangencialmente, falando da trepadeira de primavera que subia sobre a varanda como um ladrão Arcimboldo ou de como seu padrasto subia na sua cama de noite. Ou descrevendo os corvos que vinham crocitar como portentos no batente de sua janela e a sua convicção de que entenderia seus avisos se não fosse tão pouco inteligente, se conseguisse se concentrar um pouco mais, aí poderia fugir de casa antes que acontecesse alguma coisa, porque era sua culpa, sua idiota culpa, não conseguir fazer as coisas mais simples como entender a linguagem dos pássaros. Conversou com seu melhor amigo, Chandra Venkataraghavan, cujo pai havia abandonado o lar quando ele completou dez anos. Malik sentou no quarto do amigo e interrogou o perturbado menino. Conte se dói, Malik implorou a Chandra. Preciso saber. Eu devia sentir a mesma dor. O pai de Malik havia desaparecido quando ele tinha menos de um ano de idade. Sua linda e jovem mãe, Mallika, queimara todas as fotografias e tornara a se casar em menos de um ano, assumindo muito grata o nome do segundo marido, atribuindo-o também a Malik, roubando dele sua história, além do sentimento. Seu pai tinha ido embora e nem sabia o nome dele, que era também o seu. Se dependesse da mãe, Malik não saberia nem da existência do pai, mas o padrasto lhe contou tudo no momento em que ele tinha idade para entender. Seu padrasto, que precisava se desculpar de sua acusação de incesto. Disso, senão de mais nada.

O que fazia seu pai para ganhar a vida? Malik nunca foi informado. Era gordo ou magro, alto ou baixo? Tinha cabelo crespo ou liso? Tudo o que podia fazer era olhar no espelho. O mistério da aparência do pai seria solucionado à medida que crescia, e o rosto no espelho respondia a essas perguntas. "Agora somos Solanka", ralhou a mãe. "Não interessa essa pessoa que nunca existiu e que agora não existe mesmo. Esse é seu pai verdadeiro, esse que bota comida no seu prato e roupa no seu corpo. Beije os pés dele e faça tudo que ele mandar."

O dr. Solanka, o segundo marido, era consultor do Hospital Breach Candy e um compositor dotado nas horas vagas. Era de fato um provedor generoso. Porém, conforme Malik descobriu, seu padrasto exigia que beijasse mais que os seus pés. Quando Malik tinha seis anos de idade, Mrs. Mallika Solanka (que nunca mais concebera, como se o primeiro marido fujão tivesse levado consigo o segredo da fertilidade) foi declarada incapaz de procriar novamente e assim começou o tormento do menino. *Ponha roupa e deixe o cabelo dele crescer que ele fica sendo também nossa filha, além de filho. Não, marido, como é possível? Quer dizer, será que está certo? Claro! Por que não? Na privacidade do lar tudo o que é determinado pelo paterfamilias é sancionado por Deus. Ah, minha fraca mãe que me trouxe fitas e saias.* E quando o filho-da-puta disse a você que sua frágil constituição, toda espirros e resfriados, se beneficiaria com exercícios diários, quando a mandou sair em longos passeios pelos Jardins Suspensos ou pela pista de corridas de Mahalaxmi, não ocorreu a você perguntar a ele por que não caminhava a seu lado? Por que, dispensando a aia, ele insistia em cuidar sozinho da sua "filhinha"? Ah, minha pobre mãe morta que traiu seu único filho. Depois de todo um ano disso, Malik conseguiu finalmente juntar coragem suficiente para perguntar o que não era perguntável. *Mamãe, por que o doutor Sahib me faz abaixar? Faz abaixar o quê, como, que bobagem é essa? Mamãe, quando ele fica parado lá e põe a mão na minha cabeça e me faz abaixar e ajoelhar. E desamarra o pijama, mamãe, e deixa cair.* Então ela bateu nele, forte e insistentemente. *Nunca mais conte essas mentiras perversas, senão eu te bato até você ficar surdo e mudo. Por alguma razão você desgosta desse homem que é o único pai que tem. Por alguma razão você não quer que sua mãe seja feliz e inventa essas mentiras, não pense que eu não te conheço, a maldade que tem no seu coração. O que você pensa que eu sinto quando todas as mães dizem o seu Malik, querida, tem tanta imaginação, é só perguntar qualquer coisa para ele e quem sabe o que ele é capaz de inventar? Ah, eu sei o que isso quer dizer: quer dizer que você está contando mentiras pela cidade inteira, e que meu filho é um mentiroso perverso.*

Depois disso, ficou surdo e mudo. Quando vinham os empurrões no alto de sua cabeça cheia de fitas ele se punha obedientemente de joelhos, fechava os olhos e abria a boca. Mas longos meses depois as coisas realmente mudaram. Um dia, o dr. Solanka recebeu a visita do pai de Chandra, Mr. Balasubramanyam Venkataraghavan, o importante banqueiro, e os dois ficaram trancados por mais de uma hora. As vozes se elevaram, depois abaixaram rapidamente. Mallika foi convocada, depois rapidamente dispensada. Malik se colocou no extremo do corredor, de olhos arregalados, sem fala, agarrado a uma boneca. Por fim, Mr. Venkat saiu, parecendo trovejar, fez uma pausa para pegar e abraçar Malik (que para a visita de Venkat estava vestindo short e camisa), murmurando com o rosto muito vermelho: "Não se preocupe, meu menino. *Disse o corvo: nunca mais*". Nessa mesma tarde, todos os vestidos e laços foram levados embora e queimados. Mas Malik insistiu que lhe deixassem as bonecas. O dr. Solanka nunca mais tocou um dedo nele. Fossem quais fossem as ameaças feitas por Mr. Venkat, elas surtiram efeito. (Quando Balasubramanyam Venkataraghavan deixou o lar para se tornar *sanyasi*, Malik Solanka, aos dez anos de idade, teve muito medo que o pai voltasse à velha rotina. Mas aparentemente o dr. Solanka havia aprendido a lição. Malik Solanka, porém, nunca mais falou com o padrasto.)

Desse dia em diante, a mãe de Malik mudou também, se desculpando interminavelmente com o filho pequeno, chorando sem disfarçar. Mal podia falar com ela sem provocar um horrível urro de culpa dolorida. Isso alienou Malik. Ele precisava de uma mãe, não de uma central de águas como a que havia no tabuleiro do jogo Monopólio. "Por favor, Ammi", ralhava com ela quando embarcava num de seus freqüentes festivais de abraços e soluços. "Se eu consigo me controlar, você também é capaz." Ferida, ela o soltava e ia chorar em particular, abafada em travesseiros. A vida retomou o ar de normalidade superficial, o dr. Solanka cuidando de seus negócios, Mallika tocando a casa e Malik trancando os pensamentos, só confiados em sussurros, depois que escurecia, às bonecas que se empilhavam ao lado de sua cama, como anjos da guarda, como parentes próximos: a única família em que conseguia acreditar.

"O resto não interessa", disse, terminada a confissão. "O resto é comum, é agüentar, crescer, me afastar deles, ter a minha vida." Livrou-se de uma pesada carga. "Não tenho de ficar carregando mais ninguém", acrescentou, deslumbrado. Neela passou os braços em volta dele e chegou mais perto. "Agora sou eu que prendo você", disse. "Agora eu é que peço para você vir aqui fazer aquilo. Mas desta vez, nós dois queremos. Nesta prisão, você afinal está livre." Ele relaxou contra ela, embora soubesse que um último portão ainda não tinha sido destrancado: o portão da abertura total, da verdade absoluta, brutal, por trás da qual havia acontecido aquela coisa estranha entre ele e Mila Milo. Mas isso, ele se convenceu catastroficamente, ficava para outro dia.

Em toda a terra, na Grã-Bretanha, na Índia, na distante Lilliput, as pessoas estavam obcecadas com o assunto do sucesso na América. Neela era uma celebridade em sua terra simplesmente porque havia conseguido um bom emprego ("venceu na vida") na mídia americana. Na Índia, havia grande orgulho pelas conquistas de indianos na América, fosse na música, na publicidade (mesmo não sendo na escrita), no Vale do Silício ou em Hollywood. Os níveis de histeria britânicos eram ainda mais altos. Jornalista britânico consegue trabalho nos Estados Unidos! Incrível! Ator britânico faz papel secundário em filme americano! Nossa, que superestrela! Cômico transformista ganha dois Emmys! Incrível, nós sempre achamos mesmo que os travestis britânicos eram os melhores! O sucesso americano passara a ser a única validação real do valor de uma pessoa. Ah, a genuflexão, Malik pensou. Ninguém mais sabia como discutir com o dinheiro hoje em dia, e todo o dinheiro estava ali, na Terra Prometida.

Essas reflexões passaram a ser pertinentes porque nos seus cinqüenta anos ele estava experimentando com força superlativa um verdadeiro sucesso americano, a força que abria todas as portas da cidade, destrancava seus segredos e o convidava a gozar até explodir. O lançamento de Galileu, um empreendimento interdisciplinar sem precedentes, mostrara-se intergaláctico desde o primeiro dia. Revelou ser aquele acidente feliz: um mito necessário. Camisetas com os dizeres QUE SOBREVIVA O MAIS APTO cobriam alguns dos melhores peitos da cidade, um slogan triunfalista para a geração das academias que adquiria circulação pública massificada da noite para o dia. Eram usadas com orgulho também por algumas das barrigas mais flácidas, como prova do senso de ironia e graça do portador. Os pedidos para o videogame da Playstation se aceleraram além de qualquer previsão, deixando até Lara Croft para trás. No auge do fenômeno *Guerra nas estrelas*, o merchandising havia somado um quarto de toda a indústria de brinquedos no mundo inteiro. Desde aqueles dias, só o fenômeno Little Brain havia chegado perto dessa marca. Agora, a saga de Galileu-1 estava batendo novos recordes, e dessa vez a mania global era alimentada não por filmes, nem pela televisão, mas por um website. O novo meio de comunicação estava finalmente compensando. Depois de um verão de ceticismo sobre o potencial de muitas companhias da internet maciçamente não rentáveis, ali estava afinal o anunciado admirável mundo novo. A fera surpreendentemente suave do professor Solanka, tendo finalmente chegado sua hora, estava indo na direção de Belém para nascer. (Havia arestas a ser lapidadas, porém: nos primeiros dias o site muitas vezes entrou em colapso devido ao número de conexões, que parecia crescer mais depressa que a capacidade dos webspyders de aumentar a capacidade de acesso por meio de replicação e espelhamento, as mais novas tendências da cintilante web.)

Mais uma vez, os personagens fictícios de Solanka escaparam de suas gaiolas e ganharam as ruas. De todo o mundo vinham notícias de suas imagens, gigantescas, expostas nas paredes da cidade com muitos andares de altura. Passaram a fazer aparições públicas, cantando o Hino Nacional em jogos esportivos, publicando livros de receitas, aparecendo no show de Letterman. As melhores atrizes jovens do momento disputavam publicamente o cobiçado papel de Zameen de Rijk e de seu duplo, a *cyborg* Deusa da Vitória. E dessa vez Solanka não sentiu a velha frustração de Little Brain, porque, conforme Mila Milo havia prometido, ele é que controlava o show. Deslumbrou-se com essa nova excitação. Reuniões de criação e de incorporação ocupavam seus dias. O contato via e-mail com os *webspyders* estava superado. A presença "cara a cara" passou a ser essencial. A persistente, talvez até crescente, raiva da sexualmente rejeitada Mila, com sua fixação paterna, era a única mosca nesse ungüento rico, quase croesano. Mila e Eddie chegavam para as reuniões importantes de cara amarrada e iam embora sem dirigir uma única palavra amiga a Solanka. Os olhos e o cabelo dela, porém, muito revelavam. Mudavam de cor com freqüência, queimando como chama um dia, brilhando negros no seguinte. Muitas vezes as lentes de contato entravam em violento choque com o cabelo, sugerindo que Mila estava de extremo mau humor naquele dia.

Solanka não tinha tempo para lidar com o problema Mila. Os sócios principais do projeto estavam explodindo de idéias para diversificar: uma cadeia de restaurantes! Um parque temático! Um gigantesco hotel, centro de entretenimento e cassino em Las Vegas na forma das duas ilhas de Babúria, localizado em um "oceano" artificial criado no coração do deserto! O número de negócios que batia na porta, pedindo admissão, era quase tão difícil de estabelecer como a expressão decimal completa de π. Os *webspyders* criavam e recebiam novas propostas para o futuro do negócio quase todos os dias, e Malik Solanka se perdia no êxtase, na fúria do trabalho.

A intervenção de bonecas vivas do planeta imaginário Galileu-1 nos negócios públicos da Terra efetivamente existentes não havia, porém, sido prevista. Foi Neela quem deu a notícia a Solanka. Chegou à Rua 70 Oeste em estado de grande excitação. Os olhos brilhavam ao falar. Tinha havido um contragolpe em Lilliput. Começara como um roubo: homens mascarados invadiram a maior loja de brinquedos de Mildendo e fugiram com todo o carregamento recém-importado de máscaras e fantasias de *cyborgs* kronosianos. O interessante (dado o nome do amiguinho de Neela portador de bandeira de peito brilhante) é que nenhuma fantasia de baburiano foi levada. Os radicais do FRM, os revolucionários "Fremen" indo-lilianos que haviam orquestrado o roubo, conforme foi depois revelado, identificavam-se fortemente com os Reis Bonecos, cujo direito inalienável de serem tratados como iguais (como seres plenamente morais e sensíveis) era negado por Mogol, o Baburiano, seu mortal inimigo, de quem acusavam Skyresh Bolgolam de ser um avatar.

Até ali as notícias soaram apenas estranhas, uma aberração exótica e sem importância do distante, e portanto facilmente descartável, sul do Pacífico. Mas o que se seguiu não dava para ignorar tão prontamente. Milhares de bem disciplinados revolucionários "filbistani" haviam realizado ataques sincronizados às principais instalações de Lilliput-Blefuscu, tomando de surpresa o amplamente cerimonial Exército *elbee* e enfrentando os bolgolamitas que ocupavam o Parlamento, as estações de rádio e TV, a companhia telefônica e os escritórios do servidor de internet, Lillicon, além do aeródromo e do porto marítimo, em longos e ferozes combates. Os soldados usavam chapéus, óculos escuros e lenços para esconder o rosto, mas alguns oficiais vestiam-se com mais luxo. Os *cyborgs* de Akasz Kronos lideravam em algo que, Malik Solanka entendeu, era nada mais, nada menos do que a terceira "Revolta dos Bonecos Vivos". Foram vistos muitos "Fazedores de Bonecos" e "Zameens" dirigindo as operações com segurança. "Que sobreviva o mais apto!", ouviu-se os Fremen gritar ao atacarem as posições bolgolamitas. Ao final desse dia sangrento, o FRM obteve a vitória, mas o preço foi alto: centenas de mortos, outras centenas seriamente feridas ou classificadas como feridos que podiam andar. As instalações médicas de Lilliput-Blefuscu estavam tendo grande dificuldade para cuidar das vítimas com a urgência que seus ferimentos necessitavam. Alguns feridos morreram esperando tratamento. O barulho da dor e do sofrimento encheu os corredores de hospitais da pequena nação durante toda a noite.

Quando Lilliput-Blefuscu retomou contato com o mundo exterior, veio à tona que tanto o presidente Golbasto Gue quanto o líder do golpe original, agora abortado, Skyresh Bolgolam, haviam sido presos com vida. O líder do levante FRM, vestido dos pés à cabeça com a fantasia de Kronos/Fazedor de Bonecos e que se referia a si mesmo como "Comandante Akasz", compareceu brevemente à LBTV para anunciar o sucesso de suas operações, elogiar os mártires e anunciar, de punhos cerrados, que "sobreviveram os mais aptos!". Anunciou então suas exigências: restauração da descartada constituição de Golbasto e julgamento do bando de Bolgolam por alta traição, coisa que, sob a lei *elbee*, era punida com a morte, embora ninguém se lembrasse de nenhuma execução e não esperasse que fossem ocorrer nesse caso. Afirmou ainda que ele, o "Comandante Akasz dos Fremen" exigia o direito de ser consultado sobre o próximo governo de Blefuscu e que tinha sua lista de candidatos para incluir nessa administração. Não especificou nenhum posto para si mesmo, atitude de falsa modéstia que não enganou ninguém. Bal Thackeray em Bombaim e Jörg Haider na Áustria haviam provado que um homem não precisa ter um posto público para controlar as coisas. Surgira um genuíno homem forte. Até que suas exigências fossem atendidas, concluiu o "Comandante Akasz", ele convidava "o respeitado presidente e o traidor Bolgolam a permanecerem no edifício do Parlamento como seus hóspedes pessoais".

Solanka ficou perturbado: o velho problema de fins e meios outra vez. O "Comandante Akasz" não lhe soava como servidor de uma causa justa, e, Solanka admitia, mesmo que Mandela e Gandhi não fossem os únicos modelos dos revolucionários, táticas de valentões tinham de ser chamadas pelo devido nome. Neela, porém, estava animada. "O mais incrível é que é muito surpreendente os indo-lilianos agirem assim: militarizados, disciplinados, trabalhando em defesa própria em vez de simplesmente chorar e esfregar as mãos. Que milagre ele fez, não acha?" Estava de partida para Mildendo na manhã seguinte, disse. "Fique contente por mim. Esse golpe deixa o meu filme muito sexy. O telefone não pára de tocar o dia inteiro." Malik Solanka, agora instalado num dos altos picos de sua vida, sentindo-se um Gulliver ou uma Alice, um gigante entre pigmeus, invencível, invulnerável, de repente sentiu minúsculas mãozinhas puxando-lhe as roupas, como se uma horda de pequenos duendes tentasse arrastá-lo para o Inferno. "É ele, sabe", acrescentou Neela. "O Comandante Akasz, quero dizer. Vi a fita e não há dúvida. Aquele corpo: eu o reconheceria em qualquer lugar. É mesmo um grande cara."

A velocidade da vida contemporânea, pensou Malik Solanka, sobrepujava a capacidade humana de reagir. A morte de Jack, o amor de Neela, a derrota da fúria, o elefante de Asmaan, o sofrimento de Eleanor, a mágoa de Mila, o triunfalismo desdenhoso do encanador Schlink, o fim do verão, o golpe de Bolgolam em Lilliput-Blefuscu, os ciúmes que Solanka sentia de Babur, o radical do FRM, sua briga com Neela, os gritos na noite, a narrativa de sua "história pregressa", a alta-velocidade do desenvolvimento do projeto Galileu-Reis Bonecos e seu gigantesco sucesso, o contragolpe do "Comandante Akasz", a iminente partida de Neela: essa aceleração do fluxo temporal era quase engraçada em sua força. A própria Neela não sentia nada disso. Criatura de rapidez e movimento, filha de seu tempo acelerado, aceitava essa taxa de mudanças como coisa normal. "Você parece tão velho quando fala assim", ralhou. "Pare com isso e venha já aqui." O amor que fizeram de despedida foi sem pressa, deliciosamente prolongado. Aí não havia nenhum problema de excessiva rapidez pós-moderna. Evidentemente, ainda existiam algumas poucas áreas em que a lentidão era valorizada pelos jovens.

Ele deslizou para um sono sem sonhos, mas despertou duas horas depois com um pesadelo. Neela ainda estava lá (gostava de dormir no apartamento de Solanka, embora continuasse avessa a acordar ao lado dele em sua própria cama, um comportamento duplo que ele aceitou sem hesitar). Mas havia um estranho no quarto, de verdade, um homem grande, não, muito grande, de pé ao lado de Solanka na cama, segurando (ah, horrendo espelho do erro de Solanka!) uma faca muito feia. Despertando de uma vez, Solanka sentou-se de repente na cama. O intruso o saudou, acenando vagamente a faca em sua direção. "Professor", disse Eddie Ford, não sem cortesia. "Que bom o senhor poder estar conosco hoje à noite."

Uma vez, alguns anos antes, em Londres, Solanka tinha se visto diante de uma faca apontada para ele por um jovem negro espalhafatoso, que saltou de um conversível e insistiu em usar a cabine telefônica onde Solanka estava entrando. "É uma mulher, cara", argumentou ele. "É urgente, tá bom?" Quando Solanka disse que seu telefonema também era importante, o rapaz pirou. "Eu te furo, filho-da-puta, tá sabendo? Tô me lixando." Solanka se esforçou na linguagem corporal. O negócio era não parecer nem muito apavorado nem muito seguro. Tinha de atravessar uma linha estreita. Batalhou também para manter a voz sem tremer. "Isso seria ruim para mim", disse, "mas ruim para você também." Veio em seguida um jogo do sério que Solanka não foi bobo de vencer. "Tá legal, foda-se, babaca, tá legal?", disse o homem da faca, e fez sua ligação. "Ô, baby, esqueça dele, baby, deixa eu mostrar pra você o que esse frouxo não é capaz." Começou a entoar no bocal do telefone versos que Solanka reconheceu serem de Bruce Springsteen. "*Me diga agora, baby, se seu pai está em casa, se ele saiu e te deixou sozinha, ahn-han, estou louco de desejo, oh, oh, oh, estou pegando fogo.*" Solanka se afastou calado, virou a esquina e caiu para trás, tremendo, apoiado numa parede.

Ali estava a coisa de novo, só que dessa vez era pessoal e linguagem corporal e controle vocal não iam bastar. Dessa vez havia uma mulher dormindo na cama a seu lado. Eddie Ford começou a andar lentamente de um lado para o outro aos pés da cama. "Sei o que você está pensando, cara", disse. "Um cara que gosta tanto de cinema como você. Lincoln Plaza e tal, claro. A *faca no escuro*, é isso aí, o segundo filme da Pantera Cor-de-Rosa com a gostosa da Elke Sommer, certo." O filme se chamava *Um tiro no escuro*, mas Solanka achou melhor não corrigir. "As porras dos filmes de faca", divagou Eddie. "Mila gostou do Bruno Ganz naquele *Faca na cabeça*, mas pra mim tem de ser um clássico antigo, o primeiro longa do Polanski, A *faca na água*. Um cara começa a brincar com a faca pra se bacanear pra mina. Ela estava a fim daquele caronista loiro fodido. Puta erro, minha filha. Foi mal."

Neela estava agitada, chorando baixinho no sono, como sempre fazia. "Shh", Solanka acariciou suas costas. "Tudo bem. Shh." Eddie sacudiu a cabeça, compreensivo. "Acho que ela deve estar chegando, cara. Estou esperando para caralho." E retomou sua ruminação. "A gente está sempre classificando os filmes, a Mila e eu. Medo, horror, terror, assim. Pra ela, é *O exorcista*, cara, que vão relançar aí com seqüência nova, é, mas eu digo assim pra ela, não. Tem de voltar até o período clássico do meu guru Roman Polanski. *O bebê de Rosemary*, cara. Isso é que bebê pra mim, porra. Agora, de bebê o senhor entende, certo, professor? Bebezinho sentado, por exemplo, no seu colo, porra, dia após dia, porra. Não vai responder, professor? Deixe eu dizer de outro jeito. Você andou brincando com o que não tinha o direito de brincar e na minha cabeça quem faz o mal tem de ser castigado. A vingança é minha, disse o Senhor. A vingança é de Eddie, não é, professor, o senhor não concorda que a gente aqui cara a cara, que é verdade isso daí? A gente aqui cara a cara, você indefeso com a sua mina aí do lado e eu com esta puta faca assassina na mão esperando pra cortar fora seus culhões, o senhor não acha que o Dia do Juízo Final está chegando?"

O cinema estava infantilizando a platéia, Solanka pensou, ou talvez os que tinham pendor para a infantilização é que fossem atraídos por filmes de um certo tipo simplificado. Talvez a vida diária, sua pressa, sua carga excessiva, simplesmente amortecesse e anestesiasse as pessoas e elas entrassem nos mundos mais simples dos filmes para lembrar o que era sentir. O resultado era que na cabeça de muitos adultos a experiência oferecida pelos cinemas agora parecia muito mais real do que o que se tinha no mundo lá fora. Para Eddie, a fala dos filmes era mais autêntica do que qualquer padrão "natural" de discurso, mesmo o discurso ameaçador que tinha à sua disposição. Na sua cabeça, ele era Samuel L. Jackson a ponto de apagar um babaca. Era um homem de preto, um homem batizado com uma cor, fatiando um morto amarrado ao som de *Stuck in the Middle with You*. Nada disso queria dizer que uma faca não era uma faca. A dor ainda era dor, a morte ainda vinha no fim, e havia um inquestionável jovem maluco sacudindo uma faca para eles no escuro. Neela estava acordada, sentada na cama ao lado de Solanka, puxando o lençol sobre sua nudez, do jeito que as pessoas fazem nos filmes. "Conhece ele?", sussurrou. Eddie riu. "Ah, claro, moça bonita", gritou. "Dá tempo de uma entrevista rápida. Eu e o professor, a gente é *colega*."

"Eddie", censurou da porta aberta uma Mila de desconcertantes olhos escarlates e cabelos azuis. "Você roubou meu chaveiro. Ele roubou meu chaveiro", disse ela, olhando para Solanka na cama. "Desculpe. Ele é, tipo assim, arrebatado. Adoro isso num homem. E está arrebatado por sua causa. Dá pra entender. Mas essa faca? Tá errado. Eddie." Virou-se para o noivo. "E-rra-do. Como é que a gente vai se casar se você acaba na cadeia?" Eddie pareceu abatido e, como um colegial que recebeu um pito, ficou mudando o peso do corpo de uma perna para a outra, em um instante encolhendo de cão assassino para cachorrinho choramingão. "Espere lá fora", ordenou Mila, e ele se arrastou feito um bobo para fora. "Ele espera lá fora", disse a Solanka, ignorando completamente a outra mulher no quarto. "Temos de conversar."

A outra mulher, porém, não estava acostumada a ser apagada de nenhuma cena de que participasse. "Que história é essa de ele roubou o chaveiro?", perguntou Neela. "Por que ela tinha sua chave? O que ele quis dizer com colega? O que ela quer dizer com 'dá pra entender'? O que vocês precisam conversar?"

Ela precisa conversar, o professor Solanka respondeu em silêncio, porque acha que eu acho que ela fodia com o pai, quando na verdade eu sei que o pai é que fodia com ela, essa é uma área de pesquisa em que eu próprio fiz muito trabalho de campo. Ele fodia com ela todo dia feito um bode, feito um homem, e foi-se embora. E como ela sentia amor por ele, além de aversão, desde então ela vem procurando versões cover, imitações da vida. Ela é perita nos recursos da sua idade, essa idade de simulacros e contrafações, na qual se pode encontrar qualquer prazer conhecido do homem ou da mulher sintetizado, livre de doença ou culpa: uma versão de baixa caloria, de baixa fidelidade, brilhantemente falsa, do desajeitado mundo de sangue e vísceras reais. Experiência falsificada tão gostosa que você chega a preferi-la à coisa real. Isso era eu: a falsificação dela.

Três e dezessete da manhã. Mila, de capa e botas, sentou-se na beira da cama. Malik Solanka grunhiu. O desastre sempre chega quando suas defesas estão mais frágeis, pegando-o desprevenido, como o amor. "Conte pra ela", disse Mila, permitindo finalmente que Neela existisse. "Explique por que me deu as chaves do seu pequeno reino aqui. Explique a almofada no seu colo." Mila tinha preparado cuidadosamente o confronto. Tirou o cinto da capa e despiu-a, revelando, era de imaginar, um baby-doll absurdamente curto. Era um exemplo do uso da roupa como arma mortal: Mila ferida vestida para matar. "Vá em frente, papi", animou. "Conte da gente pra ela. Conte pra ela de Mila na tarde."

"Por favor, conte", acrescentou Eleanor Masters Solanka sombriamente, acendendo a luz ao entrar, acompanhada por aquela pesada, arrepiada, piscante coruja budista de óculos, seu ex-parceiro Morgen Franz. "Tenho certeza de que todos nós ficaríamos fascinados." Ah, tudo bem, Malik pensou. Parece que está havendo aqui uma política de porta aberta. Por favor, entrem todos, não liguem para mim, sintam-se em casa. O cabelo castanho-avermelhado de Eleanor estava solto e mais comprido que nunca e ela usava um casaco de caxemira comprido, preto, de gola alta, os olhos reluzindo. Estava linda para as três da manhã, Malik observou. Viu também que Morgen Franz segurava sua mão. E que Neela estava saindo da cama e se vestia calmamente. Seus olhos também estavam em brasas, e os de Mila, claro, já brilhavam, vermelhos. Solanka fechou os olhos e reclinou na cama, colocando um travesseiro na cara por causa do súbito fulgor do quarto.

Eleanor e Morgen haviam deixado Asmaan com a avó e aterrissado no JFK nesta tarde. Hospedaram-se num hotel da cidade, planejando entrar em contato com Solanka de manhã para lhe comunicar a mudança que houvera em suas vidas. (Isso, pelo menos, Solanka havia intuído previamente; ou melhor, Asmaan tinha lhe informado.) "Como eu não conseguia mesmo dormir", disse Eleanor para o travesseiro, "pensei, foda-se, vou lá e acordo ele. Mas vejo que você já estava recebendo, o que facilita bem as coisas para eu dizer o que vim dizer." A suavidade havia sumido de sua voz. Tinha os punhos fechados, os nós dos dedos esbranquiçados. Estava batalhando para manter a voz controlada. A qualquer momento podia abrir a boca e, em vez de palavras, libertar o grito ensurdecedor, destruidor do mundo, de uma Fúria.

Ele devia ter imaginado, Solanka pensou, apertando mais o travesseiro na cara. Que chance tem o homem mortal contra a tortuosa malícia dos deuses? Ali estavam elas, as três Fúrias, as "de bom temperamento" em pessoa, na plena posse dos corpos físicos das mulheres às quais sua vida estava mais profundamente ligada. Suas formas externas eram muito familiares, mas o fogo que vertiam dos olhos essas criaturas metamorfoseadas provava que não eram mais as mulheres que havia conhecido, e sim receptáculos para a descida do malevolente Divino ao Upper West Side... "Ah, pelo amor de Deus, saia da cama", soltou Neela Mahendra. "Levante de uma vez, para a gente poder te derrubar."

Nu, o professor Malik Solanka se pôs de pé diante dos olhos flamejantes das três mulheres que amava. A fúria que antes o possuíra era agora delas. E Morgen Franz fora capturado por seu campo de força, Morgen, que tinha tão pouco de que se orgulhar em sua própria atitude, a não ser que também ele havia aprendido o que era ser escravo do amor. Morgen, a quem Eleanor havia concedido o dom de seu ser ferido e os cuidados de seu filho. Estalando sob a energia que as Fúrias vertiam sobre ele, foi até o homem nu como um boneco com cordões de raios e levantou seu braço não violento. Solanka caiu, como uma lágrima.

17.

Três semanas depois, desceu de um airbus de longa distância no Aeródromo Internacional de Blefuscu, para um dia quente, mas com o vento perfumado da primavera do hemisfério sul. Um complexo buquê de aromas invadiu suas narinas: hibisco, loureiro, jacarandá, suor, excremento, óleo diesel. A grande loucura de suas ações o atingiu com força ainda maior do que o golpe do amante pacifista de sua mulher, o grande soco do punho pacifista que o deixou fora do ar no chão de seu quarto. O que achava que estava fazendo, um homem respeitável e agora extremamente rico, de cinqüenta e cinco anos, procurando por meio mundo uma mulher que o havia deixado literalmente no chão? Pior ainda, por que ficava tão agitado com o fato de os revolucionários locais, Filbistanis, FRMs, Fremen (quando iam resolver como queriam ser chamados?), terem assumido a identidade de suas ficções, como bombeiros ou trabalhadores de usinas atômicas usando roupas especiais contra os perigos de seu trabalho? As fantasias dos Reis Bonecos pareciam ter-se tornado um traço do que estava acontecendo nesta parte do mundo, mas isso não era de sua responsabilidade. "Você não faz parte destes acontecimentos", censurou-se o professor Solanka pela enésima vez, e respondeu a si mesmo: "Ah, é? Então por que aquele agitador de bandeira careca chamado Babur está com a minha namorada, usando uma máscara de látex moldado com a minha cara?"

A máscara de "Zameen de Rijk" havia sido modelada com base no rosto de Neela Mahendra, isso era óbvio, mas no caso de "Akasz Kronos", Solanka achava, o contrário é que era verdade: com o tempo, ele é que passou a ficar cada vez mais parecido com sua criação, o cabelo grisalho comprido, os olhos enlouquecidos pela perda. (A boca, ele sempre tivera.) Uma estranha peça de teatro mascarado estava sendo representada no palco desta ilha remota, e o professor Malik Solanka não havia sido capaz de se livrar da idéia de que a ação lhe dizia respeito intimamente, que a grande ou talvez trivial questão de sua talvez significativa, mais provavelmente desprezível vida (mesmo assim, sua vida!), estava chegando, ali no Pacífico Sul, a seu ato final. Não era uma idéia razoável, mas desde os acontecimentos ligeiramente trágicos, mas principalmente farsescos, da Noite das Fúrias, ele andava em um estado de espírito nada razoável, tendo recobrado a consciência com um molar quebrado que lhe dava bastante trabalho, e um coração partido e uma vida ferida que lhe causavam ainda mais sofrimento que o dente latejante. Na cadeira do dentista, tentou não ouvir a fita das primeiras canções de Lennon-McCartney e a prosa agradável do mineiro neozelandês que escavava fundo sua mandíbula. De algum lugar voltou-lhe à memória que os Beatles tinham começado a vida como os Quarrymen [os mineiros]. Concentrou-se em Neela: no que ela podia estar pensando, em como tê-la de volta. Ela demonstrara que em assuntos do coração era muito parecida com o homem que as mulheres sempre o acusaram de ser. Estava lá até não estar mais. Quando amava você, amava cem por cento, sem barreiras, mas evidentemente era também uma assassina com um machado, capaz de a qualquer momento decapitar um amor subitamente rejeitado. Confrontada com o passado dele (um passado que na opinião de Solanka não tinha nenhum direito sobre o seu amor por ela), Neela explodiu, pegou suas roupas, saiu e embarcou quase imediatamente para a viagem de avião de vinte e quatro horas até o outro lado do globo sem nenhum telefonema solícito para saber de seu queixo, muito menos uma palavra amorosa de adeus, nem mesmo uma promessa reservada de tentar resolver as coisas mais tarde, quando a história amainasse e lhe desse um pouco de tempo. Mas era também uma mulher acostumada a ser procurada. Podia até ser meio viciada nisso. De qualquer forma, Solanka convenceu a si mesmo enquanto o falador neozelandês perfurava-lhe o queixo, devia isto a si mesmo: depois de ter achado uma mulher tão notável, não perdê-la por descuido.

 Voar para o Oriente era o choque do futuro (as horas propelidas a jato passavam depressa demais, o dia seguinte chegava voando), mas a sensação era de uma volta ao passado. Voou para o desconhecido, para Neela, mas durante a primeira metade da viagem o passado pulsava em seu coração. Quando viu Bombaim abaixo de si, enfiou uma máscara de dormir e fechou os olhos. O avião parou na cidade de seu nascimento durante uma hora inteira, mas ele recusou o cartão de trânsito e permaneceu a bordo. Porém, mesmo em seu lugar, não estava a salvo de sentir. A máscara de dormir não adiantava nada. Subiram a bordo as limpadoras, conversando e fazendo barulho, um pelotão de mulheres vestindo trapos roxos e rosados, e a Índia chegou com elas, como uma doença: a postura ereta delas, a forte entonação anasalada da fala, os espanadores, os olhos de trabalhadoras, o perfume relembrado de ungüentos meio esquecidos e especiarias (óleo de coco, *fenugreek*, *kalonji*) impregnados na pele delas. Sentiu-se tonto, asfixiado, como se estivesse sofrendo de enjôo de viagem, embora nunca enjoasse em viagem e o avião estivesse, afinal, no solo, reabastecendo, com todos os motores desligados. Depois que levantaram vôo, indo para o leste atravessando o Decca, ele começou a respirar de novo. Quando havia água de novo abaixo deles, começou, aos poucos, a relaxar. Neela tinha querido ir para a Índia com ele, ficou excitada com a idéia de descobrir a terra de seus antepassados com o homem que escolhera. Ele era o homem de sua escolha, tinha de se agarrar a isso. "Espero", ela tinha dito, com grande seriedade, "que você seja o último homem com quem vou para a cama." É grande o poder de uma promessa dessas, e sob seu encantamento ele se permitiu sonhar com a volta, permitiu-se acreditar que o passado podia (e havia sido) despido de seu poder, de forma que no futuro todas as coisas podiam ser obtidas. Mas Neela acabou desaparecendo como a assistente de um mágico, e levara com ela a força dele. Sem ela, estava convencido disso, nunca mais andaria pelas ruas da Índia.

O aeródromo, como prenunciava o nome antiquado, era o que um turista decidido a ser valente diante da catástrofe chamaria de "tradicional" ou "estranho". Na verdade, era uma pocilga, decrépito, malcheiroso, com paredes repletas de infiltração e baratas de cinco centímetros crepitando como cascas de noz debaixo das solas dos sapatos. Devia ter sido posto abaixo anos antes, e a demolição fora efetivamente marcada (afinal estava na ilha errada, e os helicópteros que o ligavam à capital, Mildendo, pareciam preocupantemente cair aos pedaços), mas o novo aeroporto, GGI (Golbasto Gue Intercontinental), tinha passado na frente despencando inteiro um mês depois de concluído, graças aos empreiteiros indo-lilianos que resolveram repensar de maneira um pouco imaginativa demais, mesmo que financeiramente compensadora, a relação correta entre água e cimento na mistura do concreto.

Esse repensar criativo acabou se mostrando um traço da vida em Lilliput-Blefuscu. O professor Solanka entrou na sala de alfândega do Aeródromo de Blefuscu e imediatamente cabeças começaram a virar, por razões que, embora cansado do vôo e amortecido de dor de coração como estava, ele havia previsto e entendeu imediatamente. Um funcionário da alfândega indo-liliano vestido de branco-brilhante pregou os olhos nele. "Impossível. Impossível. Não tem comunicado. Senhor é quem? Nome, por favor", disse, desconfiado, estendendo a mão para pegar o passaporte de Solanka. "É o que eu pensei", disse finalmente o funcionário. "O senhor não é." Isso era proverbial, para dizer o mínimo, mas Solanka limitou-se a inclinar a cabeça num gesto de calmo assentimento. "É inadmissível", continuou o funcionário, misterioso, "tentar iludir o público de um país em que o senhor é apenas um convidado, dependente de nossa famosa tolerância e boa vontade." Fez um gesto peremptório a Solanka, que obedeceu abrindo as malas. O funcionário da alfândega observou vingativamente o conteúdo: muito bem-arrumados, havia catorze pares de meias e catorze cuecas, catorze lenços, três pares de sapatos, sete calças, sete camisas, sete camisas de manga curta, sete camisas pólo, três gravatas, três ternos de linho dobrados e embrulhados em papel de seda, e uma capa, para uma eventualidade. Depois de uma pausa judiciosa, ele sorriu, revelando uma fileira de dentes perfeita que encheu Solanka de inveja. "Alto imposto devido aqui", sorriu o funcionário. "Muitas coisas sujeitas a imposto aqui." Solanka franziu a testa. "São minhas roupas. Vocês sem dúvida não fazem as pessoas pagar por aquilo de que precisam para cobrir a nudez." O funcionário parou de sorrir e franziu a testa com mais ferocidade que Solanka. "Por favor, não use linguagem obscena, senhor Malandro", determinou. "Aqui tem muita coisa que não é roupa. Câmera de vídeo tem aqui, também relógios, câmeras, jóias. Imposto alto. Se quer fazer reclamação, claro que tem direito democrático. Estamos na Free Indian Lilliput-Blefuscu: Filbistan! Claro, se quer reclamar, pode sentar na sala de audiência e discutir tudo com meu chefe. Ele vai estar livre logo. Vinte e quatro, trinta e seis horas." Solanka entendeu. "Quanto?", perguntou, e pagou. Na moeda local parecia muito, mas em dinheiro americano era dezoito dólares e cinqüenta centavos. Com grandes floreios, o funcionário da alfândega traçou uma enorme cruz de giz nas malas de Solanka. "Senhor chega em grande momento histórico", disse a Solanka, portentoso. "O povo indiano de Lilliput-Blefuscu finalmente se levantou pelos seus direitos. Nossa cultura é antiga e superior e por isso vai dominar. Que sobreviva o mais apto, não é? Durante cem anos porcaria de *elbee* canibal bebe grogue: *kava, glimigrim, flunec*, Jack Daniel's com Coca-Cola, todo tipo de bebida maldita, e faz a gente comer merda. Agora é vez deles comer merda da gente. Por favor: aproveite a viagem."

No helicóptero do vôo de ligação para Mildendo, na ilha de Lilliput, os outros passageiros encaravam o professor Solanka tão incrédulos quanto o funcionário da alfândega. Ele resolveu ignorar essa atitude e ficou prestando atenção na paisagem lá embaixo. Quando voaram sobre as fazendas de cana-de-açúcar de Blefuscu, notou as altas pilhas de pedras ígneas no centro de cada campo. Um dia, trabalhadores indianos contratados, identificados apenas por números, haviam quebrado as costas para limpar essa terra, construindo essas pilhas de pedras sob a pétrea supervisão de *coolumbers* australianos, armazenando no coração o profundo ressentimento nascido de seu suor e do cancelamento de seus nomes. As pedras eram ícones de raiva vulcânica acumulada, profecias do passado da erupção da fúria indo-liliana, cujos efeitos eram visíveis em toda parte. O trepidante helicóptero LB Air fez seu pouso, para imenso alívio de Solanka, no ainda intacto campo de pouso do destruído Aeroporto Internacional Golbasto Gue, e a primeira coisa que viu foi uma representação gigante de papelão do "Comandante Akasz", quer dizer, do líder do FRM, Babur, com sua máscara e manto de Akasz Kronos. Contemplando essa imagem, Solanka imaginou, com o coração disparado, se, ao fazer essa jornada ao outro lado do mundo, não teria agido como um tolo apaixonado e politicamente ingênuo. Pois a imagem dominante em Lilliput-Blefuscu (país próximo da guerra civil, no qual o próprio presidente era mantido como refém e existia um estado de sítio de alta tensão, podendo ocorrer fatos imprevisíveis a qualquer momento) era, como sabia que seria, uma coisa muito próxima dele mesmo. O rosto que olhava do alto da silhueta de quinze metros de altura, aquele rosto emoldurado por cabelos grisalhos compridos, de olhos obsessivos e boca-escura-em-arco-de-cupido, era seu próprio rosto.

Estava sendo esperado. A notícia do sósia do Comandante correu mais rápida que o helicóptero. Ali, no Teatro de Máscaras, o original, o homem sem máscara, era percebido como o imitador da máscara: a criatura era real, enquanto o criador era uma falsificação! Como se estivesse presente à morte de Deus e o deus morto fosse ele mesmo. Homens e mulheres mascarados portando armas automáticas esperavam por ele na porta do helicóptero. Ele os acompanhou sem protestar.

Foi levado a uma "sala de espera" sem cadeiras, cuja única peça de mobília era uma mesa gasta de madeira vigiada pelos olhos imóveis de lagartos e por moscas sedentas que zumbiam na umidade dos cantos dos olhos dele. Seu passaporte, relógio e passagem aérea foram confiscados por uma mulher cujo rosto estava escondido atrás de uma máscara da cara da mulher que ele amava. Ensurdecido pela estridente música marcial que tocava incessantemente a todo o volume em todo o aeroporto num sistema de som primitivo, ele ainda conseguia ouvir o terror que havia nas vozes jovens de seus guardas, pois guerrilheiros carregados de armas estavam à sua volta toda, e percebia também os sinais de extrema instabilidade da situação nos olhos inquietos dos civis sem máscaras do prédio do terminal e nos corpos nervosos dos combatentes mascarados. Tudo isso relembrava vividamente a Solanka que havia se afastado muito do seu elemento, deixando para trás todos os signos e códigos com que havia estabelecido o sentido e a forma de sua vida. Ali o "professor Malik Solanka" não tinha existência como identidade, como homem com um passado e um futuro e com gente que se importava com seu destino. Era simplesmente um zé-ninguém inconveniente com uma cara que todo mundo conhecia, e a menos que fosse capaz de rapidamente tirar proveito daquela inacreditável fisionomia, sua posição iria deteriorar, resultando, na melhor das hipóteses, em imediata deportação. A simples idéia de ser expulso sem ter nem chegado perto de Neela já era muito perturbadora. Estou nu de novo, Solanka pensou. Nu e burro. Caminhando direto para o próximo soco de nocaute.

Depois de uma hora ou mais, uma perua Holden australiana estacionou diante do barracão onde estava detido e Solanka foi convidado, não gentilmente, mas sem violência desnecessária, a entrar na parte de trás. Guerrilheiros com fardas de combate se apertaram de ambos os lados dele, outros dois subiram no porta-malas e sentaram olhando para a ré, as armas espetadas para fora do teto solar. No caminho através de Mildendo, Malik Solanka teve uma forte sensação de déjà vu e levou alguns momentos para entender que estava se lembrando da Índia. Especificamente, de Chandni Chowk, o perturbado coração da Velha Delhi, onde os comerciantes se juntavam desse mesmo jeito confuso, onde as fachadas das lojas eram tão coloridas e os interiores tão cruamente iluminados, onde a rua era ainda mais cheia de gente a pé, de bicicleta, de vida berrada, empurrada, onde animais e seres humanos disputavam espaço, e onde uma massa de buzinas de automóveis tocava a invariável sinfonia diária das ruas. Solanka não esperava tal multidão. Mais fácil de prever, mas mesmo assim enervante, era a desconfiança palpável entre as comunidades, os grupos murmurantes de homens *elbee* e indo-lilianos se olhando desagradavelmente, a sensação de viver em um barril de pólvora esperando uma faísca. Esse era o paradoxo e a maldição dos problemas comunais: quando eclodiam, seus amigos e vizinhos é que vinham matá-lo, as mesmas pessoas que, dias antes, o tinham ajudado a fazer pegar o motor da motoneta, que tinham aceitado os doces que você serviu quando sua filha ficou noiva de um homem decente e bem-educado. O gerente da loja de calçados há anos vizinha de sua loja de tabaco será o homem que virá pisoteando, trazendo os homens com tochas para sua porta, enchendo o ar com doce fumaça de fumo Virgínia.

Não havia turistas. (O vôo para Blefuscu tinha mais de dois terços dos lugares vazios.) Havia poucas mulheres nas ruas, a não ser pelo número incrivelmente alto de mulheres cadetes do FRM, e nenhuma criança. Muitas lojas estavam fechadas e embarricadas. Outras continuavam cautelosamente abertas, e as pessoas, homens, levavam a cabo as tarefas diárias. Porém, por toda parte viam-se armas, e à distância, de quando em quando, ouvia-se um tiroteio esporádico. A força policial estava colaborando com o pessoal do FRM para manter uma certa medida de lei e ordem. O Exército inexpressivo continuava nos quartéis, embora os generais mais importantes estivessem envolvidos nas complexas negociações que tinham lugar por trás da cena, muitas horas, todos os dias. Os negociadores do FRM estavam se reunindo com os chefes de etnia *elbee* e também com líderes religiosos e administrativos. O "Comandante Akasz" estava ao menos tentando dar a impressão de ser um homem em busca de uma solução pacífica para a crise. Mas a guerra civil borbulhava logo abaixo da superfície. Skyresh Bolgolam podia ter sido derrotado e preso, mas uma grande quantidade de jovens *elbee* que apoiara o golpe bolgolamita estava lambendo as feridas e, sem dúvida, planejando o próximo passo. Enquanto isso, a comunidade internacional movimentava-se rapidamente na direção de declarar Lilliput-Blefuscu o menor Estado pária do mundo, suspendendo os acordos comerciais e congelando os programas de ajuda. Foi nesses movimentos que Solanka enxergou sua chance.

Batedores de motocicleta cercaram a perua, escoltando-a até os muros pesadamente defendidos do complexo parlamentar. Os portões se abriram e o veículo passou, seguindo para uma entrada de serviço nos fundos do prédio central. A entrada da cozinha, Solanka pensou com um oblíquo sorriso particular, era a verdadeira porta do poder. Muita gente, funcionários ou solicitantes, podia entrar nas grandes casas do poder pela porta da frente. Mas pegar um elevador de serviço, observado pelos chefs e sous-chefs de chapéus brancos, subir devagarinho em uma caixa sem enfeites, com homens e mulheres mascarados e quietos à sua volta: isso era realmente importante. Emergir para um corredor burocrático não identificável e ser levado por uma série de salas incrivelmente despretensiosas era trilhar o verdadeiro caminho para o centro. Nada mau para um fazedor de bonecos, disse a si mesmo. Você está dentro. Vamos ver se sai com o que deseja. Na verdade, vamos ver se consegue pelo menos sair.

Ao final da seqüência de salas interconectadas e vazias, chegaram a uma sala com uma única porta. Lá dentro, a mobília espartana agora já conhecida: uma escrivaninha, duas cadeiras de lona, uma luz de teto, um arquivo, um telefone. Foi deixado sozinho. Pegou o telefone. Havia sinal, e uma pequena tabela no aparelho dizia para discar 9 para obter linha externa. Como precaução, havia pesquisado e memorizado diversos números: o de um jornal local, o das embaixadas americana, britânica e indiana, o de um escritório de advocacia. Tentou discar, mas todas as vezes uma voz gravada de mulher dizia em inglês, em hindi e em liliputiano: "Esse número não pode ser discado deste telefone". Tentou discar os serviços de emergência. Nada. "Esse número não pode ser discado." O que temos aqui, disse a si mesmo, não é um telefone, mas apenas a aparência externa, a máscara de um telefone. Assim como esta sala apenas usa a fantasia de escritório, sendo na verdade uma cela de prisão. Sem maçaneta no lado de dentro da porta. Uma única janela: pequena e gradeada. Foi até o arquivo e puxou uma gaveta. Vazia. Sim, era um cenário, e ele havia sido jogado numa peça, só que ninguém lhe dera o texto.

O "Comandante Akasz" irrompeu na sala quatro horas depois. Nesse momento, toda a confiança que restava a Solanka havia quase evaporado. "Akasz" estava acompanhado por dois jovens Fremen de nível muito inferior para usar fantasia, e atrás deles entrou na sala um operador de steadicam, um técnico de som com microfone boom e (o coração de Solanka pulou de excitação) uma mulher usando farda de camuflagem e máscara de "Zameen de Rijk", escondendo o rosto por trás de uma imitação de si mesma.

"Esse corpo", Solanka a saudou, batalhando por leveza, "eu reconheceria em qualquer parte." Isso não caiu especialmente bem. "O que está fazendo aqui?", explodiu Neela e depois se disciplinou. "Desculpe, comandante. Perdão." Babur, vestido com a fantasia de "Akasz Kronos", não era mais aquele jovem abatido e controlado que Solanka conhecera na Washington Square. Falava com uma voz latida que não admitia discordância. A *máscara atua*, Solanka relembrou. O "Comandante Akasz", o grande homem-montanha, tinha se transformado no grande homem daquele pequeno lago e desempenhava esse papel. Não tão grande, Solanka observou, a ponto de ficar imune ao efeito Neela. Babur dava passos longos, largos, mas a cada dez ou doze passos seu pé conseguia de alguma forma se enrolar na barra do manto, desajeitadamente puxando seu pescoço para trás. Conseguira também colidir, um minuto depois de entrar na cela de Solanka, com a mesa e com ambas as cadeiras. Isso quando ela estava com o rosto escondido atrás de uma máscara! Estava sempre superando as expectativas de Solanka. Ele, porém, a havia decepcionado. Agora precisava ver se a surpreendia.

Babur já havia adquirido o nós cerimonial. "Conhecemos você", disse sem preâmbulos. "Quem não conhece hoje em dia o criador dos Reis Bonecos? Sem dúvida deve ter boas razões para se apresentar", disse, com um meio giro de corpo na direção de Neela Mahendra. Não é nenhum bobo, Solanka pensou. Não vale a pena negar o que ele já sabe que é verdade. "Nosso problema é o que fazer com você. Irmã Zameen, algo a dizer?" Neela encolheu os ombros. "Mande ele de volta para casa", disse com uma voz neutra e desinteressada que abalou Solanka. "Não tenho uso para ele". Babur riu. "A irmã disse que o senhor é inútil, Sahib professor. É verdade? Muito bem! Devemos jogar o senhor na lata de lixo?"

Solanka iniciou o discurso que havia preparado. "Minha proposta", disse, "que vim de muito longe fazer, é a seguinte: permita que eu seja seu intermediário. Sua ligação com meu projeto dispensa qualquer comentário meu. Podemos lhe dar um link de audiência global maciça, conquistar corações e mentes. Você precisa disso com urgência. A indústria do turismo já está tão morta quanto seu lendário pássaro Hurgo. Se perder seus mercados de exportação e o apoio dos poderes regionais mais importantes, este país vai à falência em semanas, em meses, com certeza. É preciso convencer o povo de que sua causa é justa, que você está lutando por princípios democráticos, não contra eles. Pela repudiada constituição Golbasto, eu quero dizer. Tem de dar a essa máscara uma cara humana. Deixe Neela e eu trabalharmos nisso com o

meu pessoal de Nova York, como colaboração. Considere esse trabalho uma obra pública em prol do movimento pela liberdade."
Eis o quanto ele estava preparado a ir por amor, disseram a Neela seus pensamentos não expressos. A causa dela era a dele. Se o perdoasse, seria escravo de todos os seus desejos.

O "Comandante Akasz" dispensou a idéia com um gesto. "A situação evoluiu", disse. "Outros partidos, maçãs podres, todos!, estão sendo intransigentes. Conseqüentemente, também endurecemos nossa posição." Solanka não entendeu. "Exigimos completa autoridade executiva", disse ele. "Chega de pieguice. O que Filbistan precisa agora é de um homem de verdade para tomar conta. Não é, irmã?" Neela ficou em silêncio. "Irmã?", repetiu Babur, virando o rosto para ela e subindo a voz. E ela, baixando a cabeça, respondeu quase inaudivelmente: "É, sim". Babur assentiu com a cabeça. "Um período de disciplina", disse ele. "Se dissermos que a Lua é feita de queijo, irmã, do que é feita a Lua?" "De queijo", disse Neela na mesma voz baixa. "E se dissermos que a Terra é plana? Que forma ela tem?" "Plana, Comandante." "E se amanhã decretarmos que o Sol gira em torno da Terra?" "Então, Comandante, será o Sol que gira em torno da Terra." Babur assentiu, satisfeito. "Muito bem! Essa é a mensagem que o mundo tem de entender", disse. "Surgiu um líder em Filbistan, e todos devem segui-lo ou sofrer as conseqüências. Ah, por falar nisso, professor, o senhor estudou idéias na Universidade de Cambridge, na Inglaterra, não é? Então faça a gentileza de nos iluminar numa questão muito discutida: é melhor ser amado ou ser temido?" Solanka não respondeu. "Vamos lá, vamos lá, professor", insistiu Babur. "Faça um esforço! O senhor é capaz." Os cadetes do FRM que acompanhavam o "Comandante Akasz" começaram a brincar significativamente com suas Uzis. Com voz sem expressão, Solanka citou Maquiavel: "'Os homens hesitam menos em ferir alguém que se faz amado do que alguém que se faz temido.'" Começou a ficar mais animado, e olhou diretamente para Neela Mahendra. "'Porque o amor se mantém por uma cadeia de obrigações que, como o homem é fraco, se rompe toda vez que seu próprio interesse entra em jogo. Mas o medo é mantido pelo temor da punição que nunca o abandona.'" Babur se iluminou. "Maçã boa", gritou, dando um tapa nas costas de Solanka. "Você não é inútil, afinal! Bom, bom. Vamos pensar na sua proposta. Muito bem! Fique um pouco. Seja nosso convidado. O presidente e Mr. Bolgolam já estão instalados. Você também vai assistir a essas primeiras horas brilhantes da nossa querida Filbistan, onde o sol nunca se põe. Irmã, faça a gentileza de confirmar. Quando é que o sol se põe?" E Neela Mahendra, que sempre se portara como uma rainha, baixou a cabeça como uma escrava e disse: "Nunca, Comandante".

A cela, que havia parado de considerar como sala, não continha uma cama e nem mesmo as mais rudimentares instalações de um banheiro. A humilhação era um instrumento de uso do "Comandante Akasz", conforme sua maneira de tratar Neela havia demonstrado. Solanka percebeu que ele também tinha de ser humilhado. O tempo passou. Não tinha relógio para marcar as horas. A brisa parou e morreu. A noite, ideologicamente incorreta, não existente, ficou úmida, engrossou e expandiu-se. Recebeu uma tigela de uma papa inidentificável para comer e um frasco de água suspeita. Tentou resistir a ambas as coisas, mas a fome e a sede são tiranas, e por fim comeu e bebeu. Depois, lutou com a natureza até o inevitável momento da derrota. Quando não conseguiu mais se conter, mijou e cagou miseravelmente em um canto, tirando a camisa e limpando-se com ela o melhor possível. Foi difícil não cair no solipsismo, difícil não ver essa degradação como castigo por uma vida desajeitada e ferina. Lilliput-Blefuscu havia se reinventado à sua imagem. Suas ruas eram sua biografia, patrulhadas por frutos de sua imaginação e versões alteradas de pessoas que conhecia: Dubdub e Perry Pincus lá estavam em suas versões *sci-fi*, e encarnações de máscara e fantasia de Sara Lear e Eleanor Masters, de Jack Rhinehart, Sky Schuyler e Morgen Franz. Havia até Wislawas e Schlinks da era espacial andando pelas ruas de Mildendo, além de Mila, de Neela e dele mesmo. As máscaras de sua vida o cercaram com severidade e o julgavam. Fechou os olhos e as máscaras continuaram lá, girando. Baixou a cabeça diante de seu veredicto. Tinha procurado ser um bom homem, levar a vida de um bom homem, mas a verdade é que não tinha sido capaz. Como disse Eleanor, ele traiu aqueles cujo único crime foi amá-lo. Quando tentou recuar desse eu mais escuro, o eu da perigosa fúria, esperando superar seus erros por meio de um processo de renúncia, de *desistência*, simplesmente caiu em um novo e mais lamentável erro. Procurando a redenção na criação, oferecendo um mundo imaginário, tinha visto seus personagens se mudar para o mundo e ficar monstruosos. E o mais monstruoso de todos usava a sua própria cara culpada. Sim, o desequilibrado Babur era um espelho dele mesmo. Procurando corrigir uma grave injustiça, procurando ser um servidor do Bem, o "Comandante Akasz" perdera o prumo e ficara grotesco.

Malik Solanka disse a si mesmo que merecia aquilo tudo. Que aconteça o pior. Em meio à fúria coletiva dessas ilhas infelizes, uma fúria muito maior, que corria muito mais fundo que sua lamentável raiva, descobriu um Inferno pessoal. Assim seja. Claro que Neela nunca voltaria para ele. Não merecia a felicidade. Quando veio vê-lo, estava com seu lindo rosto escondido.

Ainda estava escuro quando chegou ajuda. A porta da cela se abriu e entrou um jovem indo-liliano, de cara nua, usando luvas de borracha e carregando um rolo de sacos plásticos de lixo além de um balde, uma tina e um rodo. Limpou a sujeira de Solanka sem nenhuma hesitação e com grande delicadeza, sem procurar chamar a atenção do perpetrador. Quando terminou, voltou com roupas limpas, uma *kurta* verde-pálido e calças brancas bem largas, além de uma toalha limpa, dois outros baldes, um vazio e outro cheio de água, e um pedaço de sabão. "Por favor", disse, "obrigado", e saiu. Solanka lavou-se, trocou de roupa e se sentiu um pouco mais ele mesmo. Depois, Neela chegou, sozinha, sem máscara, com um vestido cor de mostarda e uma íris azul no cabelo.

Evidentemente estava atormentada por Solanka ter testemunhado suas respostas temerosas ao tratamento dispensado por Babur. "Tudo o que eu fiz, tudo o que estou fazendo, é pela história", disse ela. "Usar a máscara foi um gesto de solidariedade, um jeito de conquistar a confiança dos lutadores. Além disso, você sabe, estou aqui para olhar o que estão fazendo, não para eles olharem para mim. Percebi que você estava pensando que eu estava me escondendo de você. Não era isso. A mesma coisa com Babur. Não estou aqui para discutir. Estou fazendo um filme." Parecia defensiva, tensa. "Malik", disse, abruptamente, "não quero falar de nós, o.k.? Estou envolvida com uma coisa muito grande agora. Minha atenção tem de estar nisso."

Ele partiu para a ação, se concentrou e fez sua cena. Tudo ou nada, Hollywood ou o fracasso: jamais teria outra chance. Podia não ter muitas possibilidades, mas pelo menos ela tinha vindo vê-lo, tinha até se vestido para isso, o que era um bom sinal. "Isso virou muito mais que o projeto de um documentário para você", disse ele. "Isso pegou seu coração. Tem muita coisa em jogo aqui: suas raízes arrancadas estão puxando você. É um desejo paradoxal de fazer parte daquilo que você deixou para trás. E não, não achei que estava usando máscara para se esconder de mim, ou pelo menos não foi só isso que eu pensei. Pensei também que estava se escondendo de si mesma, da decisão que tomou em algum momento de atravessar uma linha e participar desta coisa. Você não me parece uma observadora. Está muito profundamente mergulhada nisso. Talvez tenha começado como um sentimento pessoal por Babur (não se preocupe, não é por ciúme que estou falando, pelo menos estou tentando que não seja), mas o que eu acho é que, fosse qual fosse seu sentimento pelo 'Comandante Akasz', esse sentimento é muito mais ambíguo agora. Seu problema é que você é uma idealista tentando ser uma extremista. Está convencida de que seu povo, se posso usar um termo tão antiquado, foi relegado pela história, que eles merecem isto por que Babur vem lutando: direito de voto, direito à propriedade, a lista toda das legítimas reivindicações humanas. Você achou que era uma luta por dignidade humana, uma causa justa, e chegou a sentir orgulho de Babur por ele ensinar seus conterrâneos passivos a lutar por si mesmos. Conseqüentemente, estava disposta a passar por cima de um certo grau de, como se pode chamar?, de não liberalismo. A guerra é dura, etcétera, etcétera. É preciso passar por cima de certas delicadezas. Tudo isso você disse a si mesma, mas o tempo todo havia uma outra voz na sua cabeça dizendo, num cochicho que você não queria ouvir, que você estava virando uma puta da história. Eu sei como é isso. Quando você se vende, resta apenas uma estreita possibilidade de negociar o preço. Até onde está disposta a agüentar? Quanta merda autoritária em nome da Justiça? Quanta água do banho se pode jogar fora sem jogar o bebê junto? Você agora está envolvida, como disse, em uma coisa muito grande, e tem razão, isso merece a sua atenção, mas isto aqui também: você só foi até esse ponto por causa da fúria que tomou conta de você de repente no meu quarto, em uma outra cidade, em outra dimensão do universo. Não posso articular exatamente o que aconteceu naquela noite, mas tenho certeza de que algum tipo de elo psíquico retroativo se estabeleceu entre você, Mila e Eleanor, a fúria girou, girou, duplicando e se multiplicando. Isso fez Morgen me dar um murro e lançou você para o outro lado do planeta, para os braços de um pequeno Napoleão que vai oprimir o 'seu povo', se sair desta por cima, muito mais que os *elbees* que, pelo menos aos seus olhos, até agora foram os vilões dessa história. Ou vai oprimir o mesmo tanto, mas de outro jeito. Por favor, não me leve a mal. Sei que quando as pessoas se separam sempre usam o desentendimento como arma, pegando a vara pelo lado errado, se empalando com a ponta para provar a perfídia do outro. Não estou dizendo que você veio para cá por minha causa. Você viria de qualquer jeito, certo? Foi a nossa grande noite de despedida e, pelo que eu me lembro, estava indo muito bem até meu quarto virar a Grand Central Station. Você viria mesmo para cá, e as pressões de estar aqui teriam influenciado você quer eu existisse ou não. Mas acho que o que levou você ao extremo foi a decepção amorosa. Ficou decepcionada comigo, foi decepcionada por mim, o que quer dizer pelo amor, pelo grande amor desimpedido que estava começando a se permitir sentir por mim. Tinha acabado de começar a confiar em mim, a confiar em si mesma o suficiente para se abandonar, e de repente o príncipe se revela um velho sapo gordo. O que aconteceu foi que o amor que você liberou estragou, talhou, e agora você está usando esse azedume, esse desencanto e esse cinismo para empurrar a si mesma pela rua sem saída de Babur. Por que não, hein? Se a bondade é uma fantasia e o amor um sonho de revista, por que não? Os bons ficam com o segundo lugar, o espólio vai para o vencedor, etcétera. Seu organismo está batalhando sozinho, o amor ferido voltou-se contra o idealismo e o dobrou à submissão. E sabe de uma coisa? Isso deixa você numa situação impossível, onde está arriscando muito mais que a sua vida. Está colocando em risco sua honra e seu auto-respeito. Você está, Neela, diante de seu momento Galileu. A Terra se move? Não me diga. Eu já sei a resposta. Mas será a pergunta mais importante que farão a você, a não ser pela outra que eu vou fazer agora: Neela, você ainda me ama? Porque se não me amar, então por favor vá embora, vá ao encontro do seu destino e eu fico aqui esperando o meu, mas não acho que você possa fazer isso. Porque eu realmente te amo como você precisa ser amada. Escolha: no canto direito está o seu lindo Príncipe Encantado, que se revelou também, por um pequeno acaso, um porco psicótico e megalomaníaco. No canto esquerdo está o seu velho sapo gordo, que sabe dar o que você precisa e que precisa, desesperadamente, do que você sabe dar a ele. O errado pode ser certo? A coisa errada será certa para você? Acho que veio aqui agora para descobrir essa resposta, para ver se conseguia domar sua fúria ao me ajudar a dominar a minha, para descobrir se consegue achar um jeito de voltar do extremo. Fique com Babur e ele vai te encher de ódio. Mas você e eu: a gente talvez possa ter uma chance. Sei que é bobagem fazer esse tipo de declaração quando uma hora atrás eu estava fedendo à minha própria merda e ainda não tenho um quarto com maçaneta do lado de dentro, mas é isso aí, foi para dizer isso que atravessei o mundo."

"Nossa", disse ela, depois de deixar passar um momento de silêncio adequadamente respeitoso. "E eu que achava que era a mais faladeira desta dupla."

Ela pescou da bolsa uma barra de Toblerone amolecida pelo calor e Solanka pulou em cima vorazmente. "Ele está perdendo a confiança dos homens", disse ela a Solanka. "O menino que ajudou você esta noite? Tem muitos mais como ele, talvez metade do total, e por alguma razão cochicham comigo. *Khuss-puss, khuss-puss*. É tão triste. 'Dona, a gente é honesto.' *Khuss-puss*. 'Dona, o Sahib Comandante está esquisito, não está?' *Khuss-puss*. 'Por favor, dona, não conte para ninguém o que eu estou dizendo.' Não sou a única idealista por aqui. Esses meninos não entraram em guerra para aplainar a terra ou acabar com as horas de escuridão. Estão lutando por suas famílias e estão ficando nervosos com essa conversa mole. Então eles me procuram e reclamam, e me colocam numa posição muito perigosa. Não importa o conselho que eu dê: ser um segundo ponto focal, um centro rival já é muito perigoso. Um rato, uma doninha, só precisa disso, e por falar em sapos, sim, eu te amo, muito. Enquanto isso, o que vi lá fora antes de entrar aqui com a equipe foi um Exército bem cansado de servir de motivo de piada. Pelo que sei, estão conversando com os americanos e com os britânicos. Há rumores de que os *Marines* e a SAS podem já estar em Mildendo, na verdade me sinto muito boba por ter fugido de você desse jeito. Tem um porta-aviões britânico logo depois do limite das águas territoriais, e Babur já perdeu o controle dos campos de pouso militares de Blefuscu. Na verdade, já faz algum tempo que estou pensando que é hora de ir embora, mas não sei como Babur vai aceitar isso. Uma metade dele quer trepar comigo em cadeia nacional de televisão e a outra metade quer me bater por fazer ele sentir isso. Então, agora você já sabe a verdadeira razão de eu estar usando máscara: é quase como enfiar um saco de papel na cabeça, e você veio até aqui para me ver e acabou entrando na cova dos leões. Acho que deve mesmo gostar de mim, hein. Estou procurando uma saída. Se conseguir chegar nos Fremen certos nos lugares certos, acho que dá, e tenho contatos no Exército que podem pelo menos nos levar até o navio britânico ou talvez a um avião militar. Enquanto isso, vou tomar providências para cuidarem de você. Ainda não sei avaliar Babur, até que ponto ele foi. Talvez ache que você é um refém valioso, mesmo eu dizendo que você não vale a pena, que é só um civil que topou com alguma coisa que não entende, um peixinho que ele devia jogar de volta no mar. Se você não me beijar logo, vou ter de te matar com as próprias mãos. O.k., ótimo. Agora fique aqui. Eu volto."

* * *

Em Atenas, as Fúrias foram ensinadas a ser irmãs de Afrodite. A beleza e a ira vingativa, como bem sabia Homero, brotaram da mesma fonte. Essa é uma história. Hesíodo, porém, disse que as Fúrias nasceram da Terra e do Ar, e entre seus irmãos estavam o Terror, a Discórdia, a Mentira, a Vingança, a Intemperança, a Altercação, o Medo e a Batalha. Naqueles dias, eles vingavam os crimes sangrentos, perseguindo aqueles que prejudicavam (principalmente) suas mães: Orestes, longamente perseguido por elas depois de ter matado Clitemnestra de mãos sujas de sangue, sabia bem disso. O *leirion*, ou a íris azul, às vezes aplacava as Fúrias, mas Orestes não usava nenhuma flor no cabelo. Até mesmo o arco de chifre que a pitonisa do oráculo délfico lhe deu para repelir seus ataques foi de pouco uso. "Cabelos de serpente, cabeça de cão, asas de morcego", as Eríneas o assombraram pelo resto da vida, negando-lhe a paz.

Hoje em dia, as deusas, menos consideradas, eram mais famintas, mais ferozes, lançando suas redes mais amplamente. Com o enfraquecimento dos laços familiares, as Fúrias começaram a interferir em toda a vida humana. Desde Nova York até Lilliput-Blefuscu, não havia como escapar do bater de suas asas.

Ela não voltou. Jovens rapazes e moças cuidaram das necessidades diárias de Solanka. Eram alguns dos guerreiros cansados, cativos, que temendo seu líder Babur, tanto quanto o inimigo fora das paredes do complexo, tinham ido procurar a morena Afrodite para se aconselhar. Mas quando Solanka perguntava de Neela, faziam gestos mudos de que não sabiam e iam embora. O "Comandante Akasz" tampouco apareceu. Esquecido, o professor Solanka se arrastava pelos cantos, cochilava, falava sozinho em voz alta, deslizava para a irrealidade, oscilando entre divagações e ataques de pânico. Pela pequena janela gradeada, ouvia ruído de combate, cada vez mais freqüente, cada vez mais próximo. Colunas de fumaça subiam altas no céu. Solanka pensou em Little Brain. *Eu botava fogo na casa dele. Queimava a cidade inteira.*

A ação violenta é pouco clara para quase todos os que se vêm colhidos em suas malhas. A experiência é fragmentária. Causa e efeito, por que e como são separados. Só existe a seqüência. Primeiro isto, depois aquilo. E depois, para os que sobrevivem, uma vida inteira tentando entender. O ataque veio no quarto dia de Solanka em Mildendo. Ao amanhecer, a porta da cela se abriu. Lá estava o mesmo jovem taciturno que, dias antes, havia limpado sua sujeira sem reclamar, levando agora uma arma automática e duas facas enfiadas no cinto. "Venha depressa, por favor", disse. Solanka o seguiu e viu-se de novo no labirinto de áridas salas interconectadas com guerreiros mascarados guardando a passagem, se aproximando de cada porta como se fosse uma armadilha, virando cada esquina como se houvesse uma emboscada do outro lado. E à distância Solanka ouvia a desarticulada conversa da batalha, o matraquear de rifles, os grunhidos da artilharia pesada e, acima de tudo isso, o bater coriáceo de asas de morcegos e os guinchos das Três de cabeça de cão. Depois, estava encerrado no elevador de serviço, empurrado pela cozinha em ruínas, enfiado para dentro da perua sem janelas, sem marcas, e depois, por longo tempo, nada. Movimento em alta velocidade, paradas alarmantes, vozes elevadas, movimento retomado. Barulho. De onde vinha o guincho? Quem estava morrendo, quem estava matando? *Qual era a história ali?* Saber tão pouco era sentir-se insignificante, até um pouco insano. Jogado de um lado para o outro na perua oscilante e rápida, Malik Solanka uivou alto. Mas isso, afinal, era um resgate. Alguém (Neela?) tinha determinado que ele valia a pena. A guerra apaga o indivíduo, mas ele estava sendo salvo da guerra.

A porta se abriu, Malik apertou os olhos para se proteger da cegante luz do dia. Um oficial o saudou, um homem exótico de etnia *elbee*, de bigodes, usando a absurda farda engalanada do Exército liliputiano. "Professor. Que bom ver o senhor bem." Solanka achou que ele lembrava Sergius, o oficial empertigado de Shaw em *As armas e os homens*. Sergius, que nunca pedia desculpas. Evidentemente, esse sujeito havia sido designado para acompanhar Solanka, tarefa que cumpria vivamente, marchando à frente como um brinquedo com corda demais. Levou Solanka para um prédio que tinha a insígnia da Cruz Vermelha Internacional. Depois veio a comida. Uma aeronave militar britânica estava esperando para levá-lo, junto com um grupo de outros portadores de passaportes estrangeiros, de volta para Londres. "Levaram meu passaporte", disse Solanka a Sergius. "Isso não tem importância, meu senhor", respondeu o oficial. "Não posso ir embora sem Neela", continuou Solanka. "Não sei nada a esse respeito, meu senhor", respondeu Sergius. "Tenho ordens para embarcar o senhor no avião o mais depressa possível."

Todos os bancos do avião britânico estavam virados para a cauda. Solanka ocupou a poltrona que lhe foi destinada e reconheceu os homens do outro lado do corredor: eram o câmera e o microfonista da equipe de Neela. Quando ficaram de pé e o abraçaram, entendeu que a notícia era má. "Incrível, cara", disse o microfonista. "Ela conseguiu tirar o senhor também. Mulher incrível." Onde ela está? Nada disso interessa, a sua vida, a minha, pensou. Ela vem logo? "Ela é que fez tudo", disse o câmera. "Organizou os Fremen que estavam cheios de Babur, entrou em contato com o Exército pelo rádio de ondas curtas, arranjou os salvo-condutos, tudo. O presidente saiu. Bolgolam também. Esse filho-da-puta quis agradecer pra ela, disse que era uma heroína nacional. Ela interrompeu. A seus próprios olhos ela era uma traidora, traindo a única causa em que acreditava. Estava ajudando os maus a vencer, e isso era a morte pra ela. Mas viu no que Babur tinha se transformado." Malik Solanka estava muito parado e quieto. "O Exército se encheu das piadas", disse o microfonista. "Convocaram todos os reservistas e tiraram a poeira de uma porção de peças de artilharia pesada velha, mas ainda boa. Helicópteros armados do tempo do Vietnã, trazidos de segunda mão dos Estados Unidos faz muitos anos, morteiros de solo, alguns tanques pequenos. Na noite passada, retomaram o controle da área do complexo. Babur ainda não estava preocupado." O câmera apontou uma caixa prateada. "Está tudo aí", disse. "Ela arrumou um acesso incrível. Incrível. Ele não acreditou que fossem usar armamento pesado contra o edifício do Parlamento, principalmente quando ainda estava com os reféns. Mas errou quanto ao edifício. Subestimou a determinação deles. Só que os reféns eram a chave, e Neela girou essa fechadura. Nós quatro saímos juntos. E depois tinha a segunda rota, que ela preparou só pra você." Depois disso, nada mais foi dito. A coisa terrível pairava entre eles como uma luz feroz, mas brilhante demais para se olhar. O microfonista começou a chorar. O que aconteceu?, Solanka perguntou afinal. Como tiveram coragem de deixar Neela? Por que ela não fugiu junto com vocês para a segurança? Para mim. O câmera sacudiu a cabeça. "O que ela fez", disse, "acabou com ela. Traiu o cara, mas não podia fugir. Seria deserção sob fogo." Mas ela não era soldado! Ah, Deus. Deus. Era uma jornalista. Será que não sabia disso? Por que tinha de atravessar a maldita linha? O microfonista passou um braço em torno de Solanka. "Tinha uma coisa que ela precisava fazer", disse. "O plano não funcionaria se ela não ficasse pra trás." "Para distrair Babur", disse o câmera, com a voz amortecida, e ali estava a pior coisa do mundo. Distraí-lo como? "Você sabe como", disse o microfonista. "E sabe o que isso quer dizer. E sabe por que tinha de ser ela." Solanka fechou os olhos. "Ela te mandou isto aqui", estava dizendo o câmera. Helicópteros armados e morteiros pesados, com autorização do presidente Golbasto Gue, libertado, estavam abrindo buracos no Parlamento de Lilliput. Um bombardeiro lançou sua carga. O edifício estava explodindo, despencando, em chamas. Fumaça suja e nuvens de poeira de entulho subiam alto no céu. Três mil reservistas e tropas de vanguarda atacaram o complexo, fazendo prisioneiros. Amanhã o mundo iria condenar essa ação impiedosa, mas hoje ela tinha de ser feita. Em algum ponto das ruínas, jazia um homem usando a cara de Solanka e uma mulher usando a própria cara. Nem mesmo a beleza de Neela Mahendra podia afetar a trajetória dos morteiros, as bombas que pareciam peixes mortos nadando para baixo no ar. Venha para mim, ela murmurou para Babur, sou sua assassina, a matadora de minhas próprias esperanças. Venha aqui e deixe eu olhar você morrendo.

Malik Solanka abriu os olhos e viu o bilhete escrito à mão. "Sahib Professor, sei a resposta para a sua pergunta." As últimas palavras de Neela. "A Terra se move. A Terra gira em torno do Sol."

18.

À distância, o cabelo do menino ainda era dourado, embora estivesse crescendo mais escuro por baixo. Ao se aproximar do quarto aniversário, o cabelo loiro teria desaparecido quase todo. O sol brilhava enquanto Asmaan pedalava seu triciclo com grande energia, descendo um caminho íngreme na florida primavera do Heath. "Olha eu!", gritou. "Tô indo bem depressa!" Tinha crescido, sua dicção era muito mais clara, mais ainda estava envolto no fulgor da infância, o mais brilhante dos mantos. Sua mãe corria para acompanhá-lo, o cabelo comprido preso debaixo de um grande chapéu de palha. Era um dia perfeito de abril, no auge da epidemia da vaca louca. O governo era ao mesmo tempo o primeiro nas pesquisas e muito impopular, e o primeiro-ministro, Tony Ozymandias, parecia chocado com esse paradoxo: o quê, vocês não gostam de nós? Mas somos *nós*, gente, nós é que somos do bem! Gente, gente: sou *eu*! Da privacidade de um bosque de carvalhos, Malik Solanka, viajor de uma terra antiga, observava o filho, permitindo, sem reclamar, que o labrador preto o farejasse. O cachorro se afastou, depois de chegar à conclusão de que

Solanka não servia aos seus propósitos. O cachorro tinha razão. Agora, raros eram os propósitos para os quais Solanka se sentia adequado. *Nada mais resta.*

Morgen Franz não correu. Ele não "fazia corrida". Sorrindo míope, o publicitário desceu com dificuldade o declive na direção da mulher e da criança que esperavam. "Você viu, Morgen? Eu dirigi muito bem, não foi? O que papai ia dizer?" A tendência de Asmaan falar sempre no máximo de volume levou suas palavras até o esconderijo de Solanka. A resposta de Franz foi inaudível, mas Malik podia facilmente escrever seu texto. "Legal, cara. Maneiro, Asmaan." A velha merda hippie. Para seu eterno mérito, o menino deu de ombros. "Mas o que papai ia dizer?" Solanka sentiu uma onda de orgulho paterno. Muito bem, garoto. Faça esse budista hipócrita entender quem é quem.

O Heath de Asmaan (ou pelo menos Kenwood) estava pontilhado de árvores mágicas. Um gigantesco carvalho caído, as raízes torcidas no ar, era uma dessas zonas encantadas. Outra árvore, com um buraco na base do tronco, aninhava um grupo de criaturas de livros de história, com as quais Asmaan trocava um diálogo ritual cada vez que passava por ali. Uma terceira árvore era o lar do Urso Pooh. Mais perto de Kenwood House, havia grandes áreas de rododendros dentro dos quais viviam bruxas e onde os ramos caídos viravam varinhas mágicas. A escultura de Hepworth era um ponto sagrado, e as palavras "Barbara Hepworth" fizeram parte do léxico de Asmaan desde o começo. Solanka sabia o caminho que Eleanor faria e sabia também como seguir o pequeno grupo sem ser notado. Não tinha certeza se estava pronto para ser visto, não tinha certeza se estava pronto para a sua vida. Asmaan estava pedindo para ser carregado pelo resto do caminho, não queria pedalar seu triciclo subida acima. Era uma preguiça antiga, plantada no hábito. Eleanor tinha problemas nas costas, então Morgen acomodou o menino nos ombros. Isso era sempre uma das brincadeiras especiais de Solanka e Asmaan. "Posso montar no meu ombro, papai?" "No *seu* ombro, Asmaan. Diga 'no seu ombro'." "Meu ombro." Ali vai tudo o que eu amo nesta terra, Solanka pensou. Vou só ficar olhando para ele mais um pouco. Vou ficar olhando daqui.

Mais uma vez havia se retirado do mundo. Até suas mensagens na secretária eletrônica ele raramente pegava. Mila havia se casado, Eleanor deixava recados secos, duros, sobre advogados. O divórcio não estava nem perto de ser concluído. Os dias de Solanka começavam, passavam, acabavam. Tinha desistido do apartamento de Nova York e tomado uma suíte no Claridge's. A maior parte dos dias só saía para deixar as faxineiras limpar. Não fazia contato com os amigos nem chamadas de negócios, não comprava jornais. Deitava cedo e ficava de olhos abertos, rígido em sua cama confortável, ouvindo os sons da fúria distante, tentando ouvir a voz silenciada de Neela. No dia de Natal e na noite de Ano-Novo, pediu comida no quarto e assistiu às bobagens da televisão. Essa expedição de táxi ao norte de Londres foi sua primeira saída em meses. Não tinha certeza se ia sequer ver o menino, mas Asmaan e Eleanor eram criaturas de hábitos e seus movimentos relativamente fáceis de prever.

Era um fim de semana de feriado, havia feiras no Heath. A caminho da casa de Willow Road (que iria à venda qualquer dia desses), Asmaan, Eleanor e Morgen passaram pelos lugares e barracas de sempre. Asmaan estava começando a degelar com Franz, Solanka observou: ria com ele, fazia perguntas, sua mão sumia na manopla peluda de tio Morg. Brincaram num carrinho de bate-bate enquanto Eleanor tirava fotografias. Quando Asmaan apoiou a cabeça no casaco esportivo de Morgen, alguma coisa se partiu dentro do coração de Malik Solanka.

Eleanor o viu. Estava parado em uma barraca de tiro ao alvo, ela olhou diretamente para ele e enrijeceu. Depois, sacudiu a cabeça veementemente, e sua boca formou silenciosamente, mas muito enfática, a palavra "não". Não, não era o momento certo. Depois de uma pausa tão longa ia ser um choque muito grande para o menino. *Telefone*, ela falou sem som. Antes de qualquer futuro encontro, tinham de discutir como, quando, onde e o que dizer a Asmaan. Ele precisava ser preparado. Solanka sabia que ela ia reagir assim. Virou-se e viu o castelo de pular. Era azul-brilhante, azul como uma íris, com uma escada molenga de um lado. Você subia os degraus até uma plataforma mole, escorregava e rolava por uma descida larga, oscilante, e depois, para alegria do coração, você pulava e pulava. Malik Solanka pagou a taxa e tirou os sapatos. "Pode ir saindo", gritou a enorme atendente. "Só criança, moço. Adulto não." Mas foi rápido demais para ela e, com o casaco de couro comprido flutuando na brisa, subiu pelos degraus oscilantes, deixando crianças atônitas em seu rastro, e no alto dos degraus, pairando alto acima da feira, na plataforma macia, começou a pular e a gritar com toda a força. O barulho que saía dele era horrível e imenso, um rugido do Inferno, o grito dos atormentados e dos perdidos. Mas ele saltava alto e forte, e dane-se, porque não ia parar de pular nem desistir de gritar até seu filhinho olhar, até fazer Asmaan Solanka ouvi-lo apesar da mulher enorme, da multidão que estava se formando, da mãe que falava sem som, do homem que segurava a mão do menino e, acima de tudo, da falta de um chapéu dourado, até que Asmaan virou e viu seu pai lá em cima, seu único pai verdadeiro voando contra o céu, *asmaan*, o céu, invocando todo o seu amor perdido e arremessando esse amor alto no céu como um pássaro branco tirado da manga. Seu único pai verdadeiro voando como um pássaro, para viver na grande abóbada azul do único céu em que jamais conseguiu acreditar. "Olha eu!", guinchou o professor Malik Solanka, as abas do casaco de couro batendo como asas. "Olha eu, Asmaan! Estou pulando muito bem! Estou pulando cada vez mais alto!"

ESTA OBRA FOI COMPOSTA PELA SPRESS EM ELECTRA E IMPRESSA PELA
GRÁFICA BARTIRA EM OFSETE SOBRE PAPEL PÓLEN SOFT DA
COMPANHIA SUZANO PARA A EDITORA SCHWARCZ EM MAIO DE 2003